Jürgen Seibold

Endlich fit

Jürgen Seibold

Endlich fit

Ein Rems-Murr-Krimi

Silberburg-Verlag

Jürgen Seibold, 1960 geboren und mit Frau und Kindern im Rems-Murr-Kreis zu Hause, ist gelernter Journalist, arbeitet als Buchautor, Musik- und Filmkritiker und betreibt eine Firma für Internet-Dienstleistungen.

2. Auflage 2011

Lektorat: Michael Raffel, Tübingen.
Umschlaggestaltung: Wager ! Kommunikation, Altenriet.
Druck: CPI books, Leck.
Printed in Germany.

ISBN 978-3-87407-986-0

Besuchen Sie uns im Internet
und entdecken Sie die Vielfalt unseres Verlagsprogramms:
www.silberburg.de

Donnerstag, 25. Februar

Es war mild an diesem Abend. Mild für Ende Februar.

Henning Horlacher hatte sich auf dem Nachhauseweg noch überlegt, ein Stück an der Murr entlang zu joggen. Nicht gemütlich, wie all die anderen Verlierer, die sich den bequemen Uferweg aussuchten – Horlacher nutzte das Joggen eher, um sich in verschärftem Tempo ordentlich auszupowern.

Aber dann war ihm noch ein Kunde eingefallen, der auf ein Angebot wartete. Also schenkte er sich ein Glas Bordeaux ein, ließ wieder einmal die vertraute Manfred-Mann-CD laufen und schob sich ein Stück Brie in den Mund.

Als das Angebot geschrieben und gemailt war, drehte er Manfred Mann noch etwas lauter, schenkte Bordeaux nach und duschte heiß.

Trocken gerubbelt war er gegen 20.30 Uhr, aber das tägliche Workout fehlte ihm noch. Ein paar Sit-ups und einige Liegestützen später entschied er sich für eine Runde auf dem Rad – wobei »Runde« das falsche Wort war: Er hatte noch nie viel für diese magnetgebremsten Fitnessräder übrig gehabt, also hatte er sich für sein teures Rennrad eine spezielle Halterung bauen lassen, damit er es als Heimtrainer nutzen konnte.

Ohnehin hatte er keine Lust mehr, in ein Fitnessstudio zu gehen. Und es fehlte ihm auch an der Zeit. Anfahrt, Rückfahrt, das lästige Einchecken, und dann waren überall die Schaumstoffgriffe der Trainingsgeräte getränkt mit dem Schweiß der anderen – eklig.

Inzwischen hatte sich Horlacher in seinem Haus einen eigenen Fitnessraum eingerichtet. Schwungstab, Isomatten, Hanteln und allerlei Maschinen: Er war prächtig ausgestattet. Mitte Januar hatte er die Geräte bestellt, danach hatte er alles aufbauen lassen, und alle fünf, sechs Wochen kam dann sein Personal Trainer vorbei und besprach mit ihm die neuen Übungen und exerzierte sie durch. Gerade gestern erst war er hier gewesen.

Horlacher musste grinsen: Eigentlich hatte er unbedingt eine Trainerin gewollt, aber inzwischen war er fast froh, dass das nicht geklappt hatte – Frauen und Fitness, mit dieser Kombination hatte er zuletzt genug Ärger gehabt.

Henning Horlacher bewohnte sein Haus allein. Er hatte es mit großem Aufwand renovieren lassen und genoss nun von einigen seiner schönsten Zimmer den Blick auf die Backnanger Innenstadt. Sein Schlafzimmer bot diese Aussicht, auch sein Wohnzimmer, vor allem aber sein nach Nordosten gelegener, großzügiger Fitnessraum.

Er drehte die Anlage noch ein wenig lauter, und mit dröhnendem Bass erfüllte der Oldie »Davy's on the road again« die ganze geräumige Wohnung.

Ob die Nachbarn sich gestört fühlten, kümmerte ihn nicht. Er hatte dieses Haus gekauft und für viel Geld herrichten lassen – also konnte er hier auch wohnen und leben, wie es ihm gefiel.

Er schwang sich auf sein Fahrrad und begann gleichmäßig zu treten. Die Pedale flogen immer schneller im Kreis, und allmählich machte sich in ihm das gewohnte wohlige Gefühl breit, das ihm sportliche Betätigung üblicherweise verschaffte.

Sein Blick ging hinaus auf die Backnanger Innenstadt. Er sah den Turm, von dem aus alljährlich einige Blasmusiker das Straßenfest eröffneten, er sah weiter links die imposante Kulisse der Mörikeschule.

Direkt vor ihm fiel das Gelände steil ab, hinunter zum Ufer der Murr, die sich unten im Tal aus der Stadt hinaus in Richtung Westen wand. Er sah die große Fensterfront, die sein ganz persönliches Fitnessstudio zu einem auffallend hellen Raum machte. Er sah die gläserne Schiebetür, die er zur Seite geschoben hatte, um – sozusagen – an der frischen Luft zu trainieren. Er sah den Balkon hinter dem offenen Schiebefenster, der sich fast über die ganze Breite des Hauses erstreckte. Und er sah das abmontierte Balkongeländer, das neben der offenen Schiebetür in einer Ecke des Balkons lag –

dort, wo es der Handwerker, der den Balkon und das Geländer auf Vordermann bringen sollte, hingelegt hatte.

Er sah die Tachonadel, die schon bald nach Beginn seines wie immer verbissen ausgeführten Trainings die 40-Kilometer-Marke hinter sich ließ. Er sah aber nicht, wie sich die losen Schrauben der Fahrradhalterung durch die Erschütterung noch weiter lösten.

Schließlich spürte er einen Ruck und sah überrascht an der Halterung hinunter, radelte aber zunächst unverdrossen weiter – bis sich das Rennrad losgerissen hatte und mit beachtlicher Geschwindigkeit auf den Balkon zuraste. Durch die offene Schiebetür und über den Balkon selbst waren Horlacher und sein teures Rennrad in Sekundenbruchteilen geflitzt. Dort stand dem Rad auch das abmontierte Balkongeländer nicht mehr im Weg, und Horlacher, der völlig verblüfft war und noch immer kräftig in die Pedale trat, schoss über den Rand des Balkons hinaus und sah mit schreckgeweiteten Augen die im Murrtal liegenden Straßen weit unter sich.

»So, nun ist aber Ruhe!«

Die Frau zog noch einmal die Bettdecke glatt, dann sah sie ihrem Mädchen streng in die Augen.

»Du musst morgen früh raus, und es ist bald neun – so ein Theater möchte ich morgen nicht mehr erleben.«

»Ja, schon gut, Mama.«

Das Mädchen kuschelte sich in seinem Hochbett fest in die Decke, rollte sich auf die Seite und sah durchs Fenster hinaus auf das abendliche Backnang. Ihre Mutter strich ihr sanft eine Strähne aus der Stirn und gab ihr einen Kuss. An der Tür drehte sie sich noch einmal um und lächelte versonnen zu ihrer Tochter hinüber. Acht war die Kleine inzwischen schon, und in ein paar Jahren würde sie als junge Frau ihr eigenes Leben führen.

»Und dabei ist sie eben noch in den Kindergarten gegangen …«, schoss es der Mutter durch den Kopf, und sie lächelte wehmütig.

Plötzlich setzte sich das Mädchen in seinem Bett auf und deutete mit dem Arm zum Fenster hinaus.

»Da, Mama!«

»Was ist denn jetzt schon wieder?«

»Da fliegt einer!«

»So, so … da fliegt einer …«

»Doch, ganz ehrlich. Schau einfach hin.«

Sie sah hinaus, konnte aber nichts erkennen.

»Da fliegt keiner! Und das wundert mich auch kein bisschen – da ist noch nie einer geflogen. Und mir reicht es langsam mit deinen Faxen. Was fällt dir denn als Nächstes ein, nur damit du noch wach bleiben kannst?«

»Da ist einer geflogen!«, beharrte die Kleine. »Und ich habe mir das nicht eingebildet.«

»Aha, da ist einer geflogen. So, wie ›E.T.‹ im Film, was?«

»Ja, genau – der saß tatsächlich auch auf einem Fahrrad, aber er hatte vorne keinen Korb drauf. Und es war auch kein Alien, sondern ein Mann.«

Die Mutter schüttelte nur den Kopf.

»Du glaubst mir nicht, oder?«

»Nein. Überrascht dich das?«

»Äh … nein. Aber …«

»Hör endlich auf mit dem Blödsinn!«

»Ganz ehrlich: Der ist dort draußen durch die Nacht geflogen. Man konnte ihn richtig gut sehen.«

Die Mutter seufzte.

»Ich schwöre!«

»Meinetwegen. Da ist also ein Mann auf einem Fahrrad vor deinem Fenster vorbeigeflogen und du hast ihn gesehen. Und zwar nur du.«

»Genau. Wobei: Er flog nicht vor meinem Fenster vorbei, sondern er flog halt draußen durch die Nacht und ich konnte ihn gut sehen.«

»Gut. Und das kommt dir nicht irgendwie verrückt vor?«

»Doch, natürlich.«

»Ja, mir auch. Und jetzt wird geschlafen.«

Freitag, 26. Februar

Zunächst hörte Klaus Schneider nur sein schweres Atmen, eher ein Keuchen, und das monotone Schleifen des Fitnessgeräts. Im Hintergrund dudelte Radiomusik, ansonsten war es ruhig um ihn her.

Er war der einzige Gast zu dieser frühen Tageszeit, und auch die beiden jungen Frauen, die in den Mottoshirts ihres Arbeitgebers hinter der Theke standen, wirkten noch nicht besonders wach.

Dann fiel ihm das beharrliche Klingeln seines Handys auf. Wobei es nicht im eigentlich Sinn klingelte – er hatte sich »Gisela« als Klingelton heruntergeladen, einen schwäbischen Blues, den sein Kollege Maigerle bei Konzerten seiner Band gerne als Zugabe spielte.

Eine der jungen Frauen sah überrascht zu ihm herüber. Schneider musste grinsen: Es kam sicher nicht jeden Tag vor, dass ein Mann trainierte, während aus seiner Sporthose mehrere Stimmen im Chor »Gisela« riefen, unterbrochen durch verzerrte Gitarrenriffs.

Schließlich zerrte er das Handy aus der Tasche und meldete sich – oder genauer: versuchte sich zu melden. Mehr als ein Keuchen brachte er fürs Erste nicht zustande.

»Herr Schneider?«, fragte es aus dem Handy. Es war die Stimme seines Kollegen Rainer Ernst. Schneider sah kurz zur Wanduhr hinauf: 8.10 Uhr. Wenn Ernst ihn so früh auf dem Handy erreichen wollte, bedeutete das wahrscheinlich einen neuen Fall. Schade. Er hatte sich schon fast daran gewöhnt, dass die Monate ganz ohne Mord vergingen.

»Herr Schneider?«

»Ja, ja«, machte Schneider und versuchte, seinen Atem einigermaßen unter Kontrolle zu bringen.

»Ihre Frau meinte, ich könne Sie über das Handy erreichen. Wo sind Sie denn? Das klingt ja schlimm!«

»Ich … puh … ich … auf dem Stepper.«

»Auf dem – was?«

»Stepper!«, wiederholte Schneider und kletterte umständlich und etwas wacklig von den Standflächen des Geräts, während sie der Schwung noch ein wenig weitertrieb. Dabei verhedderte sich ein Schnürsenkel im Gerät, und als die Schlaufe endlich aufging, hatte die Trittstufe des Steppers den völlig verdatterten Schneider schon aus dem Gleichgewicht gebracht und auf dem engen Platz zwischen den Geräten auf den Fußboden befördert.

»Herr Schneider?«

»Moment.«

Er stopfte sich das Handy wieder in die Hosentasche, rappelte sich mühsam auf und nahm es dann wieder ans Ohr.

»So, Herr Ernst, jetzt können wir reden.«

Die Blicke der beiden jungen Frauen, die tuschelnd und kichernd hinter dem Tresen standen, spürte er wie heiße Pfeile in seinem Nacken. Der Rücken schmerzte, einen Oberschenkel hatte er sich durch den Aufprall geprellt, und sein Gesicht begann vor Scham zu glühen.

»Sport ist Mord« – wer hatte das noch einmal gesagt? Egal, Schneider war nah dran, ihm oder ihr zu glauben.

»Wir haben einen Toten, in Backnang. Sieht nicht sehr nach natürlichem Todesfall aus. Und wir beide sollen mitermitteln – gut möglich, dass auch eine Soko gebildet wird. Kann ich Sie abholen?«

»Klar, ich zieh mich nur noch kurz um.«

Schneider beschrieb Ernst den Weg zum Fitnessstudio, und als er die Sporttasche schulterte und durch die Tür hinaus zum Parkplatz ging, stand dort schon Ernsts Dienstwagen.

»Gut, dass ich nicht mehr geduscht habe«, dachte Schneider und setzte sich auf den Beifahrersitz.

Ernst kurvte vom Parkplatz, fädelte sich auf die Hauptstraße ein und ließ das Seitenfenster aufgleiten, als er die Auffahrt zur neuen B14 nahm und Winnenden westlich umfuhr.

»Oh«, ging es Schneider durch den Kopf. »Vielleicht hätte ich doch besser geduscht …«

Er sah verstohlen zu seinem Kollegen hinüber, aber der hielt den Blick starr geradeaus und schnupperte nur ab und zu halbwegs unauffällig an der frischen Luft, die durch das Fenster hereinströmte.

Ihr Ziel war ein Gebäude in der Nähe des Backnanger Bahnhofs. Es lag an der Straße, die direkt vor dem Bahnhofseingang abzweigte und in Richtung Stadtmitte abwärtsführte. Mehrere ältere Stadtvillen, die zu ihrer Zeit wohl Zeichen größeren Wohlstands gewesen waren, reihten sich hier aneinander.

Zwischen den Sandsteingebäuden mit ihren Erkern, Türmchen und Walmdächern konnte man auf ausgedehnte Gärten blicken, die steil zur Murr hinunter abfielen. Dahinter waren die im Tal ausgebreiteten Straßen und Häuser Backnangs zu sehen, vorne das alte Gerberviertel, daneben die einst stolze Elektronikfabrik, weiter hinten das relativ neue Wohn- und Geschäftsviertel Giebel.

Vor einem der Gebäude stand der Transporter der Spurensicherung, und in der Einfahrt daneben stand Frieder Rau, der Chef der Waiblinger Kriminaltechnik.

»Guten Morgen, Kollegen«, sagte Rau und gab ihnen nacheinander die Hand. »Haben Sie gejoggt heute früh?«, fragte er schließlich Schneider, wischte sich unauffällig die Hand an der Hose ab und wandte sich zu dem Haus um.

»Ja«, antwortete Schneider, aber Rau hatte seine Frage wohl eher rhetorisch gemeint. Auf die Antwort achtete er jedenfalls nicht weiter.

»Da unten liegt er«, sagte Rau, als die drei Männer über einen schmalen Gartenweg die Rückseite des Hauses erreicht hatten. Der Ausblick war atemberaubend. Zwischen alten Bäumen erstreckte sich eine Wiese, auf der schmutzig und an vielen Stellen angetaut noch der Schnee von vergangener Woche lag. Alles wirkte karg und winterlich, doch der Garten ließ schon erahnen, wie prächtig und sattgrün hier bald der Frühling einkehren würde.

Rau folgte einem Weg aus recht neu aussehenden Steinplatten, der zu dem Fundort der Leiche hinführte, ab und zu unterbrochen von einigen Stufen, die das Gefälle des Grundstücks ausglichen.

»Ihr könnt ruhig kommen«, rief Rau ihnen zu, als er bemerkte, dass die beiden Kollegen ein paar Schritte hinter ihn zurückgefallen waren. »Den Weg haben wir schon durch, tretet aber bitte erst hier unten neben der Leiche in den Schnee, ja?«

Schneider und Ernst schlossen zu ihm auf. Vor der Leiche ging Ernst in die Hocke, um den Toten aus der Nähe zu mustern. Schneider blieb stehen, die Hände tief in den Taschen seiner gefütterten Jacke.

Vor ihnen auf dem Boden lag ein Mann auf dem Bauch. Normalerweise hätte er auch mit dem Gesicht mehr oder weniger nach unten gelegen, aber sein Kopf war so unnatürlich verrenkt, dass der Tote mit gebrochenem Blick zur Seite sah.

Um den Körper herum schimmerte an einigen kleineren Stellen braungraue Wiese hervor, ein Stück entfernt lag ein zerbeultes Rennrad. Blut war nirgendwo zu sehen.

»Saubere Sache, was?«, sagte Rau schließlich in die konzentrierte Stille hinein. »Das ist doch gleich ganz was anderes als im vergangenen Sommer droben in Alfdorf.«

Schneider schluckte. Als die tote Bäuerin übel zugerichtet in einem Maislabyrinth gefunden worden war, hatte er wegen einer Erkältung daheim auf dem Sofa gelegen – aber die Bilder, die ihm hinterher gezeigt worden waren, hatten seinen Magen noch ausreichend strapaziert.

»Das Leben ist kein Wunschkonzert«, faselte Rau weiter. Er schien sich hier so richtig wohl zu fühlen. »Und mein Job ja ohnehin nicht. Aber wenn ich mir mal was wünschen dürfte, wäre es ein Opfer wie dieses hier: tot, aber dezent drapiert; ein Mord, aber keine Sauerei – das ist endlich mal ein Fall, vor dem sich auch Jutta nicht fürchten muss.«

Ernst grinste. Jutta Kerzlinger, seine langjährige Kollegin und inzwischen auch enge Freundin, konnte drastische Bilder und bluttriefende Beschreibungen wirklich nur schlecht vertragen.

»Sie gehen ganz selbstverständlich von Mord aus«, schnappte Schneider. Ernst sah überrascht zu seinem Vorgesetzten, der mittlerweile um die Leiche herumgegangen war. Schneider klang ein wenig genervt – vielleicht, dachte Ernst, ging ihm die zur Schau getragene gute Laune von Rau gegen den Strich.

Rau wechselte einen kurzen Blick mit Ernst – auch ihm war Schneiders Tonfall nicht entgangen. »Wir können uns das gleich noch oben in der Wohnung ansehen«, sagte er dann. »Aber kurz zusammenfassen kann ich es für euch ja schon mal: Der Mann hier muss gestern auf seinem Trimmrad trainiert haben, dabei hat sich eine Schraube gelöst und er ist mit Karacho durch die offene Glastür über den Balkon geschossen und dann im hohen Bogen hier unten gelandet. Rad kaputt, Genick gebrochen.«

»Und warum sind Sie so sicher, dass es Mord war?«

»Der Mann hat offenbar für das Training im Winter sein Rennrad auf eine Halterung montieren lassen, und daran wurde herumgeschraubt. Dadurch hat sich das Rad gelöst – na ja … Um das zu vermeiden, wäre an der Halterung normalerweise auch noch ein Sicherheitsbolzen angebracht – der fehlt. Auf der Schraube haben wir Kratzspuren wie von einer Zange gefunden – auch deshalb würde ich ausschließen, dass sich das Rad von allein von der Halterung gelöst hat.«

Schneider sah Rau noch kurz an, dann blickte er missmutig zu dem Balkon hinauf.

»Und wenn wir nicht davon ausgehen, dass er auf diese doch sehr umständliche Art Selbstmord begehen wollte, würde ich sagen: eindeutig Mord.«

Schneider schaute wieder zu Rau, etwas irritiert, weil nun der Techniker etwas bissig geklungen hatte.

»Ist was, Herr Rau?«

Rau holte tief Luft, dann schnaubte er kurz, was vor seinem Gesicht die Atemluft in kleinen Wölkchen in die kalte Februarluft aufsteigen ließ.

Schneider sah fragend zu Ernst hinüber, der verdrehte die Augen. Er hasste es, wenn Kollegen aneinandergerieten, weil sie mit dem falschen Fuß aufgestanden waren oder irgendetwas in den falschen Hals bekommen hatten.

»Frieder, Herr Schneider«, sagte er schließlich und versuchte, möglichst versöhnlich zu klingen. »Sollen wir mal hoch und uns diese Halterung näher ansehen?«

Schneider nickte, Rau ging voran. Als der Kriminaltechniker ein paar Schritte vor ihnen durch den Hintereingang das Kellergeschoss der Villa betrat, nahm Ernst seinen Vorgesetzten kurz zur Seite.

»Rau meint das nicht so, Herr Schneider«, raunte er ihm zu. »Ich glaube einfach, dass sich Frieder auf seine schnoddrige Art diese ganzen Erlebnisse vom Leib hält. Und Sie haben ihm das hörbar übel genommen – das hat dann wiederum ihn genervt. Vielleicht sollten wir uns alle ein wenig am Riemen reißen, was halten Sie davon?«

Schneider nickte und ging ins Haus hinein. Sie hörten Rau die Treppe hinaufgehen und folgten ihm.

»Komisch«, dachte Schneider. »Da sind wir immer noch per ›Sie‹ – und doch darf Ernst mir schon Dinge sagen, die ich mir nicht von jedem gefallen lassen würde.«

Es war noch keine drei Jahre her, als sie bei einem Mord im Wieslauftal einen denkbar schlechten Start für ihre Zusammenarbeit hatten. Damals hatte Schneider, frisch aus Karlsruhe eingetroffen, die Leitung der Kripo-Außenstelle Schorndorf übernommen – genau jenen Posten, auf den der damalige zweite Mann in Schorndorf insgeheim selbst spekuliert hatte.

Die Außenstelle war mittlerweile aufgelöst, Ernst und Schneider nach Waiblingen versetzt worden – und die beiden Kollegen, der Schwabe und der Badener, hatten sich nicht nur zusammengerauft, sondern waren inzwischen schon fast so etwas wie Freunde geworden.

Im ersten Obergeschoss traten Ernst und Schneider in einen großen, hellen Raum, der mit einer großzügigen Fensterfront den Blick hinunter auf Backnang freigab. Das Zimmer war sparsam möbliert. Wobei sich »sparsam« nur auf die Zahl der aufgestellten Einrichtungsgegenstände bezog – dass alles recht teuer war, was hier herumstand, wusste Schneider, weil er durch den etwas anspruchsvollen Geschmack seiner Schwiegereltern Erfahrung in solchen Dingen gesammelt hatte. Und Ernst konnte sich zumindest vorstellen, dass der schicke Glastisch, die edel aussehende Couchlandschaft und die sehr stylish wirkenden Holz-und-Stahl-Regale sein Budget deutlich überstiegen.

Alle Möbel waren in einer Ecke des Raumes aufgestellt, daneben verriet ein kleiner Mauervorsprung, dass hier eine Trennwand eingerissen worden war. Den Rest des Raumes beherrschten einige Fitnessgeräte, darunter eine Bank mit Lederbezug, einige Hanteln, Sprungseile und Gummizüge sowie ein Monstrum an der Wand, das Ernst unangenehm an ein mittelalterliches Folterwerkzeug erinnerte.

Schneider war interessiert an das Monstrum herangetreten und musterte nun die verschiedenen Seilzüge, Sitzflächen, Hebevorrichtungen und Gewichte.

»Hat Schneider nicht vorhin von einem Stepper gesprochen?«, ging es Ernst durch den Kopf. »Und vorher habe ich ihn von einem Fitnessstudio abgeholt – am frühen Morgen!«

Vielleicht sollte Ernst mal mit seinem Kollegen reden – da steckte sicherlich irgendein Problem dahinter. Vielleicht half es Schneider ja, mal mit jemandem darüber zu reden. Und mit etwas Glück könnte er sich dann die weitere Plackerei sparen.

»Hier haben wir das Teil«, sagte Rau vom Fenster her. Ernst erschrak ein wenig, er war ganz in Gedanken versunken.

Rau zeigte auf ein Gestell, neben dem eine Schraube auf dem Holzparkett lag.

»Diese Schraube hier hat das Rad noch gehalten, dann ist sie rausgefallen.«

»Hm«, machte Schneider, und er schaffte es tatsächlich, mit diesem kurzen Laut etwas freundlicher als vorhin zu klingen.

Ernst lächelte ihn dankbar an, Schneider grinste zurück. Rau sah zwischen den beiden hin und her.

»Habe ich was verpasst?«, fragte er schließlich.

»Nein, nein«, schüttelte Schneider mit dem Kopf. »Obwohl ... Kollege Ernst hat mich vorhin darauf hingewiesen, dass ich wohl etwas unfreundlich zu Ihnen war, unten im Garten. Tut mir leid.«

Rau war völlig verblüfft, und das sah man ihm auch an. Dann räusperte er sich. »Okay, okay – können wir dann vielleicht wieder?«

Schneider nickte.

»Hier also die Schraube. Die ...« Er unterbrach sich mitten im Satz und wandte sich noch einmal zu Schneider um. »Irgendwie sind Sie schon etwas ... äh ... speziell?«

»Na«, lachte Schneider, »wenn Sie jetzt allerdings sagen, ich habe ein Rad ab, dann ziehe ich meine Entschuldigung aber gleich wieder zurück.«

Rau lachte laut auf, auch Ernst konnte sich ein leises Prusten nicht verkneifen.

»Also, wie ist das Ihrer Meinung nach hier abgelaufen?«, fragte Schneider schließlich.

»Hier«, Rau deutete auf ein Loch in der Schraube, das fast am Ende des Gewindes quer durch das Metall verlief, »hier gehört vermutlich ein Sicherheitsbolzen rein. Der wurde auf jeden Fall herausgenommen – und wir haben ihn auch nicht gefunden. Um genau zu sein: bisher noch nicht, aber ich glaube nicht, dass der noch in der Wohnung ist.«

»Und dieser Bolzen hält die Schraube und verhindert, dass sie sich – zum Beispiel durch die Erschütterung während des Trainings – lockert und allmählich ... wie sagt man: freischraubt?«

»Keine Ahnung, wie man das nennt, aber genau so stelle ich mir das vor.«

»Und warum glauben Sie nicht, dass dieser Bolzen von Anfang an gefehlt hat? Nehmen wir mal an, der Tote hat diese Halterung selbst zusammengeschraubt, und er hat einfach vergessen, den Bolzen reinzustecken? Wir wissen doch alle, wie unverständlich diese Montageanleitungen sind – für mich jedenfalls.«

Rau schüttelte den Kopf.

»Zunächst einmal« – er hatte sich inzwischen wieder seine Latexhandschuhe übergestreift und hob die lose Schraube vom Boden auf – »sehen Sie hier ungleichmäßig Staub verteilt, und hier drin sind Kratzer.«

Er deutete auf das Loch am einen Ende der Schraube: Tatsächlich war hier nicht durchgängig und gleichmäßig Staub zu sehen – fast so, als habe sich bis vor kurzem dort etwas befunden, was die entsprechende Stelle vor Staub schützte. Und mitten im Loch konnte man mit etwas Mühe die kleinen Kratzer entdecken, von denen Rau sprach.

»Für mich«, fuhr Rau fort, »sieht das so aus, als habe sich an dieser Stelle eine Zeitlang etwas befunden und sei dann herausgezogen worden – was diese Kratzer verursacht hat. Zum Beispiel der Sicherheitsbolzen.«

»Hm«, machte Schneider wieder. »Sieht ganz so aus, als ob Sie recht hätten. Aber sicher können wir uns trotzdem nicht sein.«

»Doch, können wir.«

Damit führte Rau die beiden Kollegen aus dem Raum und in den Flur – am Ende stand ein Mann, auf den ein Beamter in Uniform in beruhigendem Tonfall einredete.

»Er hat den Toten heute früh gefunden.«

Der Mann war ein wahrer Schrank von einem Kerl: groß, breitschultrig, massig, mit kräftigen, groben Händen und schütterem Haar auf dem gewaltigen Schädel. Im Moment aber stand er an der Wand wie ein Häuflein Elend, mit unsicherem Blick, die Unterlippe zwischen den Zähnen eingeklemmt. Immer wieder schien ihn ein Schluchzen zu schütteln.

»Mit ihm solltet ihr besser erst nachher reden«, sagte Rau. »Er hat gerade auf dem Balkon eine neue Brüstung angebracht – und nun macht er sich Vorwürfe, weil er gestern Nachmittag das alte Geländer abgebaut, aber das neue noch nicht hingeschraubt und auch kein Provisorium angebracht hat.«

Schneider seufzte. Warum konnte es im richtigen Leben nicht einfach so zugehen wie in Kriminalromanen oder in den alten Filmen? Einer ist tot, ein Fiesling hat ihn umgebracht, die Polizei löst den Fall, alle sind zufrieden und keiner muss unter irgendwelchen Kollateralschäden leiden.

»Außerdem hat er das Rad auf die Halterung geschraubt«, fügte Rau hinzu.

»Ach? Und der Bolzen?«

»Den hat er hundertprozentig mit eingebaut. Er ist sich da todsicher – na ja, die Formulierung hat er so natürlich nicht verwendet, sorry. Aber der Mann ist Schlosser, also vom Fach – und er bastelt immer wieder mal etwas für den Hausherrn. Der heißt übrigens Horlacher, ist allem Anschein nach unser Toter und keiner, der sich gerne die Hände mit Kram wie diesem schmutzig macht.«

»Hatte der Schlosser Probleme mit Horlacher?«

Rau starrte Schneider aus aufgerissenen Augen an: »Halten Sie ihn für verdächtig? Diese Jammergestalt dort drüben?«

»Erst einmal müssen wir alles für möglich halten.«

Rau schüttelte fassungslos den Kopf. »Ganz ehrlich: Ihr Job wäre nichts für mich – da sind mir meine Fußspuren, Faserreste und Fingerabdrücke lieber.«

»Kann ich verstehen«, sagte Schneider und legte ihm eine Hand auf die Schulter. Rau sah überrascht auf die Hand, Schneider zog sie schnell wieder weg.

Ob er es mit der Vertrautheit und Leutseligkeit übertrieben hatte?

Auf dem Balkon lag Werkzeug verstreut, an der Hauswand entlang waren Stahlelemente gestapelt, aus denen vermutlich das neue Geländer zusammengebaut werden sollte. Daneben lehnten rechteckige Glaselemente an der Wand – wahrscheinlich, um als Windschutz auf das fertige Geländer geschraubt zu werden.

Vorsichtig trat Schneider an das hintere Ende des Balkons heran und sah über den Rand in den Garten hinunter. Hier konnte sich einer den Hals auch schon brechen, wenn er nur das Gleichgewicht verlor und aus dem Stand hinunter in die Tiefe stürzte. Der Schwung eines Rennrads in voller Fahrt war jedenfalls nicht nötig.

Horlacher hatte mit seinem Rad allerdings eine beachtliche Strecke hinter sich gebracht. Relativ weit hinten im Garten war er aufgeschlagen, entsprechend tief war er gestürzt. Und der Schnee und das Gras darunter hatten den Aufprall stark gedämpft; wenn dort Steine gelegen hätten, hätte sich Frieder Rau vermutlich nicht über eine so unblutige Fundstelle freuen können.

Einige Minuten lang ließ Schneider seinen Blick über den Garten und die dahinterliegende Stadt schweifen, dann drehte er sich abrupt um und erschrak, weil direkt seitlich hinter ihm sein Kollege stand und ebenfalls die Szenerie auf sich wirken ließ. Kurz kam Schneider deshalb ins Straucheln, reflexartig griff Ernst ihm an die Ellbogen, um ihn notfalls festhalten zu können.

»Danke«, sagte Schneider und drängte sich eilig an seinem Kollegen vorbei, weg von dem drohenden Abgrund.

»Das wäre kein Tod für mich«, sagte Ernst und sah mit skeptischer Miene noch einmal über den Terrassenrand hinunter. »Wenn ich mir vorstelle, wie sich das gestern hier abgespielt haben muss.«

Schneider ging ins Wohnzimmer, Ernst folgte ihm und fuhr fort:

»Der radelt also hier auf diesem Gestell eine Zeitlang vor sich hin, ist so richtig in Fahrt, dann löst sich die Halterung, das Rad schießt durch die Tür und über den Balkon – und die ganze Zeit ist Horlacher ja noch bei vollem Bewusstsein.«

Schneider lief es eiskalt den Rücken hinunter.

»Dann flitzt er über die Kante hinaus, fliegt im hohen Bogen durch die Luft und sieht die ganze Zeit über alles ganz genau. Er hat ja gewissermaßen einen Logenplatz. Und dann ist der hellwach, aber auch absolut hilflos, bis er sich dort unten im Garten das Genick bricht.«

Ernst schüttelte sich.

»Falls da gerade ein Nachbar rausgeschaut hat, muss das ausgesehen haben wie ›E.T.‹ damals im Kino«, sagte Schneider und grinste ein wenig, froh, die bedrückende Szene mit einem lauen Witz vielleicht etwas auflockern zu können. »Sie wissen doch: der kleine Außerirdische, der mit seinem Fahrrad vor dem Mond vorüberfliegt.«

Er sah Ernst an, aber der sah an seinem Kollegen vorbei zu der Tür hin, die hinaus in den Flur führte. Schneider spürte, dass jemand hinter ihm stand, und das Räuspern eines Mannes bestätigte ihn in seiner Vermutung.

Als er sich umdrehte, stand eine Frau von Ende dreißig, Anfang vierzig vor ihm. Groß, schlank, schulterlange Haare und auch sonst in jeder Hinsicht eine sehr angenehme Erscheinung. Nur die verheulten Augen irritierten Schneider ein wenig. Fragend sah er Kommissar Alexander Maigerle an, der neben der Frau stand.

»Das ist Frau Rombold, eine Nachbarin.«

»Und meine kleine Tochter hat Ihren ›E.T.‹ gestern Nacht durch die Luft fliegen sehen«, sagte Frau Rombold. Normalerweise hätte er die tiefe, kehlige Stimme der Frau sehr anregend gefunden – nun aber fühlte er, wie ihm kräftige Schamröte ins Gesicht stieg.

»Entschuldigen Sie bitte, Frau …«

»Rombold.«

»Ja … Frau Rombold … äh … tut mir leid. Wir neigen manchmal etwas zu derben Scherzen und zu Zynismus.

Vielleicht wollen wir uns damit besser gegen die Dinge wappnen, die wir in unserem Job zu sehen bekommen.«

»Kenne ich, ich bin Anwältin. Aber wenn es um meine Tochter geht, verstehe ich keinen Spaß, sorry.«

Da inzwischen eindeutig feststand, dass Horlacher ermordet worden war, und vielleicht auch ein wenig aufgrund der Popularität des Opfers hatte Rolf Binnig als Leitender Kriminaldirektor die Bildung einer Sonderkommission angeordnet und das erste Treffen auf vierzehn Uhr angesetzt.

Frieder Rau kämpfte noch mit den Tücken der Leinwand, auf der er gleich einige Fotos vom Fundort der Leiche zeigen wollte. Alle anderen Mitglieder der Sonderkommission saßen schon auf ihren Plätzen und warteten gespannt, dass es an diesem Freitagnachmittag endlich losging.

Schneider sah in die Runde: An den Tischen, die sie in dieser Hälfte des Raumes wie üblich zu einem U zusammengeschoben hatten, saßen seine Kollegen Rainer Ernst und Alexander Maigerle, Jutta Kerzlinger und Henning Brams – diese vier würden Schneider draußen bei den Befragungen helfen und vor Ort Recherchen anstellen. Im Innendienst, über Telefon und PC würden ihnen Heydrun Miller, Manfred Dettwar und Wilfried Rosen zuarbeiten.

Vom zuständigen Polizeirevier Backnang waren Polizeihauptmeister Rolf Schmitz und Polizeiobermeister Sören Waasmann mit im Team. Schmitz war ein hagerer Typ mit grauen Haaren, tiefen Augenringen und unglaublich langen Armen, der große Ruhe ausstrahlte. Waasmann dagegen agierte ein wenig hektisch, hatte unter seinem weißblonden Haar eine ungesund rot wirkende Gesichtshaut und wirkte zugleich übereifrig und blasiert – eine seltsame Mischung, und auf jeden Fall keine sympathische.

Außerdem war Claus Nerdhaas für die Soko eingeteilt worden: Nerdhaas hatte in der Kripoaußenstelle Schorndorf als Internetspezialist gearbeitet, und auch nach der Auflösung der Außenstelle und der Zusammenführung der Kripomitarbeiter in Waiblingen galt er als derjenige, der sich am besten mit Computertechnik auskannte, und das war in diesem Fall sogar noch wichtiger als sonst: Henning Horlacher, der Tote, war Chef einer Internetfirma.

Kriminalhauptkommissar Fritz Fischer, der im vergangenen Jahr die Soko Maisfeld geleitet hatte, fiel aus – er hatte seinem Enkel zuliebe an einer Rhönrad-Vorführung teilgenommen und sich dabei einen Wirbel gequetscht. Fischer war wütend wegen der Verletzung – vor allem, weil er sich nun von seiner Frau bemuttern lassen musste, anstatt einen Mordfall aufklären zu dürfen.

Kriminalhauptkommissar Maier, der in Backnang die letzte verbliebene Kripo-Außenstelle des Landkreises leitete, lag mit einer Lungenentzündung im Krankenhaus. Und Kommissar Erdmann, sein Stellvertreter, war ein guter Ermittler, aber nicht besonders erpicht darauf, eine leitende Funktion zu übernehmen. Er fühlte sich ganz gut als zweiter Mann in Backnang, und auch in der Sonderkommission drängte es ihn nicht in die erste Reihe.

Neben Erdmann saßen Karin Floßmann und Ernst Ebner, zwei weitere Kripobeamte von der Backnanger Außenstelle.

Den Vorsitz der heutigen Soko-Besprechung, der Premiere, hatte Rolf Binnig übernommen, der als Leitender Kriminaldirektor der Chef der Polizeidirektion Waiblingen war. Neben ihm saßen Staatsanwalt Kurt Feulner, der Pathologe Dr. Ludwig Thomann, Markus Berner und sein Chef Frank Herrmann von der Pressestelle sowie Schneider.

Binnig hatte den Kommissar am Telefon vorgewarnt, dass er ihn zum Leiter der Soko machen werde.

»Sie wissen doch, dass ich nicht so der Büroheld bin«, hatte Schneider einen vorsichtigen Protest versucht.

»Ja, weiß ich. Und das ist mir egal. Sie machen das gut, und Sie dürfen das meinetwegen auch wieder so eigenwillig machen wie bisher.«

Das klang gut, fand Schneider. Denn er war keiner, der – wie es für einen Soko-Leiter üblich gewesen wäre – vom

Schreibtisch aus die Fäden zusammenhielt und die anderen draußen fragen und recherchieren ließ. Schneider wollte selbst raus, wollte selbst mit den Leuten reden, wollte sich selbst ein Bild machen. Noch vor drei Jahren, als in Kallental der unbeliebte Bauer erschlagen vor seiner Scheune lag, hatte ihm das heftige Kritik vor allem von Staatsanwalt Feulner eingebracht.

»Herr Feulner hat inzwischen wohl auch seinen Frieden mit Ihnen und Ihren Methoden gemacht«, fuhr Binnig fort.

»Na, dann …«, gab Schneider nach und grinste breit.

»Grinsen Sie mal nicht zu früh«, lachte Binnig trocken und legte auf.

Schneider erschrak: Konnte Binnig durch das Telefon *hören*, dass er grinste?

Nun saß er also neben Binnig und Feulner am Tisch und wartete darauf, dass Rau die Leinwand endlich dazu brachte, wie gewünscht aus der Deckenhalterung herunterzufahren. Ein kurzes, reißendes Geräusch verhieß nichts Gutes, aber dann rollte sich die Leinwand doch langsam aus.

»So«, sagte Binnig und gönnte sich ein leichtes Schmunzeln, »nachdem Herr Rau das Problem mit der Leinwand also gelöst hat, sollte uns der Rest dieses Falles eigentlich auch keine großen Schwierigkeiten mehr machen.«

Er wurde wieder ernst.

»Und das wäre mir auch recht, denn unser Toter scheint in seiner Branche ziemlich prominent zu sein. Da werden wir also von der Presse, von Funk und Fernsehen ziemlich schnell Druck bekommen.«

Pressechef Herrmann nickte.

»Dann wollen wir mal loslegen. Ach so … zwei Sachen noch. Zum einen: Wie sollen wir unsere Soko nennen? Ich habe vorhin auf dem Flur schon Vorschläge gehört wie ›E.T.‹, ›Fitness‹ und ›Harte Landung‹. Alles sehr schön, liebe Kolleginnen und Kollegen.«

Jutta Kerzlinger grinste ein wenig, Feulner warf ihr einen tadelnden Blick zu.

»Aber das können wir uns diesmal noch weniger erlauben als sonst schon«, fuhr Binnig fort. »Die Medien werden uns auf die Finger schauen, und wie Sie wissen, ist ausgerechnet ein kleines Mädchen Zeuge dessen geworden, wie unser Toter auf dem Fahrrad zu seinem kurzen Flug ansetzte.«

»Soko Backnang?«, fragte Maigerle.

»Das ginge, ist aber etwas unbestimmt«, sagte Herrmann. »Ich hätte gerne etwas, das einigermaßen nüchtern ist und trotzdem griffig genug, damit sich die Journalisten keinen eigenen Namen ausdenken müssen.«

»Herr Feulner hat ›Soko Fahrrad‹ vorgeschlagen«, sagte Binnig. »Das trifft es ja ganz gut, oder?«

Alle nickten.

»Gut, dann also ›Soko Fahrrad‹. Nun der zweite Punkt: Geleitetet wird die Soko von Herrn Schneider. Der hat das zu seiner Schorndorfer Zeit ja schon zweimal ganz gut gemacht ...«

Feulner räusperte sich.

»... und wir haben uns, glaube ich, inzwischen auch daran gewöhnt, dass er den Posten ein wenig anders anpackt, als wir das gewohnt sind. Nicht wahr, Herr Feulner?«

»Ja, ja, wenn es der Sache dient, will ich da nicht unbedingt als Erbsenzähler auftreten. Wir haben ja auch noch jemanden im Innendienst, wenn Herr Schneider draußen den Spürhund gibt.«

Schneider sah den Staatsanwalt an, aber der ›Spürhund‹ war offensichtlich nicht böse gemeint – Feulner grinste recht freundlich zu ihm herüber.

»Herr Erdmann von der Backnanger Außenstelle würde die Leitung des Innendienstes übernehmen und wäre unser zweiter Mann in der Soko. Ist das in Ordnung, Herr Erdmann?«

Erdmann nickte. Natürlich hatte Binnig das auch mit ihm schon vorab besprochen.

»Immerhin ist das hier Ihr Revier, solange Herr Maier krank ist«, fügte Binnig noch hinzu.

»Ja, ja, geschenkt«, grinste Erdmann. »Ich habe wirklich kein Problem damit, die Leitung Herrn Schneider zu überlassen. Mir ist das ganz recht, da kann ich in Ruhe meine Arbeit tun. Außerdem ist er ja indirekt ein Backnanger, zumindest ehrenhalber.«

Binnig sah ihn überrascht an, auch Schneider stutzte.

»Na, hier in Backnang wurden doch bis ins dreizehnte Jahrhundert die Markgrafen von Baden begraben. Und Herr Schneider kommt doch aus dem Badischen, oder?«

Schneider grinste, Erdmanns Humor gefiel ihm. Binnig rollte dagegen etwas genervt mit den Augen – dieses ewige Thema um Baden und Württemberg, um Backnang und seinen Altkreis auf der einen und die bösen Waiblinger, die ihnen das Kennzeichen und das Krankenhaus und was sonst noch alles weggenommen hatten, auf der anderen Seite ging ihm schon lange gegen den Strich.

»Dann hätten wir das Organisatorische also erledigt. Und was haben Sie für uns, Herr Rau?«

»Bilder und Infos, wie üblich«, begann Rau, der mittlerweile neben seinen Laptop getreten war. »Und es wird kein bisschen blutig, was die Kollegin Kerzlinger sicher begrüßen wird.«

Jutta Kerzlinger hatte schon davon gehört, dass es diesmal nicht um abgetrennte Gliedmaßen gehen sollte, und lächelte Rau zu.

»Und wer isst jetzt meine Bonbons?«, raunte Henning Brams ihr zu, der neben ihr saß.

»Och, kannst mir trotzdem eins geben.«

»Sie sehen hier das Zimmer, in dem der Tote seine Fitnessgeräte aufgestellt hatte«, dozierte Rau, rief ein paar Fotos von Horlachers Trainingsraum auf und klickte während seiner Beschreibungen immer weiter zu den passenden Abbildungen. »Hier ist die Halterung, auf der das Rennrad montiert war. Hier sehen Sie die Stelle, an der eigentlich ein Sicherungsbolzen hingehört – und hier daneben lag die Schraube, die dadurch gesichert worden wäre. Einige Kratzer deuten darauf hin, dass der Sicherungsbolzen dort mal angebracht und erst später entfernt worden war. Wir haben mal die Staubschicht an der entsprechenden Stelle und an der Schraube untersucht. In Horlachers Wohnung haben wir eine ganz ordentliche Staubentwicklung – er hat im Wohnzimmer viele CDs und Bücher, wahrscheinlich kommt das daher. Auf dem Tisch im Trainingsraum lag eine Tageszeitung vom Tag vor Horlachers Tod, darauf fand sich etwas mehr Staub als an der Position für den Sicherungsbolzen.«

Schneider schrieb »Putzfrau?« auf seinen Block.

»Außerdem war an dem Rennrad ein Trainingstacho angebracht, mit dem Horlacher unter anderem seine Trainingszeiten speicherte – demnach trainierte er seit Januar jeden Tag ziemlich ausgiebig und ziemlich heftig. Allzu lange konnte die Schraube die dabei entstehenden Vibrationen und Erschütterungen ohne Bolzen nicht aushalten. Wenn wir das und noch einige andere Spuren berücksichtigen, die ich in meinem Bericht für Sie zusammengefasst habe« – vor jedem Soko-Mitglied lag ein Ausdruck – »komme ich zu dem Schluss: Der Bolzen wurde wahrscheinlich am Tag von Horlachers Tod oder am Tag zuvor entfernt.«

Die Frauen und Männer am Tisch notierten den Zeitraum.

»Als sich die Schraube genug gelockert hatte, um herauszufallen, war das Rennrad nicht mehr auf der Halterung fixiert. Horlacher trat vermutlich einfach weiter die Pedale, die Reifen holperten auf den Fußboden herunter und dann dürfte Horlacher das hier als Letztes gesehen haben.«

Er startete eine kleine Diaschau, deren Perspektive sich in einigen Schritten durch die Balkontür, über den Balkon und dann hinaus über den steil in Richtung Murr abfallenden Garten vorschob. Grinsend beobachtete Rau, wie einige seiner Zuschauer sich unwillkürlich auf ihren Stühlen ein wenig nach hinten lehnten.

»Siehst du, Henning«, sagte Jutta Kerzlinger leise zu ihrem Nebensitzer, »jetzt kann ich dein Bonbon doch noch brauchen.«

»Das Balkongeländer war an diesem Tag nicht anmontiert – der Schlosser war seit ein paar Tagen da zugange und hatte die Teile für das neue Geländer schon etwas weiter seitlich auf dem Balkon bereitgelegt. Dann ist Horlacher über den Balkonrand hinaus und im hohen Bogen in seinen Garten hinuntergeradelt. Das war um kurz vor neun – und dafür haben wir eine Zeugin. Leider.«

Die Kollegen, die noch nicht die Hintergründe kannten, sahen Rau erstaunt an.

»Im Nachbarhaus wurde gerade ein kleines Mädchen ins Bett gebracht. Ein Fenster des Kinderzimmers geht zu Horlachers Haus hinaus, das Mädchen hat ihn auf dem Rad durch die Nacht fliegen sehen.«

Keiner lachte, obwohl sich jeder die an sich alberne Szene von Horlachers nächtlichem Flug gut vorstellen konnte. Nur Nerdhaas' Mundwinkel zuckten verräterisch, aber auch er beherrschte sich.

»Wie geht es dem Mädchen?«, fragte Pressechef Herrmann.

»Ganz gut«, schaltete sich Binnig ein. »Wir haben ihr und ihrer Mutter einen Psychologen geschickt. Der gibt eine ganz positive Einschätzung ab, und die Mutter scheint ohnehin eine ziemlich taffe Frau zu sein. Trotzdem: Da wäre es gut, wenn Sie den Journalisten noch einmal ins Gewissen reden. Wir sollten nichts Spaßiges zu diesem Detail lesen oder hören müssen.«

»Geht klar«, sagte Herrmann. »Wir erwähnen das Mädchen am besten erst einmal gar nicht. Außerdem würde ich heute gerne noch auf eine Pressekonferenz verzichten. Bisher hat noch niemand bei uns nachgefragt, und theoretisch können wir ja noch nicht sicher sein, ob es wirklich ein Verbrechen war. So würde ich das jedenfalls nach außen darstellen. Und dann setzen wir für morgen Nachmittag die Pressekonferenz an – ich schlage sechzehn Uhr vor. Da haben wir dann ja auch die ersten Ergebnisse der Obduktion, oder?«

»Die Obduktion«, sagte Dr. Thomann, »haben wir für heute achtzehn Uhr vorgesehen – ich hoffe, das ist Ihnen allen noch recht? Obwohl es so spät am Freitag ist.«

Schneider nickte – mit einem frischen Mordfall auf dem Tisch war das Wochenende ohnehin weitgehend gegessen.

»Prima«, sagte Herrmann. »Dann haben wir morgen Abend die ersten Berichte im Radio, falls der Fall als wichtig genug eingeschätzt wird, am Sonntag ein bisschen Presse und ab Montag dann vermutlich die ausführlichen Berichte. Das sollte uns ein wenig Luft verschaffen, und die Soko kann etwas länger in Ruhe arbeiten.«

Auch Binnig war einverstanden.

»Horlacher«, fuhr Rau schließlich fort, »muss fast den ganzen Flug über auf seinem Fahrrad gesessen haben. Erst kurz vor dem Aufprall drehten sich Rad und Fahrer ein wenig. Er landete leicht kopfüber auf dem Gartenboden, der durch das Tauwetter der vergangenen Tage schon weich, aber noch immer von Schneeresten bedeckt war. Ich bin selbst überrascht, aber er trug äußerlich keine blutenden Verletzungen davon – brach sich aber das Genick und war auf der Stelle tot.«

Damit setzte sich Rau und ließ ein letztes Bild stehen, das Horlacher aus der Nähe zeigte, auf dem Boden liegend und den Kopf unnatürlich stark zur Seite gedreht.

»Eigentlich hat Herr Rau meinen Part im Wesentlichen schon mit abgedeckt«, übernahm der Pathologe Dr. Thomann. »Ich würde auch auf Genickbruch schließen, wir werden natürlich bei der Obduktion eine ganze Reihe durch den Aufprall verursachte innere Verletzungen finden – er hatte ja doch ganz schön Schwung und kam von recht weit oben geflogen. Aber die Haut hat das offensichtlich ausgehalten. Das kennen Sie ja noch von unserem Fall mit dem toten Baggerfahrer …«

»Aushubunternehmer«, korrigierte Schneider im Reflex, lächelte dann aber gleich entschuldigend zu Thomann hinüber.

»Gut, dann also Aushubunternehmer. Der lag ja unter der Schaufel seines eigenen Baggers begraben und war teilweise zerquetscht – und auch da ist die Haut des Toten an mehr Stellen heil geblieben, als das ein Laie so ohne Weiteres glauben würde.«

Jutta Kerzlinger erinnerte sich gut an den Fall von vor zwei Jahren. Sie lutschte das Bonbon nun ein wenig heftiger.

Sie verteilten noch einige Aufgaben, und Herrmann briefte Feulner, Schneider und Ernst, die mit ihm, Berner und Binnig an der morgigen Pressekonferenz teilnehmen sollten.

Schneider und Ernst wollten sich bei einer Tasse Kaffee noch ein wenig über die nun anstehenden Aufgaben absprechen – der Vollautomat, den Polizeihauptmeister Schmitz vom hiesigen Revier mitgebracht und im Flur vor dem Soko-Raum angeschlossen hatte, fabrizierte wirklich fabelhaften Kaffee. Als sie hinausgingen, sahen sie Feulner noch mit dem Pathologen zusammenstehen. Feulner verstummte, als die beiden Kommissare an ihnen vorbeigingen, und nickte ihnen verlegen lächelnd zu. Thomann grinste über das ganze Gesicht.

Auf der Fahrt nach Stuttgart wirkte Klaus Schneider bedrückter als sonst. Er kurvte mit seinem gelben Porsche nun schon so zielsicher durch Stuttgart, als habe er noch nie etwas anderes getan. Aber anders als sonst schien ihm das Knurren des Sportwagenmotors heute keine rechte Freude zu machen.

»Ist was mit Ihnen?«, fragte Ernst schließlich, als sie oberhalb des Pragtunnels auf die Straße einbogen, die zum Krankenhaus führte.

»Ach, nichts Wichtiges«, brummte Schneider und schaltete hoch.

Ernst sah ihn weiter an und wartete.

»Es geht um meinen Wagen«, sagte Schneider nach einer Weile. »Meine Frau meinte, dass er vor allem hinten auf der Rückbank doch etwas arg eng sei …«

Ernst ahnte schon, worauf Frau Schneider hinauswollte. Sie selbst hatte einen kleinen Flitzer, der recht flott unterwegs war, den man auch mal etwas ruppiger schalten konnte, ohne dass er es einem übel nahm – und Frau Schneider kam mit dem praktischen Kleinen in fast jede Parklücke.

Klaus Schneider dagegen hatte seinen Porsche, einen 911er der Baureihe 964, Baujahr 1989, in der Lackierung »Speedgelb«. Schneider hatte seinem Kollegen so oft und so detailliert davon vorgeschwärmt, dass sich Ernst irgendwann den ganzen Kram gemerkt hatte – obwohl er selbst keinen Sinn dafür hatte. Für ihn war ein Auto dann gut, wenn es genug Stauraum, genug Kraft unter der Motorhaube und möglichst wenig Bedarf an teuren Reparaturen hatte. Und »Oldtimer« oder »Klassiker«, von denen Freaks wie Schneider schwärmten, waren für ihn einfach alte Autos.

Und diesem alten Auto, das seinem Kollegen so ans Herz gewachsen war, sollte es nun an den Kragen gehen. Dass Schneider das die Laune verhagelte, konnte sogar ein Banause wie Ernst nachvollziehen.

»Und jetzt sollen Sie Ihren Porsche verkaufen?«

»Tja, so will das zumindest meine Frau. Aber nicht mit mir, das sage ich Ihnen! Ich werde mich wehren, mit Händen und Füßen. Soll sie doch ihren kleinen Flitzer verkaufen – ich setze mich nicht in einen dieser Vans! Niemals!«

Schneider hatte sich ein wenig in Rage geredet und fast die Abfahrt verpasst, die sie auf dem Weg in die Pathologie nehmen mussten. Im letzten Moment riss er das Lenkrad herum, und der Porsche durfte zeigen, wie gut sein Fahrwerk in Schuss war.

»Das hätte mit einem dieser blöden Vans nie und nimmer geklappt«, brummte Schneider.

Wahrscheinlich, so ging es Ernst durch den Kopf, erlebte er hier nur die letzten Rückzugsgefechte eines passionierten Porschefahrers mit. Die Sache war vermutlich längst entschieden, und das sicher nicht durch Klaus Schneider.

Frauen konnten in Dingen, die ihnen wichtig waren, sehr hartnäckig sein. Und sie behielten an ihren Zielen länger das Interesse als viele Männer an ihrer Abneigung gegen eben dieselben. Hatte nicht auch Sabine irgendwann einmal beschlossen, zu Ernst nach Ebni zu ziehen? Und hatte sie danach nicht relativ offensichtlich das Projekt »Sabine wird schwanger von Rainer« in Angriff genommen?

Sabine …

Ernst schluckte und versank in Schweigen. Schneider steuerte den Porsche durch die Einfahrt in den Hinterhof des Robert-Bosch-Krankenhauses und horchte dem potenten Schnurren des Motors noch ein wenig nach, bevor er den Zündschlüssel umdrehte.

Oben auf der Rampe stand Krüger und rauchte. Als er Ernst und Schneider sah, hob sich sein imposanter Schnauzbart ein wenig, mehr war von seinem Lächeln zur Begrüßung nicht zu erkennen. Vor drei Jahren, als Ernst wegen des Mordes an dem unbeliebten Bauern aus Kallental erstmals mit seinem damals neuen Vorgesetzten Klaus Schneider hier in den Innenhof gefahren war, hatte Krüger auf den Neuen aus dem Badischen sehr zurückhaltend reagiert.

Inzwischen kannte er Schneider auch, und der in Karlsruhe geborene Kollege hatte sich mittlerweile wohl auch unter Krügers Augen bewährt – keine Kleinigkeit, wenn man bedachte, dass Krüger ein durchaus eingefleischter Schwabe war.

Der groß gewachsene Sektionsgehilfe kümmerte sich darum, dass die Pathologen im »Bosch«, wie das Krankenhaus hier nur genannt wurde, ihre Arbeit tun konnten. Er und sein Kollege Eddie – Ernst fiel auf, dass er noch nie Eddies Nachnamen gehört hatte und dass ihn auch nie jemand anders als mit Eddie ansprach – nahmen die Leichen in Empfang, schoben sie in den Computertomographen und machten dreidimensionale Scans von den Toten, die dann von einem Spezialisten an der Tübinger Universitätsklinik zu einem kompletten 3D-Modell der Leiche zusammengesetzt wurden.

Ernst erinnerte sich, dass ihm Krüger vor Jahren mal ganz stolz beschrieben hatte, wie das funktionierte – und wie stolz Krüger darauf gewesen war, dass er und die Tübinger Kollegen zu den wenigen im Land gehörten, die solche Modelle erstellten. Damit gehörten die Exhumierungen von Toten in den meisten Fällen der Vergangenheit an – ein Verlust für Krimiautoren, die so etwas auch gerne mal bei Nieselregen und in der Dämmerung geschehen ließen.

»Egal«, dachte Ernst und nickte Krüger freundlich zu. Hier waren sie nicht in einem Kriminalroman. Das hier war die Realität, und jede Arbeitserleichterung war herzlich willkommen. Auf vernieselte Spätnachmittage im Dämmerlicht konnte Ernst da leicht verzichten.

Erst als er sich neben Krüger stellte, fiel ihm auf, dass sein Kollege nicht mit ihm Schritt gehalten hatte. Schneider stand noch am unteren Ende der Treppe, die auf die Rampe führte. Und er betrachtete mit betrübtem Blick den Wagen des Pathologen Dr. Thomann: einen blauen Van, an dessen Heck Aufkleber mit kindlichen Motiven und Kindernamen prangten.

»Kommen Sie, Herr Schneider?«, rief Ernst.

»Ja, ja, ich komme.«

Dann riss er sich von dem Anblick des Vans los und stapfte so schwerfällig und gebeugt die Treppe hinauf, als trage er seinen Sportwagen auf dem Rücken.

»Der Kollege ist junger Vater, und im Porsche ist hinten nicht genug Platz für den Kindersitz«, raunte Ernst zu Krüger hin.

Krügers Augen verengten sich zu Schlitzen, an den Rändern vertieften sich die Lachfalten, der Schnauzbart hob sich an den Enden.

»Das habe ich gehört!«, sagte Schneider in gespielt strengem Ton. »Können wir?«

»Geht ihr nur rein, ihr kennt ja den Weg«, sagte Krüger. »Ich rauche noch kurz fertig. Thomann und Feulner sind schon drin – und schon fleißig bei der Arbeit.«

Der Schnauzbart bebte kurz, dann platzte ein heiseres Lachen aus Krüger hervor.

Ernst und Schneider sahen sich fragend an. Sie waren pünktlich zum verabredeten Termin erschienen, und es sah Thomann gar nicht ähnlich, dass er schon ohne sie begann. Und dass Feulner vor ihnen da war, kam auch nicht jedes Mal vor.

Sie folgten den Gängen bis in den kleinen Raum, der eine Durchgangsschleuse für den Sektionssaal darstellte. Jeder griff sich ein Paar der vorgeschriebenen Überschuhe und zerrte und zupfte sie leidlich zurecht, dann betraten sie den Raum, in dem der Pathologe Dr. Thomann heute die näheren Umstände von Henning Horlachers Tod untersuchen sollte.

Dr. Thomann und Feulner waren über einen der beiden Sektionstische gebeugt, zwischen ihnen stand ein Junge von etwa elf Jahren und lugte zwischen den Männern hindurch auf das, was auf dem Tisch lag.

Auf dem zweiten Tisch lagen Kleider: ein Trainingsanzug mit Schmutz- und Grasflecken, Turnschuhe einer teuren Marke, Funktionsunterwäsche – das schienen die Kleider zu sein, die Horlacher bei seinem Flug durch die Backnanger Nacht getragen hatte.

Aber: Was in aller Welt suchte der kleine Junge hier?

Ernst und Schneider gingen leise durch den Raum und stellten sich neben den Staatsanwalt an den Sektionstisch. Feulner, der ihr Näherkommen aus den Augenwinkeln bemerkt hatte, lächelte sie entschuldigend an und widmete sich dann wieder dem Untersuchungsobjekt vor ihm. Der kleine Junge hatte die beiden Kommissare gar nicht erst bemerkt und schaute weiterhin fasziniert auf den Sektionstisch.

Dr. Thomann beugte sich nach vorn und arbeitete konzentriert mit einem scharfen Messer.

»Schau mal, Lukas«, sagte er dann und spreizte mit zwei Fingern seiner Latexhandschuhe den Körper, den er zuvor mit dem Messer sauber aufgeschnitten hatte. »Das hier ist der Darm, hier das Herz.«

Vor Thomann lagen die sterblichen Überreste einer Maus. Das Fell war ein wenig zerzaust und der Kopf des Tieres lag in einem unnatürlichen Winkel zum Körper.

»Und hier« – Thomann drehte die Maus vorsichtig um – »siehst du, woran sie gestorben ist.«

Er deutete auf eine Stelle im Nacken der Maus, an der Blut das graue Fell verklebt hatte.

»Das war Fips«, sagte Lukas, und er klang, als sei er stolz darauf. »Der ist inzwischen ein richtiger Jäger.«

Ernst und Schneider sahen Feulner fragend von der Seite an, aber der merkte nichts und lächelte selig.

»Schau mal, Onkel Kurt«, sagte der Junge und zupfte an Feulners Anzugjacke. »Hat Fips das nicht gut gemacht?«

Er drehte sich zu Onkel Kurt um – bemerkte erst jetzt die beiden Kommissare, zuckte wie ertappt zusammen und versteckte sich erschrocken hinter Feulner.

Thomann grub noch ein wenig in dem Tier herum, dann fiel ihm auf, dass ihm der Junge nicht mehr zusah. Er blickte auf.

»Oh, die Herren Kommissare«, sagte er dann und grinste. »Wir haben noch einen anderen Fall reinbekommen und ihn wegen seiner besonderen Dringlichkeit vorgezogen. Ich hoffe, Sie haben Verständnis.«

Thomann zwinkerte ihnen zu, und Schneider musste zugeben: Seit sie vor fast zwei Jahren zum Richtfest des Pathologen eingeladen worden waren und das Eis zwischen ihnen ein wenig getaut war, hatte sich Thomann als richtig humorvoller Zeitgenosse entpuppt. Und viel lockerer, als er auf den ersten Blick wirkte.

»Lukas ist mein Patenkind«, erklärte Feulner nun, und er wirkte nicht so, als würde er sich im Moment sehr wohl fühlen. »Sein Kater Fips hat eine Maus gefangen, und ich hatte schon lange mal versprochen, dass er mich in die Pathologie begleiten darf. Herr Dr. Thomann war dann so freundlich … äh … Ich hoffe, es macht Ihnen nichts aus?«

»Nein, natürlich nicht«, sagte Ernst schnell.

Schneider machte eine großzügige Geste und verbiss sich ein Grinsen.

»Danke, meine Herren«, sagte Feulner laut. Und zu Thomann gebeugt flüsterte er: »Sie haben etwas gut bei mir, Herr Dr. Thomann.«

Thomann nickte und zwinkerte Ernst und Schneider hinter dem Rücken des Staatsanwalts zu.

»So, Lukas, dieser Fall scheint mir geklärt. Deinem Fips können wir, glaube ich, mildernde Umstände gewähren. Als Kater ist er natürlich gewissen Reflexen verpflichtet, und die Maus musste auf jeden Fall nicht leiden: sauberer Genickbiss.«

Lukas sah ernsthaft auf die tote Maus und beobachtete, wie der Pathologe den kleinen Leichnam in eine Vesperbox aus Kunststoff bettete und den Deckel sorgsam zudrückte. Dann reichte er ihm die Plastikschachtel.

»Sei nicht allzu streng mit deinem Kater, Lukas, ja?«

Der Junge strahlte, nahm die Vesperbox mit stolz geschwellter Brust entgegen und sah sehr zufrieden zu seinem Patenonkel auf.

»So, Lukas«, sagte Feulner, und seine Stimme klang deutlich weicher, als Ernst und Schneider sie aus den Soko-Besprechungen kannten. »Jetzt gehst du raus zum Herrn Krüger. Der wartet inzwischen wahrscheinlich vor der Tür auf dich. Zieh die Schuhschoner aus und geh mit Herrn Krüger in den Innenhof. Dort müsste jeden Moment deine Mutter ankommen und dich abholen. Okay?«

»Klar, Onkel Kurt. Vielen Dank auch.«

Der Junge flitzte in Richtung Tür davon, dann blieb er noch kurz stehen, drehte sich um und fragte: »Und, Onkel Kurt: Wann machen wir das mit den echten Kripo-Kommissaren?«

Feulner räusperte sich.

»Äh … das machen wir dann auch noch. Ich sag dir Bescheid, ja?«

»Prima, Onkel Kurt. Tschühüs!«

Und damit war er verschwunden. Die Überschuhe behielt er an, und Ernst vermutete, dass Krüger ihm die Plastikhülsen ganz geheimniskrämerisch als wertvolles Souvenir in die Tasche stecken würde.

Feulner sah Schneider und Ernst etwas unsicher an: »Das mit Lukas und den ›echten Kripo-Kommissaren‹ erkläre ich Ihnen später, in Ordnung?«

Schneider und Ernst grinsten und nickten.

Als schließlich die richtige Leiche auf dem Sektionstisch lag, waren Lukas und sein jagdfreudiger Kater fürs Erste vergessen.

Hier im Sektionssaal sah der Tote schon deutlich weniger unversehrt aus als in seinem Garten. Henning Horlacher lag auf dem Rücken, und sein Brustkorb war ungewöhnlich flach. Dr. Thomann öffnete den Leichnam mit geübtem Schnitt, dann hob er vorsichtig die Haut zur Seite ab.

»Hier ist nicht mehr viel heil«, sagte er zu seinen Zuschauern. »Deshalb sah der Brustkorb ja auch etwas eingedrückt aus. Sie sehen hier überall die Folgen des Aufpralls: gebrochene Rippen, innere Blutungen und so weiter.«

Mit Hilfe der beiden anderen Pathologen, die Thomann assistierten, hob Thomann Schulter und Kopf des Toten ein wenig an und drehte ihn leicht auf die Seite.

»Sehen Sie hier im Genick diesen Knubbel?«

Schneider, Feulner und Ernst nickten.

»Der gehört da nicht hin. Das ist die Stelle, an der er sich, wie man so schön sagt, den Hals gebrochen hat. Und nun steht ein Teil der Wirbelsäule ein wenig quer.«

Thomann grinste, Schneider schluckte.

»Keine Bange, Herr Schneider, das machen wir erst nachher auf. Das müssen Sie sich nicht ansehen, ich schicke Ihnen ja hinterher den Bericht.«

Damit ließen er und seine Kollegen Horlacher wieder auf den Rücken sinken. Thomann bog einige abgebrochene Rippenenden beiseite und arbeitete sich in den Raum dahinter vor.

»Sollen wir nicht doch lieber stattdessen das Genick betrachten?«, fragte Schneider und grinste säuerlich.

Thomann lachte, entnahm dem Leichnam einige Organe, besah sie kurz und reichte sie nacheinander an die Kollegen weiter, die sie gleich für die weiteren Untersuchungen vorbereiteten. Die Leber hielt Thomann ein wenig länger in der Hand.

»Sehen Sie: Der Kollege hat recht«, sagte er und wandte sich zu Schneider.

»Kollege? Welcher Kollege?«

»Na, dieser Arzt, der Bücher schreibt und Kabarett macht. Die Leber wächst wirklich mit ihren Aufgaben.«

Schneider verdrehte die Augen, sein Bedarf an Humor war im Moment eher überschaubar.

»Und diese Leber hier konnte über Arbeitsmangel nun wirklich nicht klagen. Ich nehme an, in Horlachers Haus fand sich das eine oder andere leckere Tröpfchen?«

Schneider nickte.

»Ja, teurer Whisky, teurer Wein. Aber auch teurer Sprudel.«

»Tja, mit Letzterem hat er es wohl am wenigsten übertrieben. Und sehen Sie hier ...« Thomann kniff den Toten in den Hüftspeck, der durch das Öffnen der Haut nun recht schlaff auf dem Sektionstisch zu liegen kam. »Gegessen hat er wohl auch mehr, als er hinterher wieder abtrainierte.«

Thomann sah auf Schneiders Bäuchlein, das sich unter dem weit geschnittenen Hemd leicht abzeichnete.

»Sie sollten ruhig auch ein wenig Sport treiben«, grinste er.

»Mach ich ja«, protestierte Schneider. »Zumindest versuche ich es.«

Thomann sah den Kommissar fragend an, dann beugte er sich wieder über den Bauch des Toten.

»Na ja«, erklärte Schneider, während der Pathologe mit geschickten Griffen weiter an oder eher in Horlacher herumhantierte, »ich habe mich in einem Fitnessstudio angemeldet.«

»Ja, Herr Schneider, anmelden reicht halt nicht.«

»Ich bin schon auch hingegangen, aber zum Trainieren bin ich bisher nicht gekommen. Seinetwegen.«

Schneider deutete auf den Toten.

»Das ist natürlich Pech«, brummte Thomann. »Für ihn sowieso, aber für Sie halt auch. Aber der Fall ist ja irgendwann auch gelöst, und dann rauf aufs Gerät.«

»Sehen Sie – und auf diese Art habe ich gleich noch eine zusätzliche Motivation, den Mörder schnell zu finden.«

»Jetzt komm doch endlich ins Bett!«

Elsa Stegschmied war noch einmal im Nachthemd durch den Flur getappt und sah nun auf ihren Mann hinunter, der seinen Kopf in beiden Händen vergraben hatte und schon den ganzen Abend über so in der Küche hockte.

»Franz!«, sagte sie noch einmal, aber ihr Mann rührte sich nicht.

Sie betrachtete ihn still. Langsam hoben und senkten sich die Schultern ein kleines Stück, nur ein gelegentliches Zittern an seinem rechten Oberarm verriet ihr, dass er nicht eingeschlafen war.

Elsa Stegschmied holte zwei Gläser aus dem Küchenregal und eine Flasche Bier aus dem Kühlschrank, dann setzte sie sich stumm neben ihren Mann an den Tisch und wartete.

Nach einer Weile hob Franz Stegschmied den Kopf und sah seine Frau erstaunt an.

»Bist du noch wach?«

»Wieder, Franz, ich bin *wieder* wach.«

»Tut mir leid.«

»Schon in Ordnung. Möchtest du einen Schluck?«

Stegschmied nickte, seine Frau schenkte ihm und sich die Gläser voll. Er sah sie lange mit feuchten Augen an, dann hob er das Glas.

»Auf dich, Elsa«, sagte er und lächelte müde.

»Auf uns, Franz.«

Danach schwiegen beide wieder eine Zeitlang.

»Was macht dir so sehr zu schaffen, Franz?«, fragte sie schließlich.

Er zuckte mit den Schultern.

»Na ja ...«

»Ist es, weil du diesen Horlacher heute tot in seinem Garten gefunden hast?«

Er nickte, aber es schien ihm noch etwas anderes auf dem Herzen zu liegen.

»Und was noch?«

»Reicht das denn nicht?«

»Doch, doch, natürlich – aber über den toten Horlacher haben wir heute schon eine ganze Weile gesprochen. Mir ist so, als würde dich noch etwas plagen.«

»Hm«, machte Stegschmied und sagte wieder eine Weile nichts.

Draußen war leise zu hören, wie ein Lastzug über das Murrtalviadukt fuhr. Irgendwo ein paar Straßen weiter begann eine Alarmanlage zu hupen, sie wurde aber nach kurzer Zeit wieder abgestellt.

»Na, sag schon, Franz: Was ist noch mit dir?«

Wieder einige Minuten Schweigen, dann fasste sich Franz Stegschmied ein Herz.

»Wir sind doch knapp bei Kasse, Elsa, ja?«

»Na, da erzählst du mir aber ganz was Neues ...« Sie lachte rau. »Seit dich dein Chef damals rausgeschmissen hat, leben wir halt von der Hand in den Mund. Damit kommen wir nun schon recht lange ganz gut zurecht. Und du bist ja auch recht gut darin, kleine Aufträge an Land zu ziehen – und verdienst ja auch unter der Hand ein bisschen was dazu mit Jobs wie dem Balkongeländer von Horlacher.«

»Aber ...«

»Aber? Du wirst doch nicht plötzlich nachts wach bleiben wollen, weil wir nicht viel Geld zur Verfügung haben? Meine Güte, da hättest du schon lange damit anfangen können. Und was bringt es uns? Du bist morgen müde, verdienst noch weniger und alles wird noch etwas enger.«

Stegschmied nickte und stierte auf die Tischplatte.

»Jetzt raus mit der Sprache.«

»Horlacher hat mir doch immer viele Aufträge gegeben, das weißt du ja.«

»Ja.«

»Und er hat mit mir auch echt einen fairen Stundensatz ausgemacht.«

»Das kann man wohl sagen. Ich fand ihn richtig nett deswegen – vor allem, weil ich sonst eigentlich in der Stadt nicht viel Gutes über ihn gehört habe.«

»Ach, Elsa, weißt du: Der hatte, glaube ich, Mitleid mit mir. Er hat mir mal erzählt, dass sich sein Vater sein ganzes Leben lang als Möbelschreiner abgeplagt hatte und am Ende doch mit seiner kleinen Firma in den Konkurs ging. Vielleicht war er in diesem Punkt ein wenig rührselig und wollte mich etwas unterstützen. Was weiß ich …«

»Ist ja auch egal, sein Geld hat uns wirklich sehr geholfen.«

»Wenn er gezahlt hat, Elsa, wenn …«

»Wie meinst du das? Hat er dich zuletzt nicht mehr bezahlt?«

»Nein, schon seit ein paar Wochen nicht mehr.«

»Und warum?«

Stegschmied zuckte mit den Schultern.

»Er erzählte mir, dass seine Firma einen großen Auftrag verloren habe und dass er deswegen wohl auch ein paar Leute entlassen müsse.«

»Aber das darf er doch nicht zu deinem Problem machen«, protestierte Elsa. »Und überhaupt war dein Lohn für seine Verhältnisse wahrscheinlich eher Kleinkram.«

»Kann schon sein.«

»Und hast du ihm erklärt, wie schlimm das für uns ist?«

»Ja, habe ich natürlich. Und er hat mir auch versichert, dass ihm das unendlich leid tue, dass er vermutlich sehr bald schon wieder flüssig sei und dass er mir dann alles mit einem schönen Aufschlag auszahlen würde.«

»Das mit dem Aufschlag klingt gut, aber hat er dir auch gesagt, wann er zahlen würde?«

»Nein.«

»Hast du ihm Druck gemacht?«

»Ich habe mich nicht getraut. Ich wollte ihn ja auch nicht verprellen, wegen künftiger Aufträge.«

Elsa Stegschmied seufzte. Ihr Mann war einfach zu weich und nachgiebig für diese Welt da draußen. Aber ein guter Kerl war er auf jeden Fall. Sie legte ihre Hand auf seine und streichelte seinen Handrücken sanft. Dankbar sah Franz seine Frau an.

»Aber er klang so, als würde es eher ein paar Tage dauern als ein paar Wochen. Faselte ständig von einer großen Sache, die er noch in petto habe.«

»Und was meinte er damit?«

»Das weiß ich nicht, ich verstehe ja nichts von den Sachen, die Horlachers Firma so macht. Aber es klang nicht so, als hätte er einen neuen Internetauftrag in Aussicht. Es wirkte auf mich eher so, als habe er etwas Wertvolles und müsse es nur noch zu einem guten Preis verkaufen. Aber was das war? Keine Ahnung.«

Elsa Stegschmied trank noch einen Schluck Bier, dann sah sie ihren Mann noch einmal forschend an.

»Aber sag mal, Franz: Das ist es doch nicht, was dir so zu schaffen macht, oder? Ich meine: Wir sind finanziell schon seit geraumer Zeit ziemlich knapp, wir haben es bisher hinbekommen und werden das auch künftig schaffen – und wenn Horlacher dich etwas später bezahlen wollte, wäre das an sich noch kein großes Problem. Außer … ach so: Du hast Angst, dass jetzt, wo er tot ist, das Geld futsch ist?«

Sie ärgerte sich, dass sie darauf erst nach so langer Zeit gekommen war.

»Klar, das stimmt natürlich«, sagte sie. »Oh, so ein Mist! Und was machen wir jetzt?«

Ihr Mann sah sie an, aber in seinem Blick war nicht Wut zu erkennen, und auch Ratlosigkeit hatte nicht die Oberhand. Franz Stegschmied schaute drein, als – habe er ein schlechtes Gewissen.

»Also, ganz ehrlich, Franz: Heute werde ich nicht schlau aus dir. Was ist denn nun? Ist unser Geld futsch oder nicht? Und warum solltest du ein schlechtes Gewissen haben? Du siehst mich jedenfalls an wie ein Hund, der Wurst vom Teller genommen hat.«

»Du kennst mich halt«, sagte er und sah sie mit einem so traurigen Lächeln an, dass es ihr durch Mark und Bein ging.

»Hast du Mist gebaut?«, fragte sie schließlich, und ihre Stimme klang dabei ein wenig zittrig, als würde sie eine Antwort fast nicht aushalten.

»Ja, habe ich.«

»Schlimm?«

Stegschmied nickte. Seine Frau wartete ruhig ab, und schließlich begann er doch noch zu erzählen, erst stockend, dann immer flüssiger.

»Ich war in Horlachers Haus ja zuletzt mit dem neuen Balkongeländer beschäftigt. Heute wäre ich damit fertig geworden, und am Montag oder Dienstag hätte ich das Geländer dann noch lackiert.«

Er nahm einen Schluck Bier.

»Am Dienstag habe ich Herrn Horlacher noch einmal wegen des Geldes angesprochen, aber er hatte keine Zeit, musste gleich wieder weg und sagte nur noch, dass ich noch ein bisschen Geduld haben solle mit ihm. Und dass ich mein Geld schon noch bekommen würde, so wie bisher immer, nur eben diesmal etwas später.«

Elsa schenkte sich und ihrem Mann noch ein wenig nach.

»Den ganzen restlichen Dienstag über ging mir im Kopf rum, dass uns Herr Horlacher einfach auf dem Trockenen sitzen lässt. Und als ich am Mittwoch wieder ins Haus bin, um an dem Geländer weiterzuarbeiten, habe ich erst einmal im Haus herumgestöbert. Irgendwo, dachte ich mir, muss er ja Geld herumliegen haben.«

»Um Himmels willen, Franz!«

Seine Frau schlug sich die Hände erschreckt vor den Mund.

»Ich habe dann tatsächlich in einer Schublade etwas gefunden. Elsa, stell dir vor: Ein richtig dickes Bündel Hunderter! Noch mit so einem Papierstreifen drumherum, wie ihn die Banken zum Verpacken nehmen. Ein ganzes Bündel Hunderter! Und mir hatte er gesagt, er könne mich noch nicht bezahlen!«

»Du hast doch nicht …?«

»Nein, nicht alles«, wollte er seine Frau beruhigen, aber Elsa Stegschmied wurde bei den Worten ihres Mannes nur noch blasser. »Ich habe mir vierhundert Euro rausgezählt – das war der Lohn, den er mir noch schuldete. Dann habe ich noch ein wenig am Geländer herumgemacht, aber ich hatte Angst, er würde mich erwischen – ich hatte das Geld, das er doch sicher bald vermissen würde, ja noch in der Hosentasche. Da habe ich für diesen Tag Feierabend gemacht.«

»Aber du bist am Mittwoch nicht früher heimgekommen als sonst.«

»Nein, ich habe mich nicht getraut. Ich wollte nicht, dass du mir komische Fragen stellst. Also bin ich mit dem Rad runter zur Murr gefahren und ein Stück hintenraus am Sportplatz vorbei. Dort habe ich dann auf der Fußgängerbrücke am Stadion gewartet, habe kleine Hölzle ins Wasser geworfen und einfach gewartet.«

»Und dann?«

»Dann war irgendwann die richtige Zeit für meinen Feierabend und ich bin zu dir nach Hause.«

»Und hast mir kein Wort von dem Geld gesagt.«

Elsa Stegschmied sah nun selbst traurig aus, enttäuscht und ein klein bisschen wütend.

»Ach, Elsa, ich wollte einfach nicht, dass du dir Sorgen machst. Du hast es schon schwer genug, uns aus dem wenigen, das ich nach Hause bringe, ein normales Leben zu ermöglichen.«

»Toll, wirklich toll. Mein Mann klaut, und ich darf es nicht hören, damit ich mir keine Sorgen mache. Ich mache mir aber Sorgen – und jetzt auch noch, weil ich ja gar nicht so genau weiß, was du mir alles noch verschwiegen hast.«

»Das erzähle ich dir jetzt.«

»Ach, da kommt wirklich noch mehr? Mensch, Franz!«

Sie schüttelte den Kopf und trank einen Schluck.

»Am Donnerstag bin ich wieder hin. Ich habe am Geländer gearbeitet, kam auch gut voran, wurde aber nicht ganz fertig. Also ließ ich die Geländerteile noch auf dem Balkon liegen und nahm mir vor, sie am nächsten Tag anzuschrauben. Und wie ich so die Teile auf die Seite lege und aufpasse, dass ich keine der Blenden zerbreche, fällt mir das Geldbündel wieder ein.«

»Oh, nein, bitte nicht …«

»Doch. Einmal bin ich noch hin und habe mir noch einmal fünf Scheine herausgenommen. Ich dachte mir: Das tut dem Herrn Horlacher doch nicht weh, und wir können es ja mit den Arbeiten verrechnen, die ich in nächster Zeit für ihn erledigen werde. Also entsteht auch kein Schaden – und uns ist geholfen.«

Elsa Stegschmied sagte gar nichts mehr, sondern hörte ihrem Mann zu, das Gesicht bleich und die Hände etwas zittrig.

»Das hat mich dann am Abend gar nicht ruhig schlafen lassen. Ich habe mich lange herumgewälzt, und irgendwann mitten in der Nacht habe ich mich entschlossen, die vierhundert Euro, die ich am Donnerstag zusätzlich genommen hatte, wieder in die Schublade zurückzulegen. Doch als ich am Freitag ins Haus von Herrn Horlacher kam, stand da noch seine Tasche – also konnte er noch nicht im Büro sein. Ich wollte noch warten, bis er das Haus verlassen hat, und machte mich erst einmal wieder an das Geländer. Da sah ich ihn liegen, unten im Garten.«

Er trank sein Glas in einem Zug leer.

»Ich habe sofort die Polizei angerufen, die waren auch schnell da – und erst dann ist mir eingefallen, dass ich ja noch das Geld in der Tasche hatte, das ich wieder in die Schublade zurücklegen wollte. Das ging nun natürlich nicht mehr, mit der Polizei im Haus. Mir war richtig elend, aber die Polizisten schoben das darauf, dass ich den Anblick des toten Herrn Horlacher nicht vertragen hätte. Was ja auch stimmte, denn ich hatte ja sein Rennrad auf diese Halterung montiert. Und als die Polizei mir schilderte, wie er ums Leben gekommen war, wurde mir klar, dass ich an seinem Tod die Schuld trug.«

Franz Stegschmied sah auf seine Finger, die er vor sich auf der Tischplatte spreizte und wieder ballte und wieder spreizte. Als er aufblickte, sah er gerade noch, wie seine Frau mit käsigem Gesicht und verdrehten Augen vom Stuhl rutschte und auf dem Küchenboden liegen blieb.

Samstag, 27. Februar

Nachdem es am Tag zuvor nicht zu dem geplanten Training gereicht hatte, schnappte sich Klaus Schneider am Samstag nach dem Frühstück die Sporttasche und fuhr erneut los.

Er sah auf die Anzeige am Armaturenbrett: Zehn Uhr wäre an sich keine schlechte Zeit, um gerade vom Frühstück aufzustehen – allerdings waren sie wegen des kleinen Rainalds schon seit halb sechs auf den Beinen gewesen. Schneiders Sohn hatte sie mit seinem Brüllen geweckt, und sie hatten sich sofort beide um ihn gekümmert. Das hatte dem Kleinen so gut gefallen, dass er schon Minuten später wieder tief schlief – zufrieden mit sich und der Welt. Seine Eltern dagegen saßen mit wirrem Haar und pochendem Herzen am Küchentisch und versuchten, sich nach dem hektischen Kaltstart ins Wochenende wieder zu beruhigen.

Gegen acht fanden sie endlich ebenfalls wieder in den Schlaf, nach knapp einer Stunde rührte sich Rainald wieder. Sein fröhliches, ausgeschlafenes Lachen weckte die übermüdeten Eltern, und sie gaben für diesen Tag auf.

Nun, nachdem Schneider sich mit bereitwilligem Tischabräumen leidlich unauffällig vor dem Windelwechseln gedrückt hatte, sah er zu, dass er ein paar Kilometer zwischen sich und das Familienidyll brachte, das die beiden nächsten Tage teilweise prägen würde. Natürlich hatte er auch mit dem neuen Mordfall zu tun, und natürlich ruhte das auch übers Wochenende nicht – aber etwas ruhiger konnten sie samstags und sonntags schon zu Werke gehen: Die Spurensicherung würde wohl erst am Montag oder Dienstag neue Ergebnisse präsentieren können, vor allem die Genspuren würden wie üblich einige Tage auf sich warten lassen.

Mit Rainer Ernst hatte er sich auf dreizehn Uhr verabredet, um den Nachmittag über einige Leute aus Horlachers Bekanntenkreis zu befragen. Dann müsste man sehen, was sich an weiteren Anhaltspunkten ergab. Es blieben ihm also noch knapp drei Stunden – genug für ein ruhiges Training und anschließend ein kleines Mittagessen daheim.

Er bog in die enge Einfahrt zum Hinterhof ein, stellte seinen Wagen auf dem letzten freien Parkplatz ab, hängte sich die Sporttasche um und stieg die Freitreppe hinauf, die hinauf zum Eingang seines Fitnessstudios führte.

Während oben am Empfangstresen seine Mitgliedskarte eingelesen wurde, sah er sich kurz in dem schmucklosen, aber recht hellen Raum um. Überall waren die nackten Betonwände einfach weiß gestrichen worden, und unter der Decke verliefen Wasser- und Belüftungsrohre, um deren Aussehen sich offenbar gar niemand gekümmert hatte. Vermutlich gingen die Betreiber des Studios davon aus, dass das ohnehin niemand bemerken würde.

Und tatsächlich: Alle, die zu dieser Zeit an den unterschiedlichen Geräten schwitzten und keuchten, sahen nicht nach oben zur Decke, sondern konzentriert mit starrem Blick ins Leere direkt nach vorn oder erschöpft nach unten auf den dunklen Boden.

Schneider nahm einen Spindschlüssel für den Umkleideraum entgegen und trottete die Treppe hinunter ins Untergeschoss. Auf den Bänken saßen zwei Männer und zogen sich um. Der eine mochte etwa Mitte zwanzig sein und zog gerade seine lässig aussehende Trainingshose enger, damit sie nicht an dem Sixpack abrutschte, den Schneider unter dem weit fallenden Baumwollsweater mit Markenaufdruck vermutete. Der andere wirkte wie ein vitaler Jungpensionär aus einer Golden-Ager-Werbung: eher klein, sehr drahtig, mit energischem Blick – nur die faltige und fleckige Haut am Hals verriet, dass er wohl schon länger das Rentenalter erreicht hatte. Der Ältere zog gerade ein ärmelloses Unterhemd über seinen knochigen Oberkörper, auf dem vorne in der Mitte ein Logo prangte, das Schneider an ganz alte Trikots der Nationalkicker erinnerte.

Der Jüngere verstaute seine Tasche im Spind, schloss ab und schlurfte ohne ein Wort aus dem Umkleideraum. Kurz darauf folgte ihm der andere, der aber noch ein zackiges »Ade!« bellte, bevor er die Tür wieder hinter sich schloss.

Schneider war allein im Raum. Das war ihm ganz recht, denn als er seine Tasche auf der Bank abgestellt hatte, war ihm das Preisetikett aufgefallen, das er bisher noch nicht abgeschnitten hatte. Deshalb hatte er die Tasche so gedreht, dass das Etikett zu ihm hinzeigte, und hatte dann umständlich an seinen Hemdknöpfen herumgenestelt, um Zeit zu gewinnen.

Mit einer schnellen Bewegung riss er das Etikett nun ab, ließ es in einem der Seitenfächer verschwinden und kontrollierte nun auch noch seine übrigen Ausrüstungsgegenstände nach verräterischen Anhängseln. In den Schuhen klebten innen auf den Einlagen noch die Preiszettel. Schneider popelte das Papier notdürftig ab und ließ die kleinen Fetzen ebenfalls im Seitenfach verschwinden.

Aus seiner Tasche stieg der verräterische Duft neuer Kleider und ladenfrischer Schuhe auf. Doch um ihn herum waberte schon zu dieser frühen Zeit ein schwerer Geruch aus Männerparfüm, feuchten Duschwänden und gebrauchten Socken – zumindest mit der Nase würde ihn hier niemand als blutigen Anfänger entlarven können.

Erst vor zwei Tagen war er ins Remstal gefahren, um sich dort in einem Fachgeschäft passend auszustatten. Seine

Frau Sybille hatte ihm wie üblich neue Hemden und Hosen gekauft und dabei erstmals zu einer neuen Größe gegriffen. Auch der Gürtel, den sie ihm mitgebracht hatte, war diesmal eine Nummer länger ausgefallen als bisher. Das wäre ihm vielleicht gar nicht gleich aufgefallen – aber Sybille hatte ihm die neuen Kleider nicht einfach hingelegt, sondern hatte ihn auch noch einmal beinahe beiläufig darauf hingewiesen, »dass es in deiner neuen Größe gar nicht mehr so viel Auswahl gibt«.

Das hatte gesessen.

Sie hatte die Wirkung ihrer Bemerkung an Schneiders Gesichtsausdruck ablesen können und schien ganz zufrieden damit zu sein.

Schneider war es schleierhaft, woher Sybille von seinen zusätzlichen Pfunden wusste. Seit Rainalds Geburt schien sie nur noch Augen für den Kleinen zu haben. Rainald hier, Rainald da – Klaus Schneider kam sich vor, als würde er in seinem eigenen Leben nur noch eine kleine Nebenrolle spielen.

Wenn er abends ins Schlafzimmer kam, anfangs noch mit gewissen Hoffnungen nach der ... na ja: in mancher Hinsicht enthaltsamen Schwangerschaftszeit, lag Sybille meist schon schlafend auf dem Rücken, den ebenfalls schlafenden Rainald auf dem Bauch fest in ihre Arme gewickelt.

Manchmal las Schneider dann ein Buch – er hatte in den vergangenen Monaten ein gewisses Faible für Regionalkrimis entwickelt. Und manchmal ging er auch wieder hinaus, schenkte sich in der Küche ein Glas Rotwein ein und tat sich ein, zwei Stunden lang leid.

Dabei versuchte er leise zu sein. Die Buchseiten blätterte er nur vorsichtig um, und die Tür schloss er, wenn er hinausging, fast lautlos. Er wusste gar nicht recht, warum er das tat – denn meistens lag Sybille mit offenem Mund im Bett und schnarchte so herzhaft, dass er sich fragte, wie der kleine Rainald bei diesem Höllenlärm überhaupt schlafen konnte.

Er jedenfalls konnte es oft nicht. Und so landete er auch an Abenden, an denen er eigentlich nur noch lesen wollte, immer wieder in der Küche und trank ein Glas Wein. Gut möglich, dass ihm das den neuen Gürtel eingetragen hatte.

Wie auch immer: Sybilles Bemerkung, seine Blicke in den mannshohen Spiegel am Schlafzimmerschrank und auch sein andauerndes Gefühl, sich irgendwie selbst nicht mehr so zu spüren, brachten ihn schließlich zuerst ins Sportgeschäft im Remstal und dann in dieses Studio.

Auch im Remstal hätte es ein Studio gegeben, das in demselben Gebäude wie das Sportgeschäft untergebracht war und dessen Besitzer gehörte. Dementsprechend war es auch mit den neuesten Geräten ausgestattet. Schneider hatte sich das Studio kurz angesehen. Die Räume waren schön, aber die anderen Gäste waren – *zu* schön: durchtrainierte Männer mit imposanten Oberarmen und luftig fallender Frisur, junge Frauen mit knappen Trikots, knackigen Hintern und lässig wippenden Pferdeschwänzen.

Erst hatte Schneider den Blick in die Runde genossen – schöne Menschen machen gute Laune. Dann war sein Blick auf sein Spiegelbild gefallen, und der Kontrast hatte ihn deprimiert.

In seinem jetzigen Studio war das Publikum deutlich besser gemischt, er konnte ebenfalls auf neue Geräte zurückgreifen, und der Weg führte von seinem Wohnort Birkenweißbuch fast geradewegs zur B14, die ihn dann in wenigen Minuten von Winnenden in sein Büro nach Waiblingen brachte.

Er zog sich fertig um, stopfte seine Straßenkleider und die Sporttasche in den schmalen Spind und ging in die Trainingshalle. Eine Gruppe junger Frauen kam ihm entgegen, vorneweg hüpfte eine durchtrainierte Blondine in dem roten Mottoshirt, das alle Beschäftigten des Studios trugen.

Oben wählte er in der langen Reihe der Stepper den am hinteren Ende und stampfte los. Bald fühlte er sich frischer, lebendiger, besser durchblutet. Ein Lächeln breitete sich auf seinem Gesicht aus, während er über die Reihen der Trimmräder und Laufbänder blickte, die vor ihm bis zur Fensterfront hin aufgestellt waren.

Nach einer Minute begann ihm das Treten mehr Mühe zu bereiten, nach zwei Minuten war sein Lächeln verschwunden und sein verschwitztes Gesicht nahm einen verzerrten Ausdruck an. Nach drei Minuten ließ er sich keuchend von den Trittflächen gleiten und lehnte sich für kurze Zeit an die Wand, die hinter ihm diesen Trainingsbereich begrenzte.

Sechs Minuten zu Beginn, später lieber zehn Minuten, natürlich gerne mehr – so hatte ihm sein Trainer, der ihm im Studio als Betreuer zugeteilt worden war, die übliche Aufwärmzeit auf dem Stepper beschrieben. »Damit die Muskeln warm sind«, hatte der junge Mann gemeint und dabei so unverschämt fit und durchtrainiert ausgesehen, dass Schneider keine allzu große Sympathie mehr für ihn aufbringen mochte.

»Damit die Muskeln warm sind«, ging es Schneider nun durch den Kopf, während er möglichst unauffällig wieder versuchte, einigermaßen zu Atem zu kommen. Der Grat zwischen aufgewärmten Muskeln und kollabierendem Kreislauf schien in seinem Fall noch recht schmal.

Allmählich ließ das Pochen in der Brust ein wenig nach, und es kam ihm vor, als würde er beobachtet. Er wandte den Kopf nach rechts, und tatsächlich stand dort eine Frau, die zu ihm hersah – allerdings keine Angestellte des Studios, sondern Dr. Zora Wilde. Sie wohnte im Wieslauftal, war Pathologin und hatte im vergangenen Jahr den Fall der ermordeten Bäuerin in Alfdorf bearbeitet.

Einige Zeit nach dem Ende der Ermittlungen hatte sein Kollege Ernst ihm erzählt, dass seine Freundin Sabine ihn und Dr. Wilde in einer eindeutigen Situation erwischt und deshalb Schluss mit ihm gemacht hatte. Seither hatte sich Ernst, soweit Schneider das mitbekommen hatte, von beiden ferngehalten und lebte jetzt allein in seiner Wohnung im Haus der Eltern in Ebni.

»Na, geht's wieder?«

Zora Wilde lächelte freundlich, zugleich aber auch ein wenig spöttisch zu ihm herüber. Dieses Lächeln stand ihr ungemein gut, und auch das Trikot, das sie trug, brachte ihr viele

Pluspunkte. Schneider konnte schon verstehen, dass Kollege Ernst diesem Anblick nicht hatte widerstehen können.

»Ja, so einigermaßen«, sagte er schließlich. Er fühlte sich etwas unbehaglich. Fitness war eindeutig nicht das Gebiet, auf dem er sich am sichersten fühlte – und Frauen wie Zora Wilde kratzten ohnehin schon etwas an seiner Selbstsicherheit. Obendrein wusste er nicht so recht, wie er sich der Frau gegenüber verhalten sollte, nachdem es anscheinend auch Rainer Ernst nicht mehr so recht wusste.

»Ich glaube, ich weiß, was Sie jetzt brauchen.«

Schneider erschrak, aber Zora Wilde drehte sich um, ließ aus einem Automaten neben der Empfangstheke eine pflaumenfarbene Flüssigkeit in zwei Gläser laufen und reichte ihm eines davon.

»Da, trinken Sie mal einen Schluck«, forderte sie ihn auf und trank das Glas selbst zur Hälfte leer.

Schneider schnupperte kurz: Es schien eine Saftschorle zu sein, irgendetwas Exotisches. Vorsichtig nippte er an der sprudelnden Flüssigkeit, dann nahm er ebenfalls einen großen Schluck.

»Tut gut, oder?«

»Ja«, nickte er und leerte das Glas vollends.

»Sie sollten sich hier mal alles zeigen lassen – die haben Ihnen hier noch mehr zu bieten als Saftschorle.«

»Ja, ich weiß. Mir hat am ersten Tag auch jemand alles Mögliche erklärt. Aber Bauch-Bein-Po-Kurse sind nicht das Richtige für mich, und als wir hier am Saftautomaten standen, ging es auch um Nahrungsergänzungsmittel – das ist nicht so mein Fall, da habe ich wohl gar nicht mehr richtig hingehört.«

»Ist schon okay. Ich finde es gut, wenn jemand weiß, was er will. Und was nicht.«

Schneider nickte, hatte aber den Verdacht, dass Dr. Wilde nicht nur Saftschorle und Fitnesskurse im Speziellen meinte.

»Sind Sie denn schon weitergekommen in Ihrem neuen Fall?«

Schneider stutzte. Erst gestern hatten sie den Toten entdeckt, und diesmal war Dr. Thomann der zuständige Pathologe – und nicht Dr. Wilde.

»Wir hatten gestern Abend Pathologenstammtisch, in der Schlachthof-Gaststätte in Esslingen«, sagte sie. Offenbar war ihr Schneiders verblüffter Blick aufgefallen. »Ludwig war auch da und hat mir von Ihrem ... Sportopfer in Backnang erzählt.«

»Ludwig? Sie meinen Dr. Thomann?«

»Ja, Dr. Thomann. Aber wir beide sind untereinander nicht so förmlich.«

Das konnte sich Schneider gut vorstellen.

»Nein«, sagte er dann. »Wir wissen noch nicht viel, wir stehen noch ganz am Anfang. Aber wir werden auch diesen Fall lösen, nehme ich an.«

»Klar«, sagte Zora Wilde und grinste. »Die Aufklärungsquote bei Mord ist ja nahezu hundert Prozent.«

Schneider nickte.

»Wenn ein Mord auch als solcher erkannt wurde«, fügte sie dann noch hinzu und grinste noch etwas breiter.

Schneider wollte schon schnippisch werden, aber auch dieses breite Grinsen stand Zora Wilde einfach umwerfend: Das ausnehmend hübsche Gesicht schien dabei regelrecht zu strahlen, umrahmt von einer leicht zerzausten roten Mähne, und hinter der randlosen Brille funkelten die beeindruckend großen grünen Augen. Er musste unbedingt mit Rainer Ernst reden, um herauszufinden, wie es um die Beziehung des Kollegen zu dieser atemberaubenden Pathologin stand.

Dann durchfuhr es ihn wie ein Blitz: »Warum will ich das denn so genau wissen?«, dachte er und rieb sich die schweißnassen Hände an der Hose trocken.

»Na ja«, brachte er schließlich hervor, »nach Selbstmord sah das Ganze zumindest schon einmal nicht aus.«

»Da wäre Henning Horlacher auch gar nicht der Typ dafür.«

»Horlacher? *Henning* Horlacher? Woher kennen Sie denn den Namen unseres Toten?«

»Wir hatten ein paar Mal ... miteinander zu tun.«

Schneider war verblüfft, was ihm offenbar deutlich anzusehen war: Zora Wilde quittierte seine Miene mit einem kehligen Lachen und warf dabei den Kopf in den Nacken. Schneider versuchte, anderswo hinzusehen.

»Horlacher trainierte früher auch hier in diesem Studio«, sagte sie schließlich, nahm die Brille ab und wischte sich mit dem Ärmel die Augen trocken. »Ist schon ein paar Monate her, aber den werden hier die meisten Angestellten noch deutlich in Erinnerung haben.«

»Ja? Warum das denn?«

»Horlacher war ein richtiges Arschloch.«

Zora Wilde sagte den kurzen Satz mit so viel Inbrunst, dass Schneider aufhorchte – nur ihr unverändert fröhlich wirkender Gesichtsausdruck passte nicht so richtig dazu.

»Entweder«, dachte Schneider, »ist ihre Fröhlichkeit nur Fassade – oder diese Frau nimmt nichts wirklich ernst.«

»Sollen wir uns nicht setzen? Ich kann Ihnen ein bisschen etwas über Horlacher erzählen. Das kann ein paar Minuten dauern – und zwischen Stepper und Schorlespender ist das irgendwie etwas seltsam.«

Schneider nickte.

»Kommen Sie?«

Damit ging sie voraus zu einer der Sitzgruppen, die neben dem Eingang verteilt waren – hier hatte ihm sein »persönlicher Trainer«, wie das in diesem Studio genannt wurde, während eines ersten Gesprächs allerlei zu Spurenelementen und Vitaminen, zu Dehnung und Muskelaufbau, aber natürlich auch zu Tarifen und Laufzeiten erzählt.

»Scheint ja ganz so, als hätte ich mir genau das richtige Studio ausgesucht«, sagte Schneider schließlich, als sie beide saßen. Er blinzelte in die Sonne, die sich draußen auf den Metallgestellen einiger Gartenstühle spiegelte – da mussten einige Kunden ja ganz besonders hart drauf sein, denn die sonnenbeschienene Terrasse sah deutlich wärmer aus, als es jetzt im Februar tatsächlich war.

»Scheint so«, sagte Zora Wilde. »Was wollen Sie denn wissen von Ihrer Zeugin?«

»Keine Ahnung. Ich wusste ja bis vor ein paar Sekunden noch nicht einmal, dass Sie eine Zeugin sind.«

»Ach, ich erzähle einfach mal drauflos. Ist auch mal schön, an einem Fall teilzuhaben, ohne dass gleich das Opfer unter meinem Messer liegt.«

Schneider nickte und sah sie abwartend an. Die Sonne malte die Schatten einiger Haare als feine Linien auf Wildes Gesicht. Schneider schluckte und versuchte sich zu konzentrieren.

»Horlacher hatte Geld«, begann Dr. Wilde schließlich, »und er wollte auch, dass das jeder wusste. Offenbar glaubte er, dass er damit Eindruck schinden könne – vor allem bei Frauen, natürlich.«

Sie grinste schon wieder.

»Hat auch meistens geklappt, gerade hier im Studio. Henning trainierte drei-, viermal die Woche.«

»Aha: ›Henning‹«, dachte Schneider. »Sie scheint ihn näher gekannt zu haben.«

»Und wenn er eine Frau hier im Visier hatte, richtete er es immer so ein, dass er möglichst oft genau zu ihren üblichen Trainingszeiten hier war. Da kommt man zwischen den Sätzen zwanglos ins Gespräch.«

»Zwischen den Sätzen?«

»Ach so, ich vergesse immer wieder, dass Sie hier noch nicht lange trainieren.«

»Noch nicht lange? Das ist gut«, dachte Schneider. »Bisher habe ich zweimal versucht, mein erstes Training durchzuziehen – und jedes Mal kommt mir dieser Horlacher-Fall dazwischen.«

»Also: ›Sätze‹ sind die Durchgänge, die Sie an Ihren Geräten absolvieren. Wenn Sie zum Beispiel dort drüben an der Beinpresse fünfzig Kilo auflegen, das Gewicht fünfzehnmal drücken und das Ganze dann noch zweimal wiederholen, dann sind das insgesamt drei Sätze mit fünfzehnmal fünfzig Kilo.«

Schneider nickte. Theoretisch war er nun also mit dem Thema Fitness vertraut.

»Und zwischen diesen Sätzen lassen Sie etwas Pause – da passt Smalltalk ausgezeichnet.«

»Gut, das habe ich verstanden.«

»Und Smalltalk konnte Henning sehr gut, das musste man ihm lassen. Mit der Zeit ist mir aufgefallen, dass er hier im Studio regelrecht auf der Jagd war. Ich habe mir einen Spaß daraus gemacht, ihn zu beobachten. Manchmal habe ich auch meine Trainingszeiten entsprechend gelegt – mit der Zeit wissen Sie von recht vielen hier, wann sie üblicherweise an den Geräten schwitzen. Das sind verblüffend oft feste Tage und feste Zeiten.«

»Die Leute werden sich nach ihren Arbeitszeiten richten müssen, nehme ich an.«

»Das auch, aber auch viele Rentner und Hausfrauen, viele Schichtarbeiter oder Studenten kommen gerne zu festen Zeiten. Der Mensch ist halt ein Gewohnheitstier. Und Henning war es ganz recht: Da konnte er mal mit einer Hausfrau anbandeln, die immer montags und donnerstags am frühen Vormittag ins Studio kam – und wenn er dann eine andere anbaggerte, die nur dienstags und freitags gegen fünf Uhr nachmittags trainierte, kamen sich die beiden nicht ins Gehege.«

»Sie kennen sich aber erstaunlich gut mit den Gewohnheiten der anderen Studiomitglieder aus.«

»Ach, wissen Sie: Beruflich habe ich es ja vorwiegend mit Leuten zu tun, die nicht mehr so gesprächig sind.« Sie grinste wieder. »Da ist es für mich in der Freizeit eine schöne Abwechslung, lebende Menschen zu beobachten. Das ist eine richtige Marotte von mir – ich muss glatt am nächsten Pathologenstammtisch mal fragen, ob das den anderen in meinem Beruf auch so geht.«

Schneider musterte Zora Wilde. Sie schien auch sich selbst nicht so wahnsinnig ernst zu nehmen. Sehr sympathisch.

»Irgendwann muss Henning wohl bemerkt haben, dass ich ihn beobachtete. Erst wirkte er etwas verunsichert und ließ das Anbaggern tatsächlich ein, zwei Wochen sein. Dann versuchte er es bei mir, er ist aber ziemlich kläglich abgeblitzt. Ich servierte ihn mit einem frechen Spruch ab, und er trollte sich einfach rüber zu den Hanteln und war wenig später in der Dusche verschwunden.«

Sie sah etwas melancholisch aus.

»Schade eigentlich, ich hatte ihn mit dem Spruch nur testen wollen. Wissen Sie: Ich stehe auf schlagfertige Männer, aber da kam einfach nichts.«

Sie zuckte bedauernd mit den Schultern. Schneider dachte fieberhaft nach, aber ihm fiel keine geistreiche Bemerkung ein, die jetzt gepasst hätte.

»Ein paar Tage später hatte er schon wieder eine andere im Visier. Eine sehr hübsche junge Frau, Friseurin in Winnenden, glaube ich, die meiner Meinung nach an jedem Finger zehn Verehrer haben kann, aber aus unerfindlichen Gründen glaubt sie, sie sei nicht hübsch genug, um einem Mann zu gefallen. Die ist dünn, klar, auch eher klein, aber sehr sportlich. Tolles Lächeln, schöne Haare.«

Schneider sah Dr. Wilde aufmerksam an. Ihre Beschreibung hatte einen geradezu schwärmerischen Ausdruck bekommen.

»Wäre genau Juttas Typ.«

»Jutta?«

»Ja, Ihre Kollegin Jutta Kerzlinger, eine gute Freundin von mir.«

»Aha.«

Schneider erinnerte sich, dass Ernst ihm ausführlich von der schweren Zeit erzählt hatte, die Sabines Auszug nach sich zog. Und dass ihn Jutta Kerzlinger damals immer wieder getröstet hatte. Dabei hatte Schneider auch erfahren, dass die Kollegin nicht so viel von Männern hielt – was Schneider aber nicht weiter interessierte. Das war Kerzlingers Privatsache, fand er.

»Der Knackpunkt ist bei ihr, glaube ich, die Narbe hier links.«

Dr. Wilde beschrieb mit ihrem Zeigefinger sachte eine Linie auf ihrer Wange, vom linken Nasenflügel aus nach hinten in Richtung Ohrläppchen.

»Bei Jutta Kerzlinger?«

Schneider war noch nie eine Narbe im Gesicht der Kollegin aufgefallen.

»Nein«, lachte Zora Wilde. »Bei der jungen Frau hier im Studio. Aber ich finde eher, dass sie das interessant macht. Sie müssen sich mal die Schauspielerinnen genauer ansehen, die als besonders schön gelten – die haben alle einen kleinen ›Makel‹, irgendetwas, das sie aus der Masse hervorhebt. Ein zu großer oder ein etwas schiefer Mund zum Beispiel. Wenn ich ehrlich bin, hätte ich auch gerne so etwas, einen kleinen Leberfleck, eine etwas größere Nase, eine kleine Ungleichmäßigkeit an den Lippen – irgendetwas, an dem der Blick sofort hängenbleibt.«

Schneider hatte bisher nicht den Eindruck gewonnen, dass an Zora Wildes Aussehen noch mehr nötig wäre, um den Blick von Männern auf Anhieb zu fesseln.

»Wie auch immer«, fuhr Wilde schließlich fort, »nach zwei Wochen war er am Ziel: Die beiden hatten immer am Vormittag trainiert, und eines Tages stieg sie danach zu ihm in seinen sauteuren Flitzer, und weg waren die beiden. Ich glaube nicht, dass er sie nur heimgefahren hat.«

»Hm«, machte Schneider, der die Schilderung von Horlachers Affären im Detail eigentlich nicht so wahnsinnig spannend fand.

»Nach zwei Wochen war Schluss – da sah ich die hübsche Kleine jedenfalls nicht mehr so oft, und wenn, dann sah sie nicht sehr gut gelaunt aus. Und Horlacher trainierte von da an wieder zu anderen Zeiten. Irgendwann nach dem Training saßen wir dann mal zusammen, und da erklärte er mir seine Theorie – offenbar hatte ihn seine Abfuhr davon überzeugt, dass er bei mir ohnehin nicht landen konnte. Damit war ich vermutlich für die Kategorie ›Kumpel‹ qualifiziert.«

»Männer gibt's«, dachte Schneider. Zora Wilde als Kumpel – darauf würde er nicht gleich kommen.

»Seine Masche war: Von schönen und selbstbewussten Frauen ließ er am liebsten die Finger – und dass er bei mir abgeblitzt war, nahm er als Bestätigung, wie er mir sagte. Was übrigens auf seine unbeholfene Art doch ein recht nettes Kompliment von ihm war. Na ja, ihn reizten mehr die weniger ansehnlichen oder zumindest solche, die sich für weniger attraktiv hielten, auch wenn das – wie im Fall der hübschen Kleinen – gar nicht stimmte. Horlacher war der Meinung, dass sich die nicht so schönen Frauen leichter erobern lassen – und dass sie auch engagierter bei der Sache sind, wenn Sie wissen, was ich meine.«

Schneider wusste es und nickte.

»Da musste ich ihm natürlich widersprechen«, grinste Zora Wilde. »Schließlich gab ein Wort das andere, und dann sind wir zusammen ins Untergeschoss.«

Schneider schluckte trocken und war plötzlich gar nicht mehr gelangweilt von der weitschweifigen Erzählung der Pathologin.

»Wenn Sie unten nicht links zu den Umkleideräumen gehen, sondern rechts, gibt es dort ein paar Räume, in denen manchmal Kurse angeboten werden und wo auch die Checkups stattfinden. Da sind wir durch eine der Türen gehuscht und Henning ließ sich auch nicht lange bitten. Er stand mächtig unter Dampf, und mir hat die Vorstellung gefallen, dass wir jeden Moment zufällig dort unten entdeckt werden konnten. Aber dann ... na ja, es wurde nichts draus, Henning hatte wohl zuviel Stress an diesem Tag gehabt. Oder er war seiner Theorie mit den weniger schönen Frauen selbst auf den Leim gegangen ...«

Sie sah kurz etwas bedauernd zum Fenster hinaus, aber dann spielte schon wieder ein spöttischer Zug um ihren Mund.

»Wie nennt man das? Erektile Dysfunktion, glaube ich. Zum Glück kenne ich mich da nicht so gut aus«, sagte sie und lachte lauthals auf.

Schneider war ein wenig rot geworden und räusperte sich.

»Jedenfalls kam Henning damit gar nicht zurecht. Er zog sich um und verschwand ungeduscht aus dem Studio. Ich trainierte noch fertig, dann schwang ich mich auf mein Rad, um zurück ins Wieslauftal zu strampeln. Dann geschah etwas, das so sehr auf alle Klischees von Männern wie Henning passte, dass es schon fast nicht mehr zu glauben war.«

Schneider horchte auf.

»Ich fuhr also das Buchenbachtal hinauf, bog in Oppelsbohm rechts ab und nahm dann die Steigung in Angriff, die an Necklinsberg vorbei hinaufführt – von dort aus führt dann die Straße hinunter ins Wieslauftal und zu mir nach Hause. Als ich gerade am Beginn der Steigung angekommen war, flitzte Henning von Birkenweißbuch her die Hauptstraße herunter. Da muss er mich wohl entdeckt haben. Er bog also von seinem Weg ab, fuhr in meine Richtung und überholte mich, wobei er mich auch noch ein wenig schnitt. Das hat mich dann doch geärgert, zumal ich glaubte, ihn hämisch grinsen zu sehen. Also radelte ich schneller, woraufhin er ebenfalls zulegte. Ich wurde noch etwas flotter, und auch er packte noch eine Schippe drauf. So jagte ich ihn den halben Aufstieg hinauf, bis es mir zu blöd wurde – und mir, ehrlich gesagt, auch ein wenig die Puste ausging. Henning aber strampelte weiter wie ein Verrückter, obwohl ihm das sichtlich nicht gut tat: Immer wieder drehte er sich zu mir um, und da war sein Kopf schon knallrot angelaufen. Ich vermute, damit musste er unser kleines Erlebnis im Fitnesskeller kompensieren. Armes Schwein, was?«

»Äh … ja, ja.«

Sie plauderten noch ein wenig, doch es blieb dabei: Außer der Tatsache, dass Horlacher ein Schürzenjäger gewesen war und ein ausgemachter Macho, wohlhabend und selbstverliebt, und dass er seine Sportlichkeit nutzte, um andere Defizite zu übertünchen, konnte Zora Wilde nichts zum aktuellen Fall beitragen. Die Namen der Frauen, mit denen Horlacher im Studio angebandelt hatte, kannte sie nicht.

»Aber ich kann Ihnen die Frauen ja mal zeigen, wenn wir hier trainieren und eine von ihnen sehen, ja?«

»Ja, ist gut«, sagte Schneider und kehrte noch einmal auf den Stepper zurück. Auch wenn ihm während Zoras Erzählungen immer wieder mal heiß und kalt geworden war: Seine Beinmuskeln würde er noch einmal aufwärmen müssen.

Zora Wilde verabschiedete sich, und Schneider stampfte im monotonen Rhythmus vor sich hin. Er behielt die Anzeigen für seinen Puls und die verbrannten Kalorien fest im Blick, aber die Geräusche um ihn herum lenkten ihn immer wieder ab. Als hinten in der Ecke ein Muskelprotz eine schwer beladene Hantel mit besonders lautem Stöhnen stemmte, sie danach mit einem Ächzen wieder in die Halterung gleiten ließ und schließlich schwer atmend auf dem Rücken liegen blieb, war es um Schneiders Konzentration vollends geschehen.

Resigniert stieg er vom Stepper, ging die Treppe hinunter und wandte sich zu den Umkleideräumen nach links, während seine Fantasie nach rechts abbog.

Die Schwester nahm das Tablett mit hinaus, und Franz Stegschmied setzte sich auf Kante des Krankenbetts. Seine Frau Elsa sah schon wieder ganz passabel aus, aber sie lag noch ein wenig schwach vor ihm.

»Mensch, Elsa, du machst Sachen.«

»Du hast es gerade nötig …«

Nachdem sie gestern am späten Abend in der Küche zusammengebrochen war, war Franz mit ihr im Notarztwagen ins Krankenhaus gefahren. Fast panisch ging er auf dem Krankenhausflur auf und ab, bis ihn endlich der behandelnde Arzt beruhigen konnte: ein Schwächeanfall, nichts Schlimmes, nichts Folgenschweres – aber Frau Stegschmied solle ein, zwei Tage im Krankenhaus bleiben. Zur Beobachtung, und damit sie sich in Ruhe erholen könne. Der Arzt sagte ihm auch, dass seine Frau einen schwachen Kreislauf hatte, denn einfach so wäre sie sonst nicht zusammengebrochen. Zwar wusste er nichts von Stegschmieds abendlichem Geständnis, aber dem war nun klar, dass er künftig mehr auf die Gesundheit seiner Frau würde achten müssen.

Kurz durfte er noch zu ihr ins Zimmer, dann ging er hinaus und schlenderte durch das nächtliche Backnang nach Hause. Zwar kam er nach einigen Umwegen erst gegen drei Uhr daheim an, aber er konnte ohnehin nicht einschlafen.

Gegen sechs Uhr übermannte ihn die Müdigkeit dann doch. Gerädert und mit schmerzendem Rücken wachte er gegen halb neun am Küchentisch auf. Er brühte sich einen starken Kaffee, aß ein paar Bissen trockenes Brot und machte sich mit dem Rad wieder auf den Weg ins Krankenhaus.

Seither war er seiner Frau nicht mehr von der Seite gewichen, hatte sie beim Schlafen beobachtet, hatte ihr beim Aufwachen zugelächelt, hatte ihr das Frühstücksbrot geschmiert und den Tee eingeschenkt.

Viel hatten sie nicht geredet. Elsa versank immer wieder mal in düsteres Grübeln – Franz wusste nicht, was er sagen konnte, ohne den Zustand seiner Frau wieder zu verschlechtern.

Als sie ihn nun, nach dem Mittagessen, wieder aufmerksam musterte, brach es geradezu aus ihm heraus.

»Elsa, es tut mir so leid. Ich wollte nicht, dass du … Ich … Ach, weißt du: Ich würde alles tun, um es ungeschehen zu machen.«

»Was alles?«

»Alles eben. Hätte ich doch nie das Geld genommen – und vor allem das zweite Mal, als ich noch nicht einmal die Entschuldigung hatte, dass es sich ja um bereits verdientes Geld handelte.«

»Und inwiefern bist du schuld an Herrn Horlachers Tod?«

Stegschmied schluckte und sah betreten zu Boden.

»Sag schon, Franz. Ich liege ja schon, umfallen werde ich dir also jetzt nicht noch einmal.«

»Ich habe dir doch erzählt, dass ich am Mittwoch früher Feierabend gemacht habe, weil ich nicht mit dem Geld in der

Hosentasche erwischt werden wollte. Na ja ... hätte ich an diesem Tag so lange wie üblich gearbeitet, hätte ich schon am Donnerstag das Balkongeländer wieder anschrauben können. Und das hätte Herrn Horlacher sicher aufgefangen und verhindert, dass er in den Garten hinunter zu Tode stürzt.«

»Deshalb fühlst du dich schuldig an seinem Tod?«

Stegschmied nickte.

»Nur deshalb?«, hakte seine Frau noch einmal nach.

»Ja, natürlich, warum denn sonst noch?«

Dann begann er zu begreifen, was seine Frau gedacht haben musste. Und es fiel ihm wie Schuppen von den Augen, dass sie nicht deshalb einen Schwächeanfall erlitten hatte, weil er Geld aus Horlachers Schublade genommen hatte.

Erleichtert beugte er sich nach vorn, nahm seine Frau in die Arme und ließ sie lange nicht mehr los.

Nachdem Rainer Ernst seinen Kollegen pünktlich um dreizehn Uhr in Birkenweißbuch abgeholt hatte, fuhren sie zunächst noch einmal in Schneiders Fitnessstudio. Da Horlacher dort Mitglied gewesen war, sollten einige Beschäftigten etwas über ihn sagen können. Und vielleicht würden sie auch die Namen einiger Eroberungen von Horlacher erfahren.

Vorhin, nach dem erneut gescheiterten Training, war Schneider noch so in Gedanken gewesen, dass er an der Empfangstheke ganz zu fragen vergessen hatte – außerdem hatte er seinen Dienstausweis nicht einstecken.

Schneider hatte Ernst von seinem Gespräch mit Dr. Wilde berichtet und ihn dabei aufmerksam beobachtet. Er hatte erzählt, dass Horlacher ein rechter Schürzenjäger gewesen war und sich auch im Studio sehr kontaktfreudig gezeigt hatte. Das heftig begonnene und schnell geplatzte Techtelmechtel von Horlacher und Wilde im Studiokeller umschrieb Schneider nur ganz vage: »Horlacher hat auch versucht, sich an Dr. Wilde heranzumachen, daraus wurde aber nichts.«

In Ernsts Gesicht zuckte es ein wenig um die Augenwinkel herum und er sah dabei ganz starr zur Frontscheibe hinaus. Ganz offensichtlich litt er tatsächlich noch unter der Affäre mit der Pathologin. Oder unter der Trennung von Sabine. Oder unter beidem.

Hinter dem Tresen des Studios standen auch heute zwei junge Frauen, zum Glück hatte keine von beiden am Tag zuvor miterlebt, was das »Gisela«-Klingeln aus der Turnhose mit Schneider auf dem Stepper angestellt hatte.

Die beiden Kommissare stellten sich vor, eine der jungen Frauen holte den Studiobesitzer aus den hinteren Büroräumen, einen gewissen Zlatko, der zur Begrüßung nur seinen Vornamen nannte und mit seinen durchtrainierten Pranken Ernst und Schneider fast die Hand zerquetschte. Zlatko schob sich hinter einen Schreibtisch in der Ecke, die beiden Kommissare setzten sich auf die Stühle davor. Das Ganze wirkte eher, als würden sich zwei neue Kunden über Tarife und Trainingszeiten informieren. Entsprechend nüchtern informierten sie den Studiobetreiber, dass Horlacher, eines seiner ehemaligen Mitglieder, tot war.

»Henning ist tot?«, fragte Zlatko zurück.

Schneider nickte.

»Na, so was«, sagte er, wirkte aber nicht allzu bestürzt. »Und warum kommt da die Kripo?«

»Sagen wir es so: Wir gehen davon aus, dass er nicht eines natürlichen Todes gestorben ist.«

»Oh«, machte Zlatko und sah nun doch etwas interessierter drein. »Wurde er ... Sie meinen, er wurde ermordet?«

Schneider zuckte mit den Schultern. »Er war Mitglied hier, richtig?«

»Zuletzt nicht mehr. Er hat ein paar Jahre hier trainiert, ich war zu Beginn sein Personal Trainer, aber das war ihm nicht so recht.«

»Warum das denn?«

»Na, wie soll ich das sagen ... Er fand es ... spannender, wenn er einen weiblichen Trainer hatte. Die wechselten aber immer wieder.«

»Und wieso?«

Zlatko machte nach fast jedem seiner Sätze eine Pause, und Schneider wollte das Studio irgendwann einmal auch wieder verlassen. Aber so sehr er auch drängelte: Zlatko hatte die Ruhe weg.

»Hm ... Henning hat sich immer alles erklären lassen, und er ließ sich Übungen manchmal auch sehr genau zeigen. Sehr genau, wenn Sie verstehen ...«

»Nein, verstehe ich nicht.«

»Wenn Sie die Übungen richtig machen, werden ganz bestimmte Muskelgruppen auf eine ganz bestimmte Art angesprochen. Und diese Muskelgruppen beschreiben wir unseren Mitgliedern natürlich, wir erklären, wie die Bewegungen am effektivsten ausgeführt werden und so. Na ja ... und Henning ließ sich die Muskelgruppen gerne von den Trainerinnen zeigen.«

Schneider ahnte schon, was er damit meinte. Ernst nicht, er sah Zlatko verständnislos an.

»Na, er hat immer wieder versucht, die Muskelgruppen von den Trainerinnen ertasten zu lassen. Das kann einem Kunden schon helfen, wenn er mit seinen Muskeln noch nicht so vertraut ist. Wir machen das natürlich, und das ist im Rückenbereich ja auch kein Problem, auch nicht an den Oberarmen. Aber wenn Henning die Muskulatur innen an den Oberschenkeln trainieren wollte ...«

Nun war der Groschen auch bei Ernst gefallen.

»Das hat nur eine mitgemacht, die anderen haben sich da irgendwie rausgewunden und sind zu mir gekommen. Ich habe Henning deswegen mehrfach Bescheid gestoßen.«

»Sie sagten gerade: ›Das hat nur eine mitgemacht‹ – können wir diese Mitarbeiterin mal sprechen, oder hat sie heute frei?«

»Die arbeitet nicht mehr hier. Als ich spitzgekriegt habe, was da lief, habe ich sie achtkant rausgeschmissen! Das können wir uns nicht leisten, wir haben einen Ruf zu verlieren.«

»Wegen einer Muskelgruppe am Oberschenkel?«, fragte Schneider erstaunt.

»Es ging da schon um ganz spezielle Muskelgruppen, das können Sie mir glauben«, schnaubte Zlatko. Er war offenbar immer noch ganz außer sich wegen dieser Geschichte. »Und als ich eines Abends runterging ins Untergeschoss, waren die beiden auf der Aktionsfläche zu Gange.«

»Auf der ... Aktionsfläche?«

Ernst hatte Mühe, seine Frage in einem normalen Tonfall hervorzubringen, ohne dabei zu lachen.

»So nennen wir den großen Raum unten, wo unsere Kurse stattfinden.« Zlatko hatte nichts bemerkt. »Bauch-Beine-Po und so. Da liegen ein paar Matten und Medizinbälle – Gabi sah ich auf den ersten Blick gar nicht. Ich wunderte mich noch, warum Henning bei den Medizinbällen kniet.«

»Gabi – ist das die Mitarbeiterin?«

»Die *ehemalige* Mitarbeiterin, ja.«

»Wir sollten bitte die Adresse von ihr haben, mit ihr müssten wir auf jeden Fall reden.«

»Was soll das denn bringen?«

Die Geschichte mit Gabi und Horlacher schien Zlatko so sehr an die Nieren zu gehen, dass er alle servilen Floskeln beiseite ließ, die er in seinen Studiogründerseminaren vermutlich eingebläut bekommen hatte.

»Das müssen Sie schon uns überlassen«, blaffte Ernst entsprechend unwirsch zurück. »Und wir sollten auch noch die Namen einiger Ihrer Mitglieder haben.«

Zlatko sah ihn verblüfft an.

»Horlacher war, soweit wir wissen, nicht nur im Hinblick auf Gabi sehr an ... persönlichen Kontakten interessiert. Er hat wohl auch einige Ihrer Mitglieder angebaggert. Ich nehme an, Sie haben ihn nach der Geschichte mit Gabi im Auge behalten?«

»Ja, das schon. Aber er hat keine meiner Mitarbeiterinnen mehr blöd angemacht.«

»Und Kundinnen?«

»Bei zweien ist es mir aufgefallen. Roswitha Selmer und Ruth Degen-Hofmann, die Adressen kann ich Ihnen geben.

Dann hatte ich die Schnauze voll.«

»Haben Sie ihn zur Rede gestellt?«

Zlatko zuckte mit den Schultern und blickte zu Boden.

»Auch verdroschen?«, fragte Schneider nach.

»Nein, eigentlich nicht ... Als Gabi in der Woche vor Weihnachten nicht mehr ins Studio kam, hat er nachgefragt. Ich habe ihm gesagt, dass ich ihr gekündigt habe – den Grund nannte ich ihm nicht ausdrücklich, aber er wusste wohl auch so, was Sache war. Und als er mit Roswitha geflirtet hat, kam es mir so vor, als wolle er, dass ich alles mitbekam. Das ging zwei Wochen, dann machte er sich an Ruth ran – und wieder vor meinen Augen. Da ist mir der Kragen geplatzt und ich habe ihm ordentlich meine Meinung gesagt. Das ist sonst nicht so meine Art – wir sind ja Dienstleister, da ist ein höflicher Ton wichtig.«

»Und bei Horlacher?«

»Ach, Henning hatte nur gemeint, ich solle mich nicht so anstellen. Und ich würde ja wohl selbst ...«

»Ja?«

Zlatko war mitten im Satz verstummt und in finsteres Brüten versunken.

»Da habe ich mich kurz vergessen«, fuhr er nach einer kurzen Pause fort. »Ich habe ihm aber sofort wieder vom Boden aufgeholfen, und es war auch nichts weiter passiert.«

Ernst musterte Zlatko, der innerlich vor unterdrücktem Zorn bebte. Die Sache mit Horlacher schien ihm noch immer zu schaffen zu machen. War das ein Mordmotiv?

»Und danach hat Horlacher seinen Vertrag gekündigt?«, fragte Schneider.

»Hallo, Klaus!«, rief eine große, schlanke Frau mit raspelkurzen Haaren zu Schneider herüber. Sie hatte hinter der hüfthohen Mauer, die den Schreibtisch vom Trainingsraum abteilte, gerade das Gespräch mit einem älteren Mann beendet, der sich leidlich erfolgreich mit einem Gerät zur Stärkung der Rückenmuskulatur abmühte, und hatte auf ihrem Weg zum nächsten Clubmitglied den Kommissar entdeckt.

Zlatko sah kurz irritiert zwischen den beiden hin und her.

»Sind Sie ... ich meine: bist du auch Mitglied hier bei uns?«

Schneider nickte.

»Oh, entschuldige – ich kenne leider nicht alle unsere Mitglieder persönlich. Macht es dir denn Spaß?«

»Ja, würde es wahrscheinlich schon. Aber ich komme bisher nicht richtig zum Trainieren.«

»Ja, ja, kenne ich.«

Ernst sah auf Zlatkos imposante Muskeln und bezweifelte, dass der Studiobesitzer Schneiders Terminprobleme auch hatte.

»Gut, wo waren wir stehengeblieben? Ach ja: Henning Horlacher. Also, Klaus ... oder doch lieber Kommissar Schneider?«

Schneider hatte im Mitgliedsvertrag angekreuzt, dass er hier geduzt werden wollte – aber nun war er schließlich dienstlich hier.

»Einfach Schneider.«

»Gut, Herr Schneider. Also: Henning ist zwei Wochen lang nicht mehr ins Studio gekommen, zumindest habe ich ihn nicht mehr gesehen – ich kann mal im Computer nachsehen, wir registrieren die Mitglieder ja immer, wenn sie ins Training kommen. Dann hat er bei einer meiner Mitarbeiterinnen die Karte abgegeben und gekündigt. Die wusste in groben Zügen Bescheid – ich hatte alle bei einem unserer Meetings darauf hingewiesen, dass sie sich von Henning nicht anmachen lassen sollen und dass sie deswegen auch jederzeit zu mir kommen können. Sie hat Hennings Kündigung dann auch gleich akzeptiert, und wir haben auch auf die übliche Frist verzichtet.«

»Wann war das?«

»Mitte Januar.«

»Haben Sie Horlacher danach noch einmal gesehen?«, schaltete sich Ernst ein.

Zlatko sah zu ihm hin, sein Blick flackerte ein wenig.

»Ich ... nein.«

»Nein? Sicher nicht?«

Schneider sah den Kollegen fragend an, aber Ernst fixierte Zlatko weiterhin mit strengem Blick.

»Nein, wirklich nicht.« Zlatko sah zwischen Schneider und Ernst hin und her. »Was soll das denn jetzt?«, brauste er schließlich auf.

»Nichts. Ich frage nur.«

»Ich habe Henning danach nicht mehr wiedergesehen. Obwohl ... gehört habe ich von ihm – und darauf hätte ich gut verzichten können.«

»Was haben Sie von ihm gehört?«

»Henning hat überall herumerzählt, wie schlecht er unser Studio finde. Wie unprofessionell der Service sei, wie überzogen unsere Preise – so was halt. Und er machte Andeutungen, dass einige der Mitarbeiterinnen ... also ...«

»Ja?«

»Eine absolute Frechheit: Da versucht der, meine Mitarbeiterinnen anzubaggern – und dann erzählt er herum, dass es hier bei uns genau andersrum laufe. Wissen Sie: So etwas kann mir das ganze Geschäft hier kaputtmachen! Das kann ich mir echt nicht leisten!«

»Und das hat Sie wütend gemacht.«

»Na, klar hat mich das wütend gemacht. Macht es mich noch immer – das merkt man mir wahrscheinlich auch an, oder?«

»Ja, das merkt man Ihnen an«, gab ihm Ernst recht. »Und dann sind Sie mit all dieser Wut nach Backnang gefahren, um Henning mal so richtig die Meinung zu geigen?«

»Warum soll ich nach Backnang gefahren sein? Ich habe doch schon gesagt, dass ich Henning nicht mehr ...«

Zlatko war deutlich anzusehen, dass ihm nun ein Licht aufging. Nicht schnell, nicht besonders hell, aber es ging ihm auf.

»Sie spinnen doch, Mann!«

Er sprang auf und stand vor den beiden Kommissaren, mit wütender Miene und einem hektischen Pumpen im eindrucksvollen Brustkorb. Schneider fühlte sich nicht sehr wohl und rutschte ein wenig in seinem Sessel nach hinten, aber Ernst blieb ganz ruhig sitzen und sah dem Muskelmann unverwandt in die Augen.

»Wir sollten dann auch noch von Ihnen wissen, wo Sie sich am Mittwoch und Donnerstag aufgehalten haben.«

Zlatko starrte Ernst an, dann ging er zum Automaten, ließ sich ein hellviolettes Saftschorle aus dem Hahn, kam zurück zur Sitzgruppe und trank einen großen Schluck, während er Ernst aus schmalen Augenschlitzen ansah.

»Zu einer bestimmten Zeit? Ich nehme an, Sie wollen herausfinden, ob ich Horlacher auf dem Gewissen habe.«

Schneider nickte.

»Also: zu welcher Zeit?«

»Den ganzen Mittwoch und den ganzen Donnerstag über.«

»Das heißt, Sie haben noch keinen blassen Schimmer, wann Horlacher starb?« Zlatko sah die beiden Kommissare mit spöttischem Grinsen an. »Oh Mann, im ›Tatort‹ haben die das aber besser drauf!«

Ernst verdrehte die Augen.

»Und ich muss Ihnen noch etwas gestehen«, sagte Schneider ruhig. »Wir brauchen meistens auch länger als neunzig Minuten.«

»Hä?«

»Na, neunzig Minuten ... so lange geht ein ›Tatort‹, oder?«

»Ah ja.«

Zlatko war wohl nicht der Hellste.

»Sagen Sie uns nun, wo Sie sich am Mittwoch und Donnerstag überall aufgehalten haben? Am besten schreiben Sie uns alles auf, mit Uhrzeiten, Adresse und Telefonnummern – damit wir gegebenenfalls auch nachfragen können.«

Zlatko schüttelte den Kopf.

»Da muss ich nachsehen.«

»Tun Sie das«, sagte Ernst mit ruhiger Stimme. »Wir warten so lange hier. Und seien Sie doch bitte so nett, uns auch gleich die Namen und Adressen der beiden Kundinnen und der Mitarbeiterin aufzuschreiben, mit denen Horlacher angebandelt hat.«

Zlatko blieb noch kurz stehen, es schien in ihm zu arbeiten, und Schneider bekam eine Vorstellung davon, wie Zlatko auf Horlacher gewirkt haben musste, kurz bevor er nach ihrem »Gespräch« zu Boden ging. Dann wandte sich Zlatko abrupt ab und verschwand in seinem Büro. Eine der Frauen am Empfang drehte sich erstaunt zu ihrem Chef um und sah dann fragend zu den beiden Kommissaren hinüber.

Schneider blätterte Zlatkos Aufstellung für Mittwoch und Donnerstag durch. Der Studiobetreiber hatte eine etwas kindliche, zum Teil wie sorgfältig gemalt wirkende Schrift. Am Ende hatte er seinen vollständigen Namen, seine Adresse und seine Telefonnummer notiert – Zlatko Pfleiderer wohnte in Winnenden in einer Straße mit dem putzigen Namen Ob dem Stäffele.

Dem Aufschrieb zufolge verbrachte Zlatko viel Zeit in seinem Studio, für den Mittwochabend hatte er angegeben, er sei wegen eines Servicetechnikers bis gegen neun im Studio gewesen und danach zu seiner Frau nach Hause gefahren. Weil die Spurensicherung den Mittwoch für den Tag hielt, an dem die Halterung des Rennrads manipuliert worden war, gab er diese Angaben per Handy zur Überprüfung an Jutta Kerzlinger durch. Wie Zlatko abends oder nachts in Horlachers Wohnung gekommen sein könnte, konnten sie dann im Fall des Falles immer noch herausfinden.

Ernst hatte sich währenddessen die Adressen der ehemaligen Mitarbeiterin und der beiden Kundinnen angesehen, die Zlatko für sie notiert hatte.

»Hier, sehen Sie«, sagte Ernst, als sie wieder im Wagen saßen und Ernst die Adresse der gefeuerten Mitarbeiterin ins Navi eingegeben hatte, »das liegt einigermaßen auf unserem Weg nach Backnang.«

Auf dem Display war eine kleine Straße in Rettersburg markiert, einem Teilort von Berglen.

»Dann versuchen wir da doch gleich mal unser Glück«, nickte Schneider, und die beiden fuhren das Buchenbachtal entlang, bis sich im hintersten Winkel des Tals der Blick auf einen Ort öffnete, der halb unten in der schmalen Ebene lag und sich links und rechts davon die Hänge hinauf erstreckte.

»Schönes Fleckchen«, sagte Schneider.

»Aber die Aussicht, die Sie von Birkenweißbuch aus haben, würde Ihnen fehlen.«

»Kann gut sein«, dachte Schneider. Wenn er von seiner Terrasse aus nach Osten sah, öffnete sich vor ihm das Tal bis hin nach Schorndorf, dahinter sah er die Hänge des Schurwalds – manchmal stand er einfach nur da und schaute. Lauschte auf die Stille, die nur ab und an von einem Flugzeug im Anflug auf Stuttgart unterbrochen wurde – aber auch das war nicht weiter störend. Die Flieger waren weit entfernt und flogen meistens ziemlich hoch. Der Verkehr auf der Umgehungsstraße, die um Birkenweißbuch herum in Richtung Schorndorf führte, war schon deutlicher zu hören, aber da war meistens nicht allzu viel los.

Mit seinem früheren Wohnort Urbach war das schon wegen der nahen B29 nicht zu vergleichen, und mit seiner Heimatstadt Karlsruhe schon gar nicht.

In der Rettersburger Ortsmitte lenkte Ernst den Wagen vor einem modern wirkenden Bau nach rechts von der Hauptstraße ab. Schneider sah interessiert zu dem Gebäude hin.

»Das ist das Bürgerhaus«, erklärte Ernst, der Schneiders Blick aus dem Augenwinkel bemerkt hatte. »Hier stand früher das alte Schulhaus, mit zwei Wohnungen und einem Amtszimmer für den Bürgermeister. Daneben das Schlachthäusle, das Backhäusle und das Milchhäusle.«

Ernst tat seinem badischen Kollegen den Gefallen und betonte das »-le« jedes Mal fast theatralisch. Schneider grinste.

»Und woher wissen Sie das alles nun schon wieder?«

»Ein Vetter von mir ist hier aufgewachsen. Und bei jedem Familienfest musste ich mir anhören, dass er zu den letzten

Schülern gehörte, die hier noch eingeschult worden sind. Und wie toll das alles gewesen war. Und dass sie in der ersten Klasse nur sechs Schüler waren, dass alle acht Klassen in einem Raum von einem Lehrer unterrichtet wurden – und dass eine neunte Klasse wegen Schülermangels gar nicht erst zustande gekommen war.«

Schneider grinste noch breiter.

»Klingt doch spannend«, sagte er.

»Ja, die ersten zehn Male schon, aber dann lässt der Reiz der Geschichten doch ein wenig nach.«

Schneider lachte, und Ernst blieb mit dem Wagen mitten auf der Straße stehen.

»Sehen Sie da rechts den Weg?«

»Ja.«

»Da runter sind die damals gegangen, zum Turnunterricht. Da gab es eine Baracke, in der früher mal Flüchtlinge untergebracht waren und die später leer stand. Schwebebalken, ein kleines Sprungbrett, ein paar Matten – mehr gab es nicht.«

»Oh, ich sehe schon: Ihr Vetter hat die Details oft wiederholt, wenn Sie alles noch so genau wissen.«

»Das können Sie laut sagen. Und dort hinten« – er deutete auf eine kleine Straße, die ein Stück weiter vorne nach links abging – »mussten die Kids lang, wenn Musikunterricht auf dem Stundenplan stand. Die Story finde ich immerhin witzig: Stellen Sie sich die kleinen Knirpse vor, wie sie vom Schulhaus zum Badehaus tippeln, wo ein Klavier stand – und jedes Kind trägt seinen kleinen Schulstuhl unter dem Arm.«

»Und das war Ihr Vetter? Klingt für mich eher nach einem Urgroßonkel.«

»Das ist noch gar nicht so lange her. Mein Vetter ist vom Jahrgang 1960 und kam zu Ostern 1966 in die Schule. Dann gab es wohl zwei Kurzschuljahre, und danach war das Schuljahr immer zu Beginn der Sommerferien zu Ende.«

»Sie sollten Gästeführer werden – nennen sich die Leute nicht so, die hier in der Gegend Themenwanderungen und solche Sachen anbieten?«

Ernst nickte.

»Na also – wenn es für uns bei der Polizei mal keine Arbeit mehr gibt, dann feiern wir das kurz, und dann heuern wir als Gästeführer an. Sie können mich ja einlernen.«

Ernst lachte und fuhr das letzte Stück ihres Weges. Er bog in die Straße ein, die früher zum Badehaus geführt hatte, und kurz vor einer engen Linkskurve parkte er den Wagen am Straßenrand.

»Tja, zunächst haben wir aber noch Arbeit als Polizisten«, sagte Ernst und stieg aus. »Und ich fürchte, dass das nie ganz aufhört.«

»Sie hatten sich auch schon daran gewöhnt, dass wir seit Alfdorf keinen Mord mehr aufzuklären hatten, stimmt's?«

»Allerdings. Aber was soll's … Hier wohnt sie übrigens.«

Ernst deutete zu einer Haustür, deren Glaseinsatz hinter mehreren senkrechten Holzstreben versteckt war. Ein kleines Vordach verschattete den Eingang ein wenig, links und rechts der Tür standen große Tontöpfe, die dick mit Plastikfolie eingewickelt waren. Zwischen dem linken Topf und der Hauswand war ein kleiner Dackel aus schwarzem Blech einbetoniert, hinter dem einige Brocken getrockneter Erde lagen. Gegenüber lagen eine Bürste, ein grober Metallkamm und ein zerkautes Hundespielzeug.

Ernst musste grinsen und drückte auf die Klingel. Daneben war der Name der Bewohnerin zu lesen: Gabi Hundt.

Der Klingelton schepperte irgendwo im Hausflur eine zerhackte Melodie und wiederholte sich dann in unterschiedlicher Lautstärke an mehreren Stellen im Haus. Sonst war nichts zu hören. Ernst klingelte erneut.

Am Haus gegenüber ging ein kleines Fenster auf. Eine ältere Frau legte ein kleines Kissen auf das Fensterbord, lehnte sich mit beiden Armen bequem darauf und sah interessiert zu den Kommissaren hinüber.

Ernst klingelte ein drittes Mal.

Schließlich sah er seinen Kollegen bedauernd an, zuckte mit den Schultern und wandte sich zum Gehen.

»D' Gabi isch net do«, krähte es von dem offenen Fenster gegenüber herunter.

Ernst und Schneider blieben stehen und sahen zu der älteren Frau hinauf.

»Die isch mit 'em Kloina naus.«

Schneider hörte konzentriert zu, Ernst fragte zurück: »Mit dem Kleinen? Mit ihrem Kind?«

Ein heiseres Lachen schüttelte die Frau am Fenster durch. Sie zauberte ein Taschentuch hervor, schnäuzte sich lautstark und tupfte sich danach die feuchtgelachten Augen trocken.

»Ha noi, ihr Kloiner isch dr Hasso.«

Ernst blickte ratlos zu der Frau.

»Dr Hasso isch ihr kloiner Dackl, mit dem muss se jo dreimol am Dag naus. Ond jetzt isch halt wieder Zeit gwäsa.«

»Aha«, machte Ernst. »Und ist sie schon lange weg? Ich meine: Hat sie vielleicht ihre Runde demnächst beendet und kommt gleich wieder?«

»Ka scho sei«, knarzte die Frau und rieb sich die Nase. »Am beschta ganget Se do nom oms Eck ond no a Schtick naus aus em Flecka – den Weg kommt se emmr zrückzuas glaufa.«

»Da nach hinten?«, fragte Ernst und deutete auf die Linkskurve nicht weit von ihnen. »Zum Badhäusle?«

»Genau do nom«, sagte die Frau und nickte. Dann stutzte sie und sah Ernst forschend an: »Badhäusle? Sen Sie von do?«

»Nein, nein – ein Vetter von mir ist hier im Dorf aufgewachsen, und der hat mir vom Badhäusle erzählt. Der hat dort wohl immer Musikunterricht gehabt.«

»Ha scho, ond Turna war en dr alte Barack. Scheene Zeita sen des gwäsa.«

»Das glaube ich Ihnen gerne«, sagte Ernst, um nicht unhöflich zu erscheinen – aber eigentlich wollte er am liebsten weg hier.

»Ond wer isch no Ihr Vetter?«

»Roland heißt er, wohnt aber schon lange nicht mehr hier.«

»Des macht nex, i werd' en scho no kenna.«

Schneider grinste, und Ernst sah ein, dass er aus dieser Nummer nicht herauskam, ohne den Namen seines Vetters preiszugeben. Frauen wie diese sollten Seminare für angehende Kriminalisten geben – da konnte mancher gestandene Kommissar noch etwas in Sachen Verhörtechnik lernen.

»Sattler, Roland Sattler.«

»Awa, 's Rolandle, do guck na!«

Die Frau sah unverwandt auf Ernst hinunter und erwartete offensichtlich, dass ihr Gesprächspartner noch ein wenig mehr erzählte.

»Der wohnt heute in Frankfurt, arbeitet dort bei einer Bank, ist verheiratet, hat zwei Kinder – und eine Glatze.«

Schneider war verblüfft, wie redselig sich Ernst plötzlich gab. Wahrscheinlich wollte der Kollege nur verhindern, dass sie hier noch mehr Zeit verloren, weil die Frau ihm ohnehin alle Details aus der Nase gezogen hätte.

»Hano! Frau ond Familie, aber koine Hoor meh uff'm Kopf – aus Kender werdat halt Leit, gell? I woiß no genau, wie's Rolandle als kloiner Bua do vorna uff der Kreizung beim Maitanz mitgmacht hot. Tanza hot er eigentlich net kenna, aber für dr Jägerneiner hot's glangt.«

»Jäger-Neuner?«

»So hot halt oiner von dene Tänz ghoißa. Machet se, glaub, heit no – aber jetzt halt nemme dohanna uff onsrer Kreizung, sondern weiter vorna beim Bürgerhaus.«

»Hallo, Tante Elsa!«

Die fröhliche Stimme setzte dem melancholischen Sermon der alten Dame ein abruptes Ende. Das faltige Gesicht wurde auf einen Schlag von einem breiten Lächeln erhellt, und Ernst und Schneider drehten sich um, dankbar für die ersehnte Unterbrechung.

»Grieß Gott, Gabi!«, rief die Frau von ihrem Fensterplatz herunter. »Do, die boide Herra wellat zu dir. I han se scho nomgschickt, damit se dir entgegalaufat – aber no hemmer ons a weng verschwätzt.«

»Rainer Ernst, Kripo Waiblingen«, stellte sich Ernst vor. »Und das ist mein Kollege, Klaus Schneider.«

Er hatte mit etwas gedämpfter Stimme gesprochen, weil er als Bewohner von Ebni wusste, wie sehr Nachbarn ihre Ohren spitzen konnten, um interessante Details für den nächsten Straßentratsch aufzuschnappen. Gabi Hundt sah ihn irritiert an, schien aber durchaus dankbar für sein Einfühlungsvermögen.

Die junge Frau war durchschnittlich groß, von recht sportlicher Figur, und trug das dunkelbraune und etwas mehr als schulterlange Haar zu einem buschigen Pferdeschwanz gebunden. Sie war hübsch und wirkte freundlich – Schneider konnte sich gut vorstellen, dass sie Horlacher gefallen hatte. Und er war schon gespannt, unter welchem tatsächlich oder vermeintlichen Makel sie litt – das hatte ihm Dr. Wilde ja als wichtigen Bestandteil von Horlachers Beuteschema geschildert.

»Dann kommen Sie mal lieber mit rein«, sagte sie und ging auf ihre Haustür zu.

»Ond?«, rief Tante Elsa vom Fenster her, »Isch älles en Ordnung, Gabi?«

»Ja, freilich – des send alte Kollega von mir. Ade, Tante Elsa, ade.«

Damit drückte sie die Haustür auf, zog den Dackel hinter sich her ins Treppenhaus und bedeutete Schneider und Ernst mit einer knappen Geste, ihr zügig zu folgen. Erst als sie die Tür wieder hinter sich ins Schloss gedrückt hatte, fragte sie: »Kripo? Was ist denn los, um Gottes willen?«

»Vielleicht können wir das irgendwo in Ruhe besprechen?«

»Ja, natürlich«, sagte sie, ging einige Stufen hinauf, drehte sich dann noch einmal um, als sei ihr gerade etwas eingefallen: »Kann ich bitte noch kurz Ihre Ausweise sehen?«

»Natürlich«, sagte Ernst, »ich wollte nur draußen nicht …«

Sie musterte die Ausweise der beiden Kommissare und nickte dann zufrieden.

»Danke. Das war auch besser so. Tante Elsa ist eigentlich ganz nett, aber eben auch arg neugierig.«

Sie betraten ein kleines, gemütlich eingerichtetes Wohnzimmer, das Fenster zur Straße hinaus und zum Nachbargebäude hin hatte. Durch eine der Scheiben konnte man noch Tante Elsa sehen, wie sie von ihrem gepolsterten Fensterplatz Ausschau hielt nach weiteren interessanten Neuigkeiten, auch zu dem Wohnzimmer schaute sie kurz herüber.

Gabi Hundt stellte sich kurz ans Fenster und winkte durch die geschlossene Scheibe, woraufhin die alte Frau zurück in ihr Zimmer trat, das Fenster schloss und nur noch kurz zwischen ihren Vorhängen hindurch hinauslinste.

»Wie kann ich Ihnen denn helfen?«, fragte Gabi Hundt schließlich und sah ihre beiden Besucher gespannt an. »Mein Leben ist eigentlich nicht so aufregend, als dass es für die Kripo hier viel zu erfahren gäbe.«

»Henning Horlacher ist tot«, sagte Klaus Schneider ohne Umschweife. Das ständige Informieren über unnatürliche Todesfälle ging ihm auf die Nerven, manchmal auch an die Nieren – hier aber hatte er die Vermutung, dass die traurige Nachricht eher nicht mit allzu großer Bestürzung aufgenommen werden würde. Immerhin verdankte sie dem Toten, dass sie ihren Job in Zlatkos Fitnessstudio verloren hatte.

Selten hatte sich Schneider mehr getäuscht.

Erst stand die junge Frau starr, dann gaben ihre Beine nach und sie sank schnell auf den Teppichboden, wo sie in einer Art Hocke zwischen Tisch und Couch eingeklemmt verharrte.

Ernst griff schnell nach ihr, konnte ihren Sturz aber nicht mehr vermeiden. Vorsichtig und mit Schneiders Hilfe zog er Gabi Hundt vom Boden auf die Couch hinauf und bettete sie dort mit eilig zusammengerafften Kissen leidlich bequem.

Bewusstlos schien die Frau nicht geworden zu sein, aber ihr Atem ging unregelmäßig und sie sah teilnahmslos mit leerem Blick vor sich hin.

»Frau Hundt?«

Ernst beugte sich ein wenig über sie, keine Reaktion. Von der Küche her kam ihr kleiner Hund gerannt, das Maul noch nass von dem Wasser, das er offenbar gerade getrunken hatte, und stupste ihre schlaff herunterhängende linke Hand mit seiner Schnauze an.

Schneider ging in die Küche hinaus, fand ein gespültes Trinkglas in einem der Regale, ließ Wasser hinein und kehrte zurück ins Wohnzimmer. Dort hatte der kleine Dackel inzwischen seine Herrin wieder halbwegs in die Wirklichkeit zurückgeholt. Er stand vor ihr auf dem Boden, wedelte mit dem Schwanz und bellte immer wieder kurz und laut.

Drüben öffnete sich das Fenster wieder, und Tante Elsa sah interessiert zu Gabi Hundts Wohnzimmer herüber.

Gabi Hundt schüttelte sich ein wenig, dann streichelte sie Hasso über den Kopf und setzte sich ein wenig aufrechter hin.

»Geht's wieder, Frau Hundt?«

»Ich ...«

Sie atmete tief ein und aus, rieb sich über die Stirn, streichelte wieder Hasso.

»Ja, ich ...«

Schneider hielt ihr das Glas Wasser hin. Sie nahm es, trank es in einem Zug aus und stellte es auf den Couchtisch. Das helle Holz der Tischplatte wies dunkle Ringe auf, die von Saft und Wein herrühren konnten.

»Entschuldigen Sie bitte, das ...«

Gabi Hundt versuchte aufzustehen, ließ sich dann aber doch wieder auf die Couch zurücksinken.

»Nehmen Sie doch auch Platz, bitte.«

Ernst und Schneider setzten sich gegenüber in zwei ausladende und etwas durchgesessene Polstersessel.

»Es tut mir leid«, begann Schneider. »Ich hatte keine Ahnung, dass Ihnen das so nahe gehen würde.«

»Nein?«, fragte Gabi Hundt und lächelte ihn schmerzlich an.

Schneider wäre am liebsten im Boden versunken, auch Ernst wusste nicht so recht, was er sagen sollte.

»Da Sie hier sind, um mir von Hennings Tod zu erzählen, nehme ich mal an, dass Sie von unserer Beziehung wissen.«

Ihre Stimme klang noch ein wenig schwach, aber sie hatte keine Mühe damit, die beiden Kommissare in die Defensive zu drängen.

»Ja, Ihr früherer Chef hat es uns gesagt.«

»Zlatko? Ausgerechnet dieser Armleuchter ...«

»Woher hätten wir es denn sonst wissen können?«

»Na, aus Hennings Wohnung, natürlich.«

»Wieso aus seiner Wohnung?«

Statt auf die Gegenfrage zu antworten, rappelte sich Gabi Hundt nun doch auf und ging aus dem Wohnzimmer, ihren kleinen Hund im Schlepptau. Kurz darauf kam sie wieder zurück und hielt eine Zahnbürste und ein Kontaktlinsenset in ihren Händen.

»Die sind von Henning.«

Sie legte ihre Mitbringsel auf den Couchtisch und setzte sich wieder.

»Und in seiner Wohnung sind meine Sachen.«

»Was denn zum Beispiel?«

»Unterwäsche, Shampoo, Zahnbürste – was man halt so bei seinem Freund für alle Fälle parat haben will.«

Ernst und Schneider sahen sich fragend an: In Horlachers Villa in Backnang war nichts in dieser Richtung gefunden worden.

»Was schauen Sie sich denn so seltsam an?«

»Na ja«, sagte Ernst. »Wir haben in Horlachers Haus nichts von Ihnen gefunden.«

»In welchem Haus denn? Ich habe doch gerade von einer *Wohnung* gesprochen.«

»Henning Horlacher ist in seinem Haus in Backnang tot aufgefunden worden. In seinem Garten, um genau zu sein.«

Gabi Hundt sah Ernst verblüfft an, und ihre Gesichtsfarbe wurde wieder etwas käsiger. Schneider sprang schnell auf, nahm das Glas vom Tisch und füllte in der Küche neues Wasser nach.

»Nein, danke«, sagte die junge Frau, als er ihr das Glas reichte. »Ich hätte jetzt lieber ein paar Infos von Ihnen.«

»Und wir von Ihnen«, versetzte Ernst. »Sie haben von einer Wohnung gesprochen. Wo befindet die sich denn?«

»In Fellbach, nicht weit von der Schwabenlandhalle entfernt.«

»Haben Sie die Adresse?«

»Natürlich habe ich die Adresse. Ich habe auch einen Schlüssel.«

Schneider stellte das Glas auf den Tisch und hielt ihr die offene Hand hin.

»Können wir den Schlüssel bitte haben? Und die Adresse, bitte.«

»Jetzt mal eins nach dem anderen«, sagte sie und verschränkte die Arme vor der Brust. »Sie erzählen mir jetzt erst einmal, was hier eigentlich los ist. Warum Sie von einem Haus in Backnang reden, und vor allem: was mit Henning passiert ist.«

Offenbar hatte sich Gabi Hundt nun wieder ganz unter Kontrolle.

»So genau wissen wir das noch nicht. Wir können bisher nur sagen, dass er tot in seinem Garten lag, dass er vermutlich vorgestern Abend von der Terrasse seines Hauses herunter zu Tode stürzte, und dass wir bisher davon ausgehen, dass er Opfer eines Verbrechens wurde.«

Mehr wollte Schneider der Frau fürs Erste nicht sagen. Immerhin war theoretisch auch sie eine der Verdächtigen – auch wenn das bedeutet hätte, dass sie eine ganz ausgezeichnete Schauspielerin sein musste.

»Und das war in Backnang?«

»Ja. Horlachers Haus liegt ziemlich genau gegenüber dem Bahnhof. Eine schöne Stadtvilla, aufwändig renoviert und mit herrlichem Blick hinunter ins Murrtal und über den größten Teil der Stadt.«

Nun nahm Gabi Hundt doch einen Schluck Wasser.

»Sie wussten nichts von dem Haus?«, hakte Schneider nach.

Sie schüttelte langsam den Kopf.

»Das tut mir natürlich leid«, sagte Schneider, obwohl er ja nichts dafür konnte, dass Horlacher vor seiner Freundin Geheimnisse gehabt hatte.

Ernst musterte die Frau möglichst unauffällig. Ihr Gesicht war von ziemlich heller Farbe, einige Leberflecken zogen sich über die linke Wange, und einige Hautverfärbungen auf dem Nasenrücken ließen Ernst vermuten, dass sie zu Sommersprossen neigte.

Klaus Schneider hatte ihm vorhin unter anderem auch erzählt, dass sich Horlacher mit seinen Verführungskünsten vor allem auf Frauen konzentrierte, die irgendeinen optischen Makel hatten, sei er nun wirklich vorhanden oder auch nur eingebildet. Ernst konnte keinen solchen Makel an Gabi Hundt entdecken. Sie war in seinen Augen sehr hübsch, freundlich und offensichtlich auch durchaus in der Lage, sich in einer schwierigen Situation gegen zwei Kripo-Kommissare zu behaupten.

»Wir müssten uns die Wohnung in Fellbach natürlich ansehen, das verstehen Sie sicher«, fuhr Schneider fort.

»Nur, wenn ich mitkann.«

»Nein, das geht nicht.«

»Dann werde ich meinen Schlüssel wohl nicht so schnell finden, tut mir leid. Und die Adresse ist mir auch gerade wieder entfallen.«

»Frau Hundt, so geht das nicht!«, brauste Schneider auf, der es satt hatte, ständig an irgendetwas gehindert zu werden. Zum Trainieren kam er nicht, und nun ließ ihn diese Frau auch nicht seine Arbeit machen.

Ernst legte ihm besänftigend eine Hand auf den Unterarm.

»Das geht normalerweise wirklich nicht«, sagte er dann mit ruhiger Stimme zu der jungen Frau. »Aber wir können diesmal vielleicht eine Ausnahme machen – allerdings unter einer Bedingung.«

Schneider sah ihn verärgert an – hoffentlich wusste Ernst, was er da tat. Frieder Rau von der Spurensicherung würde ihm den Kopf abreißen, wenn er eine potenziell Verdächtige in die Wohnung ließ, bevor Raus Team alles gründlich untersucht hatte.

»Sie können mit zur Wohnung, aber bevor Sie reingehen, müssen erst unsere Kollegen von der Kriminaltechnik ihre Arbeit machen.«

Schneider atmete insgeheim auf.

Gabi Hundt dachte nach und knetete dabei ihre Finger. Ernst beobachtete sie aufmerksam, auch hier war nichts zu sehen, was ihrer Erscheinung irgendwie geschadet hätte: Die Finger waren normal lang, die Nägel eher kurz getrimmt und nicht lackiert, die Hände schmal und mit gesund wirkender glatter Haut.

»Frau Hundt, wir ermitteln sehr wahrscheinlich in einem Mordfall. Es muss Ihnen doch auch daran gelegen sein, dass wir den oder die Schuldigen möglichst schnell finden.«

Sie sah Ernst forschend an, dann gab sie sich einen Ruck, und Schneider drehte sich um und ging zur Tür. Gabi Hundt wandte sich zur Seite und fingerte aus einem kleinen Holzkästchen einen Schlüssel. Dabei gab sie den Blick auf ihren Hals frei, und nun wusste Ernst, warum Gabi Hundt so gut in Horlachers Beuteschema gepasst hatte: Hinter dem Ohr begann eine alte Narbe, die sich steil nach unten bis etwa in Höhe der Schultern zog.

Diese Narbe war weder hässlich noch besonders auffällig, aber wahrscheinlich sah Gabi Hundt das selbst anders. Wahrscheinlich verband sie damit und mit der Operation, der sie die Narbe verdankte, die irrige Vorstellung, sie sei für Männer nun weniger attraktiv. Ein wenig Wut stieg in Ernst auf, weil er Männer wie Horlacher dafür verabscheute, wie sie körperliche oder psychische Schwächen anderer für ihre Zwecke ausnutzten. Wahrscheinlich war Horlacher auch beruflich ziemlich rücksichts- und skrupellos vorgegangen.

Dass Gabi Hundt sich zum Gehen wandte, bemerkte Ernst erst, als sie schon fast die Tür zum Flur erreicht hatte. Ernst schreckte hoch und sah zu, dass er Schneider und der jungen Frau folgte.

Auf dem Weg nach unten wählte Schneider auf dem Handy die Nummer von Frieder Rau und beorderte ihn und seine Leute nach Fellbach.

»Ja, Herr Rau, das ist eilig«, sagte er. »Unser Toter hatte wohl in Fellbach noch eine Wohnung, wir sind schon auf dem Weg.«

Er gab Rau die Adresse durch, die ihm Gabi Hundt zuvor genannt hatte, dann stiegen sie in Ernsts Dienstwagen und fuhren davon. Tante Elsa lehnte oben am Fenster wieder auf ihrem kleinen Kissen und sah dem Wagen aufmerksam hinterher.

Gabi Hundt lotste die Kommissare kurz nach Waiblingen von der B14 und dann nach Fellbach hinein. Sie passierten rechter Hand einen Bauernhof, der aussah wie ein Weingut aus dem Bilderbuch, danach ging es nach links, und ein Stück weiter direkt vor einer kleinen Bäckerei wieder nach rechts.

»Dort vorne geht es links rein, aber das ist eine Einbahnstraße«, sagte die junge Frau. »Ist nur ein paar Meter zu Fuß, am besten parken Sie gleich hier am Straßenrand.«

Die beiden Kommissare folgten ihr von der Cannstatter in die Hirschstraße, wo Gabi Hundt auf eine Haustür zuging und sie aufschloss.

Schneider sah sich um. Das schien keine schlechte Wohngegend zu sein: Er hatte einige Wirtshausschilder gesehen, eine Buchhandlung war ihm aufgefallen, und wenn er von seinen gelegentlichen Ausflügen hierher die Fellbacher Innenstadt noch ausreichend in Erinnerung hatte, war es von hier aus nicht weit zum Rathaus, wo im Sommer das Open-Air-Kino im Innenhof stattfand. Außerdem hatte er vor kurzem gelesen, dass im Rathaus und in der näheren Umgebung einige ehrgeizige Köche große Pläne hatten.

Gabi Hundt ging zügig die Treppe in den ersten Stock hinauf, Ernst folgte ihr anscheinend mühelos. Nur Schneider war schon nach den ersten Stufen ein wenig außer Atem und versuchte, oben angekommen, sich nicht anmerken zu lassen, dass er ziemlich hektisch nach Luft japste.

»Wir … wir …«, begann er keuchend, aber Ernst hatte seine dunkelrote Gesichtsfarbe richtig gedeutet und übernahm das Reden.

»Frau Hundt, wir sollten nun bitte warten«, sagte er, als Gabi Hundt den Schlüssel ins Schloss der Wohnungstür steckte.

Sie verharrte kurz, den Schlüssel noch im Schloss, dann zog sie ihn wieder heraus und drehte sich zu Ernst um.

»Ja, stimmt, so haben wir das besprochen. Aber das fällt mir nicht leicht, das können Sie mir glauben.«

»Danke, Frau Hundt«, sagte Ernst. »Die Kollegen werden sich alle Mühe geben, nicht allzu viel durcheinanderzubringen, okay?«

»Ja, okay«, sagte Gabi Hundt. »Warten wir unten auf Ihre Kollegen? Die können ja sonst ohnehin nicht ins Haus.«

»Gute Idee«, sagte Ernst und ging die Treppe wieder hinunter.

»Blöde Idee«, dachte Schneider, trottete den beiden hinterher und malte sich schon wenig erfreut aus, dass er diese Treppe gleich wieder hinaufkeuchen würde.

Der Kleinbus der Spurensicherung fuhr ein paar Minuten später vor, bog gegen die Fahrtrichtung in die Einbahnstraße ein und blieb direkt vor dem Hauseingang stehen.

»Gut«, sagte Frieder Rau, der als Erster aus dem Fahrzeug federte und tatendurstig in die Hände klatschte. »Können wir?«

Ernst stand hinter Gabi Hundt und versuchte Rau mit Gestik und Mimik hinter dem Rücken der jungen Frau klarzumachen, dass er sich etwas dezenter benehmen sollte. Rau verstand und begrüßte Gabi Hundt mit Handschlag.

»Frau … ?«

»Hundt, Gabi Hundt. Ich bin … ich war die Freundin von Henning Horlacher.«

»Denkste«, dachte Ernst und überlegte sich, wie und wann er ihr wohl am besten beibringen konnte, dass ihr lieber Henning ein ziemliches Schwein gewesen war, der jedem Rock nachjagte – und deshalb eben auch ihrem.

Zunächst war er vollauf damit beschäftigt, Gabi Hundt mit ein paar charmanten Bemerkungen den Wohnungsschlüssel abzuschwatzen, ihn Frieder Rau in die Hand zu drücken und die Frau davon abzuhalten, gleich mit nach oben zu stürmen.

»Sagen Sie«, begann er, »ich habe da vorhin eine kleine Bäckerei gesehen. Hier gleich ums Eck.«

Er deutete in die Richtung, aus der sie vorhin gekommen waren.

»Taugt die was?«

»Und wie!«, schwärmte Gabi Hundt. »Eine ganz kleine Bäckerei, da haben Sie recht – aber da können Sie wirklich ohne Bedenken alles kaufen. Ist alles lecker.«

Ernst sah auf die Armbanduhr.

»Die haben nicht mehr offen, oder?«

»Nein, die haben am Samstag Mittag zu.«

Gabi Hundt sah Ernst prüfend an.

»Haben Sie Hunger?«

»Ja, schon«, log er. Kurz vor seiner Fahrt zu Schneider hatte er bei seinen Eltern zu Mittag gegessen. Es hatte Sauerbraten und Spätzle gegeben – da vergaß er gerne mal aufzuhören, wenn er satt war. Noch immer spürte er ein unangenehmes Drücken im Magen. Aber Dienst war Dienst – und wenn er mit etwas Bauchweh seinen Kollegen oben in Horlachers Wohnung mehr Zeit verschaffen konnte … Ohnehin war die Bäckerei ja zu, was riskierte er also. »Ich könnte schon noch etwas zu essen vertragen. Wissen Sie: Bei unserem Job kommt das Essen manchmal schon zu kurz. Stimmt's, Herr Schneider?«

»Oh, ja, das stimmt leider.«

Schneider pflichtete ihm bei und musste sich beherrschen, dass er nicht grinste: Ernst hatte ihm auf der Fahrt zum Fitnessstudio vom Sauerbraten erzählt.

»Da haben Sie aber Glück«, sagte Gabi Hundt. »Ich kenne die Bäckersfamilie, die haben sicher noch was übrig.«

»Das wäre ja … prima«, sagte Ernst mit etwas frostigem Lächeln.

Die junge Frau ging sofort los, und wenig später bogen sie bei der kleinen Bäckerei um die Ecke, und Gabi Hundt klingelte an einem Nebeneingang. Schneider kratzte sich an Kinn und Wange, um sein Feixen zu verdecken.

»Ja, bitte?«, krächzte es aus der Sprechanlage.

»Gabi Hundt hier. Hallo, Frau Wallyss.«

»Ja, hallo, Gabi!«

Der Türöffner summte, und Gabi Hundt drückte die Tür auf. Auf dem Treppenabsatz im Hochparterre stand eine etwas stämmige Frau mit kurzen weißblonden Haaren, die Hände in die Hüfte gestemmt.

»So, Gabi, was kann ich dir anbieten?«

Offenbar kaufte Gabi Hundt hier nicht zum ersten Mal nach Ladenschluss ein, ging es Schneider durch den Kopf. Ernst dachte fieberhaft darüber nach, welches Backwerk er wohl am ehesten noch hinunterschlingen könnte.

»Haben Sie denn noch von Ihrem wunderbaren Bienenstich übrig?«, fragte Gabi und erntete von der Bäckersfrau ein strahlendes Lächeln.

Ernst schluckte trocken: Auf Bienenstich wäre er in seinen Überlegungen sicherlich nicht sofort gekommen.

»Aber klar doch, Gabi.«

Damit verschwanden die beiden Frauen im Haus, und wenig später kehrte Gabi Hundt mit einem großen, in Papier eingeschlagenen Paket wieder zu den Kommissaren zurück.

Vor dem Haus mit Horlachers Wohnung standen sie dann eine ganze Weile an Ernsts Dienstwagen. Das Paket lag geöffnet auf dem Autodach, und Ernst mampfte tapfer sein großes Stück. Schneider aß seinen Teil mit deutlich größerem Genuss: Der Bienenstich war ausgesprochen lecker, locker, schön süß – und Schneider hatte im Gegensatz zu seinem Kollegen durchaus noch Platz im Magen.

Schließlich kam einer von Raus Mitarbeitern zu ihnen herunter.

»Ihr könnt jetzt rauf, wir haben zwei der Zimmer durch – Frieder wird euch sagen, was ihr euch schon ansehen könnt.«

Sie gingen die Treppe hinauf. Ernst war froh, dass er endlich zu ein wenig Bewegung kam, Schneider dagegen erleichtert, als sie endlich oben angekommen waren.

Die Wohnungstür stand offen. Im Vorübergehen fiel Schneider ein interessantes Detail auf. Er war ein paar Stufen hinter die beiden anderen zurückgefallen und stützte sich oben vor der Wohnung mit beiden Händen auf den Oberschenkeln ab, um kurz zu verschnaufen. Als er sich wieder aufrichtete, fiel sein Blick auf den Türrahmen. Er war in Höhe des Türschlosses beschädigt, als sei vor kurzem jemand in die Wohnung eingebrochen.

Drinnen im Flur erklärte Rau gerade, welche beiden Zimmer Ernst und Frau Hundt schon betreten durften. Und während die beiden ins Wohnzimmer gingen, nahm Schneider Rau zur Seite.

»Sagen Sie mal, Herr Rau«, begann Schneider so leise, dass sich Rau ein wenig zu ihm hinbeugen musste. »Der Türrahmen ist beschädigt. Ist da jemand eingebrochen, was meinen Sie?«

»Ja, auf jeden Fall. Ich bin mir ganz sicher, und ich weiß auch schon, wer's war.«

Schneider sah ihn verblüfft an.

»Das waren wir. Der Schlüssel der Dame hat nämlich nur unten an der Haustür gepasst. Hier oben wurde offenbar das Schloss ausgetauscht.«

Schneider runzelte die Stirn.

»Wir haben das übrigens mit dem Staatsanwalt abgeklärt.«

»Wie? Ach so, ja ... Nein, das macht mir keine Sorgen. Sie machen das schon richtig, Herr Rau. Ich frage mich nur, warum der Schlüssel nicht mehr passte.«

»Weil das Schloss ausgetauscht wurde.«

»Ja, schon klar. Nein, ich meine: Warum glaubt Frau Hundt, dass der Schlüssel noch passt? Sie hat uns schließlich hierhergeführt und hat uns auch den Schlüssel gegeben. Das hätte sie vermutlich nicht getan, wenn sie von dem neuen Schloss gewusst hätte, oder?«

Rau zuckte mit den Schultern.

»Uns gegenüber klang sie ganz so, als sei sie noch mit Horlacher zusammen. Zu seinen Lebzeiten, meine ich natürlich. Vom Haus in Backnang wusste sie nichts, aber bei sich zu Hause hat sie uns Horlachers Zahnbürste gezeigt und ein paar Sachen, die er wegen der Kontaktlinsen brauchte.«

»Seltsam«, stimmte ihm Rau zu. »Aber das werden Sie schon rauskriegen, wie immer, was?«

Er lächelte Schneider jovial zu und machte sich wieder an die Arbeit. Schneider nickte nachdenklich. Immerhin schien es zwischen ihm und Rau kein Problem mehr zu geben.

Als er ins Wohnzimmer trat, standen Ernst und Frau Hundt gerade am Fenster und unterhielten sich.

»... hat er nie etwas erzählt«, beendete Gabi Hundt gerade einen Satz und sah dabei todtraurig aus.

Schneider musterte die junge Frau von der Seite. Offenbar hatte Horlacher sie benutzt, hatte ihr etwas vorgespielt, um von ihr zu bekommen, was er wollte. Und schließlich hatte er sie auch noch abserviert. Sie tat ihm leid, und Schneider war froh, dass er als Ehemann und neuerdings Familienvater mit diesem Thema nichts mehr zu tun hatte. Sein Blick fiel auf Ernst, dann fiel ihm Zora Wilde ein.

Gabi Hundt drehte sich zu Ernst um.

»Meinen Sie, ich könnte mir das Haus mal ansehen? Irgendwie kommt es mir sonst so vor, als hätte ich Henning gar nicht so richtig gekannt, wissen Sie?«

Ernst sah unsicher zu seinem Kollegen hin, den er aus den Augenwinkeln hatte näherkommen sehen. Schneider zuckte mit den Schultern. Sie würde, dachte er sich, ihren Henning ohnehin nicht mehr richtig kennenlernen.

»Halten Sie das wirklich für eine gute Idee?«, fragte Ernst schließlich.

Sie hatte feuchte Augen und sah sich ein wenig wehmütig in dem Zimmer um.

»Ich glaube schon, dass ich das gerne sehen möchte.«

Ernst nickte.

»Dann werden wir das auch machen. Aber geben Sie uns bitte noch ein, zwei Tage Zeit, ja? Und sich selbst vielleicht auch.«

Sie sah Ernst mit dankbarem Lächeln an und nickte.

Einer von Raus Mitarbeiter trat zu ihnen.

»Frau Hundt, haben Sie einen Moment Zeit? Wir sollten eine Genprobe nehmen und auch gleich Ihre Fingerabdrücke.«

Ärger mischte sich in den Blick der jungen Frau.

»Das ist nur Routine«, sagte Ernst schnell, hob beschwichtigend die Hände und sah den Kollegen tadelnd an.

»Ja, natürlich«, stammelte der etwas betreten. »Wir brauchen das wirklich nur als Vergleichsproben. Dass Sie sich hier aufgehalten haben, ist ja klar.« Offenbar hatte ihn Rau informiert, dass sie die Freundin des Toten war. »Wenn wir unsere Spuren damit abgleichen, können wir feststellen, wer vielleicht sonst noch in dieser Wohnung war.«

Gabi Hundt schnappte nach Luft, Ernst dagegen begriff nicht sofort, welcher falsche Zungenschlag sich in die Sätze des Kollegen geschlichen hatte.

»Sie meinen …?«, brachte sie schließlich hervor.

»Nein, Frau Hundt«, redete Ernst beschwörend auf sie ein. »Wir meinen erst einmal gar nichts. Aber wir müssen eben allen Möglichkeiten nachgehen. Und wir finden wahrscheinlich ohnehin nur Spuren von Ihnen und Herrn Horlacher, aber dann können wir uns wenigstens sicher sein.«

Gabi Hundt schluckte und sank ein wenig in sich zusammen.

»Und eigentlich sollte es mich auch nicht wundern, wenn Sie noch ganz andere Spuren finden, oder? Immerhin wusste ich ja auch von dem Haus in Backnang nichts. Wer weiß, was er sonst noch alles vor mir geheim gehalten hat.«

Damit nahm sie das Wattestäbchen entgegen, das ihr Raus Mitarbeiter reichte, und stocherte damit nach dessen Anleitung in ihrem Mund herum.

»Nicht Ihr Tag, was?«, raunte Schneider dem Kriminaltechniker noch zu, dann ging er mit Ernst hinüber ins Schlafzimmer, das Rau ebenfalls schon freigegeben hatte.

Das Zimmer war ganz normal eingerichtet. Irgendwie hatte Schneider erwartet, dass es … na ja: spektakulär oder anrüchig oder … auf jeden Fall nicht so wirkte: Durch ein großes Fenster zum Hinterhof hinaus strömte viel Tageslicht herein, das breite Bett war gemacht und sah gemütlich aus, ein verspiegelter Schrank nahm eine der Wände komplett ein. Links und rechts des Bettes lehnten kleine Holzwinkel, die wohl als Nachttischchen dienten, darüber waren kleine Lampen an die Wand geschraubt.

»Sieht eigentlich ganz normal aus«, sagte Ernst.

Schneider grinste: Offenbar hatte nicht nur er Probleme mit Klischees. Erstaunlich, dachte er noch, dass sich das nach Jahren als Ermittler nicht verlor. Dann sah er sich kurz um: Gabi Hundt drückte gerade nacheinander ihre Fingerkuppen auf eine Art Scanner, den ihr der Kriminaltechniker hinhielt.

Schneider schloss die Schlafzimmertür und sagte leise zu Ernst: »Frau Hundts Schlüssel passte übrigens nicht in die Wohnungstür.«

Ernst sah ihn kurz erstaunt an, dann nickte er: »Ach so, dann haben Raus Leute den Türrahmen so zerkratzt. Ich hatte mich schon gewundert.«

»Da können wir ja nachher noch drüber reden, wenn sie weg ist. Jetzt ging's mir erst einmal darum, dass Sie es überhaupt wissen.«

»Gut«, sagte Ernst, da ging auch schon die Tür auf. Gabi Hundt schaute herein.

»Haben Sie etwas gefunden?«

Schneider und Ernst schüttelten den Kopf.

»Hoffentlich sehen wir jetzt nicht aus wie zwei Jungs, die bei einem heimlichen Gespräch erwischt wurden«, dachte Schneider, aber die Frau beachtete die beiden Männer nicht weiter, sondern sah sich kurz in dem Schlafzimmer um.

»Schön hier«, sagte Ernst schließlich, als ihm die Stille zu drückend wurde.

Gabi Hundt lächelte wehmütig.

»Henning hat's nicht mehr so gefallen. Er wollte mit mir vor Weihnachten neue Möbel kaufen. Erst hier fürs Schlafzimmer, dann für die anderen Räume. Wir waren ein paar Mal im Möbelhaus, hier in Fellbach und drüben in Schorndorf. Aber wir konnten uns für nichts entscheiden, und ich mochte die Wohnung so, wie sie war. Wir hatten eine schöne Zeit hier ...«

Sie verstummte, schniefte ein wenig. Ernst kramte ein neues Papiertaschentuch hervor und reichte es ihr.

»Danke«, sagte sie und tupfte sich die Nase und die Augenwinkel.

»Wann waren Sie denn das letzte Mal hier?«

Schneider erstarrte ein wenig: Hoffentlich verriet Ernst nicht allein schon durch seine Frage zu viel.

Gabi Hundt sah ihn fragend an.

»Nur so ungefähr«, fügte Ernst hinzu.

Sie dachte nach, sagte aber zunächst nichts, sondern nestelte ein wenig an dem Taschentuch herum.

»Nach Weihnachten noch mal?«

Sie sah ihn an, diesmal schien wieder Ärger in ihr aufzusteigen.

»Was wollen Sie damit andeuten?«

»Nichts«, beteuerte Ernst. Schneider wurde heiß und kalt – er hätte die junge Frau gerne noch nicht darüber informiert, dass ihr Schlüssel nicht mehr gepasst hatte. Vielleicht ließ sich daraus ja noch in irgendeiner Form für die Ermittlungen Kapital schlagen.

»Ich will damit nichts andeuten, Frau Hundt«, fuhr Ernst fort. »Aber Sie hatten vorhin erwähnt, dass Herr Horlacher mit Ihnen vor Weihnachten in Möbelhäusern war, um eine neue Einrichtung für die Wohnung auszusuchen. Und Sie haben nachdenken müssen, wann Sie zuletzt hier waren. Mir kam es deswegen so vor, als seien Sie schon eine Zeitlang nicht mehr hier gewesen – ich wollte Ihnen einfach nur helfen, den Zeitraum ein wenig einzugrenzen.«

Gabi Hundt sah Ernst prüfend an, kam dann aber wohl zu dem Schluss, dass der Kommissar wirklich nichts Böses gegen sie im Schilde führte.

»Auf den Tag genau weiß ich es tatsächlich nicht mehr. Ist aber noch nicht so lange her.«

Ernst sah sie an und wartete geduldig darauf, dass sie weitersprach.

»Wir haben jetzt Ende Februar, länger als zehn, elf Tage kann es eigentlich nicht her sein.«

Schneider musterte die Frau. Sie schien die Wahrheit zu sagen – oder sie war eine begnadete Schauspielerin.

»War es unter der Woche oder am Wochenende?«, hakte Ernst ruhig nach.

»Warten Sie mal ... am Freitag. Am Freitag Abend.«

Ernst zog einen Taschenkalender hervor und blätterte kurz. »War es am zwölften oder am neunzehnten?«

Gabi Hundt dachte erneut nach, dann hellte sich ihr Gesicht auf.

»Es war am zwölften. Tut mir leid, dass ich mich getäuscht habe – es ist also doch schon länger als zehn, elf Tage her.«

»Das macht doch nichts«, sagte Ernst und machte sich Notizen. Dann steckte er den Kalender wieder weg. »Und seither waren Sie nicht mehr in dieser Wohnung?«

»Nein.«

»Warum nicht?«

»Wie?«

»Warum waren Sie seither nicht mehr in dieser Wohnung?«

»Was ist das denn für eine Frage?«

»Na ja, Sie haben Herrn Horlacher seit dem Zwölften nicht mehr gesehen, also seit gut zwei Wochen. Aber Sie haben uns erzählt, dass Sie und Herr Horlacher zusammen waren. Wäre es da nicht eher zu erwarten, dass Sie in den vergangenen zwei Wochen wieder mal hier in der Wohnung gewesen wären?«

»Ich …«

Gabi Hundt sah verunsichert aus.

»Kommt hier eine gute Schauspielerin an die Grenzen ihres Könnens?«, dachte Schneider und betrachtete die Frau aufmerksam.

»Ich war ziemlich beschäftigt in letzter Zeit«, sagte sie dann.

Ernst hob eine Augenbraue.

»Haben Sie einen neuen Job?«

»Nein, ich suche noch. Aber Hasso hatte Probleme. Ich war ein paar Mal beim Tierarzt, musste mich um allerhand kümmern – solche Dinge eben.«

»Und das hat Sie zwei Wochen lang davon abgehalten, Ihren Freund hier in der Wohnung zu treffen?«

»Henning war gar nicht da«, sagte sie schnell. »Der hatte Termine, war auf Geschäftsreise.«

»Die ganze Zeit über?«

»Ja, die ganze Zeit. Das kommt vor bei ihm.«

»Um so wichtiger wäre es doch gewesen, dass Sie zwischendurch mal in der Wohnung nach dem Rechten sehen, oder?«

»Henning hat hier alles so eingerichtet, dass er auch mal länger weg sein kann, ohne dass sich jemand um die Wohnung kümmern muss. Die paar Pflanzen, die hier verteilt stehen, sind aus Plastik – das fand ich anfangs nicht so toll, aber man hat halt auch keine Arbeit damit. Und Henning war ja nicht schon immer mit mir zusammen, wer hätte da nach Pflanzen oder sogar einem Haustier sehen sollen?«

In Schneider keimte ein Verdacht. Auch ihm war inzwischen – nach einigem Suchen seit dem ersten Zusammentreffen in Rettersburg – die Narbe am Hals der jungen Frau aufgefallen, und auch er hatte den Schluss daraus gezogen, dass sich Gabi Hundt dadurch weniger attraktiv fand.

»Waren Sie wirklich noch mit Herrn Horlacher zusammen – oder waren Sie gar nicht mehr seine Freundin, als er starb?«, fragte er schließlich, und fast tat ihm sein schneidender Ton leid, mit dem er sich so abrupt in das Gespräch einschaltete. Aber er musste etwas derber auftreten, wenn er die richtigen Antworten provozieren wollte.

Gabi Hundt fuhr zu ihm herum und sah ihn aus plötzlich vor Zorn funkelnden Augen an.

»Natürlich waren wir noch zusammen! Und überhaupt: Was geht Sie das eigentlich an?«

»Wir ermitteln nach dem jetzigen Stand der Dinge in einem Mordfall, da geht uns alles etwas an.«

»Henning und ich waren zusammen. Ich war seine Freundin, seine Partnerin, seine Lebensgefährtin – nennen Sie es, wie Sie wollen. Und wir waren glücklich miteinander. Sehr glücklich!«

So bebend, wie sie ihre Sätze herausschleuderte, konnte sich Schneider sicher sein: Er war auf dem richtigen Weg. Also legte er nach.

»Und deshalb hat er Ihnen auch nichts von seinem Haus in Backnang erzählt.«

Gabi Hundt schnappte nach Luft.

»Wohin war er denn verreist in den vergangenen beiden Wochen?«

»Er war in … überall, unterwegs. Ich kenne nicht seinen genauen Terminplan.«

»Aha«, machte Schneider und sah die Frau ruhig an.

»Aha? Wieso ›aha‹?«

»Was war er denn von Beruf?«

»Er machte so Internet-Sachen, programmierte und gestaltete – so ganz habe ich das nicht verstanden. Aber er sprach auch nicht so gerne über seinen Job. Wenn wir zusammen waren, ging es nur um uns beide.«

»Schön. Und hat er Ihnen auch erzählt, dass er eine eigene Firma hat?«

»Er war selbstständig, das wusste ich natürlich!«

»Nein, das trifft es nicht ganz: Er hatte eine richtige Firma. Mit einem Büro in Backnang und Niederlassungen in Berlin und Bremerhaven.«

Gabi Hundt sah Schneider mit großen Augen an.

»In Backnang sind etwa fünfundzwanzig Leute beschäftigt, in Berlin und Bremerhaven zusammen noch einmal gut dreißig.«

Gabi Hundt sagte nichts, ihr Blick wurde unruhig und sie sah hilfesuchend zu Ernst hinüber, aber der sah sie nur abwartend an.

»Das alles haben Sie nicht gewusst. Und trotzdem erzählen Sie uns, dass Sie Horlachers Freundin waren – bis zuletzt?«

»Ich ...«

»Und dann geben Sie zu, dass Sie gut zwei Wochen lang nicht mehr in der Wohnung waren, zu der Ihnen Horlacher den Schlüssel gegeben hat. Für mich klingt das so, als sei er nie daran interessiert gewesen, wirklich mit Ihnen zusammenzuleben. Und es klingt so, als habe er mit Ihnen Schluss gemacht. Vor gut zwei Wochen. Das würde auch erklären, warum Sie nicht mehr in diese Wohnung gekommen sind.«

»Das ist doch alles gar nicht wahr!«, empörte sich die Frau. »Wir waren zusammen, wir wollten sogar zusammenziehen – wir brauchten nur noch eine Lösung für Hasso. Hier in der Wohnung konnte er nicht sein, bei mir auf dem Dorf wollte Henning nicht leben. Also wollten wir uns was Neues suchen, was für uns beide und für den Hund passte.«

»Warum sind Sie dann nicht einfach in Horlachers Haus in Backnang gezogen? Das ist ein schönes, großes Haus mit einem wunderbaren Garten – ideal für Hasso.«

»Von dem Haus wusste ich doch nichts!«

»Eben«, sagte Schneider, nickte und sah sie forschend an.

Gabi Hundt schluckte und schwieg. Sie schien fieberhaft nachzudenken, dann hellte sich ihre Miene auf.

»Jetzt fällt es mir ein: Ich war doch hier in den vergangenen zwei Wochen.«

Schneider runzelte die Stirn.

»Henning hatte mich von unterwegs aus angerufen und mich gebeten, ob ich mich schon mal ohne ihn um neue Möbel für das Schlafzimmer kümmern könne. Bei ihm würde es noch ein paar Tage länger dauern, bis er zurückkäme – und er wollte doch so gerne, dass wir es uns hier noch etwas schöner machen. Also bin ich in die Wohnung und habe das Schlafzimmer noch einmal ausgemessen. Es sollte ja alles richtig passen.«

»Und wann waren Sie hier?«

»Letzten Dienstag oder Mittwoch, das weiß ich nicht mehr genau.«

»Das ist erst ein paar Tage her, Frau Hundt, und Sie wissen das nicht mehr so genau?«

»Okay, Mittwoch. Ja, es war am Mittwoch.«

»Vor drei Tagen also?«

»Ja.«

»Und das ist Ihnen jetzt erst wieder eingefallen?«

»Ja, tut mir leid. Ich bin halt auch noch etwas durcheinander. Hennings Tod nimmt mich schon mit, das können Sie mir glauben.«

»Das glaube ich Ihnen natürlich. Ich glaube Ihnen aber nicht, dass Sie vor drei Tagen hier in dieser Wohnung waren.«

»Das können Sie ruhig glauben.«

»Eher nicht. Ich glaube, dass Henning Horlacher Sie abserviert hat.«

Gabi Hundt zuckte unter Schneiders Worten zusammen wie ein geprügelter Hund.

»Ich glaube, dass er mit Ihnen auf eine Art Schluss gemacht hat, die Ihnen wehtat. Und ich glaube, dass Sie damit bisher noch nicht zurechtkommen.«

»Ach, das glauben Sie?«

Gabi Hundt lief rot an und fixierte Schneider mit wütendem Blick.

»Deshalb, oder?«

Sie hob ihre Haare mit der rechten Hand an und legte so ihren Hals frei, dann fuhr sie mit den Fingerspitzen ihre Narbe nach und sah Schneider herausfordernd an.

»Sie glauben, dass ich wegen dieser Narbe nicht attraktiv genug bin, um einen Mann wie Henning zu halten? Dass er sich von meiner Narbe abgestoßen fühlt und sich deshalb eine andere gesucht hat? Eine ohne Narbe?«

»Nein, das glaube ich nicht. Außerdem sollten Sie sich diese Narbe nicht so sehr zu Herzen nehmen: Sie …«

»Ja?«

»Sie sehen sehr gut aus, wenn ich das sagen darf. Und wer Sie wegen einer solchen Narbe nicht mag, der soll es bleiben lassen.«

Gabi Hundt sah Schneider verblüfft an, auch Ernst war überrascht von dem unvermittelten Kompliment.

Schneider lief rot an, ihm war die Situation unsäglich peinlich, und die Kontrolle über das Gespräch entglitt ihm. Um Gabi Hundts Mund spielte ein leichtes Lächeln, und Schneider fragte sich, ob es eine gute Idee gewesen war, die Frau mit einer so persönlichen Bemerkung trösten zu wollen.

»Danke«, hauchte sie schließlich, sah Schneider in die Augen und wirkte auf einmal sehr verletzlich.

Schneider räusperte sich.

»Sie waren also am vergangenen Mittwoch noch hier in der Wohnung?«, schaltete sich Ernst schließlich ein. Sein Kollege brauchte offenbar dringend eine Pause.

Gabi Hundt nickte und sah noch einmal zu Schneider hin, der sich mit einer gemurmelten Entschuldigung abwandte und zu Frieder Rau hinüberging, der in diesem Moment vom Wohnzimmer her auf die Tür zum Schlafzimmer zusteuerte.

»Frau Hundt?«

Die junge Frau hatte Schneider kurz nachgesehen, nun drehte sie sich wieder zu Ernst um.

»Am vergangenen Mittwoch?«

»Ja, am vergangenen Mittwoch.«

»Wissen Sie, ich glaube Ihnen das auch nicht.«

»Und warum?«

»Ich glaube wie mein Kollege, dass Herr Horlacher mit Ihnen Schluss gemacht hat. Entweder vor gut zwei Wochen, als Sie wirklich das letzte Mal hier in der Wohnung waren. Oder kurz danach am Telefon oder bei einem weiteren Treffen, das Sie uns gegenüber nicht erwähnt haben – je nachdem.«

»Wie kommen Sie denn darauf?«

Ernst schwieg und sah sie an.

»Wenn Henning mit mir Schluss gemacht hätte, dann hätte er doch wohl den Wohnungsschlüssel von mir zurückhaben wollen, oder?«

»Das war gar nicht mehr nötig.«

»Wieso?«

»Weil das Schloss an der Wohnungstür ausgetauscht wurde. Ihr Schlüssel passte noch unten an der Haustür in die Schließanlage – aber nicht mehr oben.«

Gabi Hundt wollte etwas sagen, blieb dann aber kurz stumm mit offenem Mund vor Ernst stehen. Dann schossen Tränen in ihre Augen, sie wandte sich ruckartig ab und stürmte zur Tür hinaus, drängte Schneider und Rau zur Seite, rannte aus der Wohnung und die Treppe hinunter. Keine Minute später fiel unten die Haustür ins Schloss.

»Was war das denn?«, fragte Rau nach einer kurzen Pause.

»Das war Horlachers Freundin, oder eher: Exfreundin«, sagte Ernst. »Der hat mit ihr ziemlich sicher vor etwa zwei Wochen Schluss gemacht, und vermutlich auf eine nicht sehr nette Art und Weise. Und sie kommt damit wohl noch nicht klar. Uns gegenüber hat sie behauptet, sie sei bis zuletzt mit Horlacher zusammen gewesen. Dabei wusste sie noch nicht einmal etwas von Horlachers Haus in Backnang und von seiner Firma.«

»Oh.«

»Ja, genau. Und außerdem will sie noch vor drei Tagen hier in der Wohnung gewesen sein – aber ihr Schlüssel passt ja gar nicht mehr in die Wohnungstür, wie ihr vorhin festgestellt habt.«

»Hm«, machte Rau. »Wir wissen aber noch nicht sicher, wann das Schloss ausgetauscht wurde. Vielleicht war das ja erst gestern oder vorgestern, aber das finden wir heraus.«

»Egal, auf jeden Fall klammert sich Frau Hundt offenbar an die Vorstellung, Horlacher sei noch immer ihr Freund oder ihr Lebensgefährte oder was auch immer gewesen.«

»Und dabei könnte die doch an jedem Finger zehn Typen haben, denen Horlacher vermutlich nicht das Wasser reichen kann.« Rau schüttelte den Kopf, dann fiel ihm Schneiders etwas betretener Blick auf. »Finden Sie nicht auch? Diese Frau Hundt ist doch eine richtig Nette. Hübsch, sportlich.«

Schneider nickte, sagte aber nichts und ging zu Raus Kollegen in die Küche hinüber. Rau sah Ernst fragend an.

»Der Kollege wollte Frau Hundt trösten«, erklärte Ernst leise und beugte sich ein wenig zu Rau hin. »Sie hat am Hals eine alte Narbe, die wohl ihr Selbstbewusstsein angekratzt hat – und Schneider wollte ihr die Angst nehmen, deswegen nicht mehr attraktiv zu sein. Sein Kompliment war nicht von Pappe, sehr charmant, muss ich sagen. Aber dem Blick von Frau Hundt nach zu urteilen, hat ihr die kleine Bemerkung mehr gutgetan, als Schneider das beabsichtigt hatte. Und das ist ihm wohl auch aufgefallen.«

Rau grinste breit.

»Meine Güte, ihr habt Probleme«, sagte er dann und machte sich wieder an die Arbeit.

Rau und seine Kollegen waren noch immer in Horlachers Wohnung zugange, von Gabi Hundt war unten auf der Straße nichts mehr zu sehen. Vermutlich war sie in Richtung Bahnhof unterwegs, um mit der S-Bahn nach Winnenden und von dort aus irgendwie mit dem Bus nach Hause zu fahren.

Ernst überlegte kurz, ob er ihr nachfahren sollte – er kannte die Busverbindungen am Samstag in den Berglen nicht so genau, aber besonders gut würden sie wohl nicht sein. Doch er verwarf den Gedanken gleich wieder: Schneider würde Frau Hundt nun erst einmal eine Weile nicht unbedingt treffen müssen, und sie hatten hier auch noch ein paar Dinge zu klären.

Auf ihr Klingeln an der Wohnung der Bäckersfamilie öffnete erneut Frau Wallyss.

»Ach, Sie sind's noch mal?«, sagte sie überrascht. »Haben Sie noch Hunger? Wir haben ja geschlossen, wie Sie wissen – aber für Gabis Freunde kann ich schon einmal eine Ausnahme machen. Noch einmal Bienenstich?«

Ernst schüttelte schnell den Kopf. Er durfte gar nicht an das Schwergewicht in seinem Magen denken. Der Bienenstich war lecker, klar, aber etwas Hunger war schon nötig, um ein solches Kaliber aus Fett und Zucker auch genießen zu können.

Schneider zückte seinen Dienstausweis und hielt ihn der Bäckersfrau hin.

»Oh«, schrak Frau Wallyss zusammen. »Hätte ich Ihnen nichts anbieten sollen? Ich weiß ja, die Öffnungszeiten – aber ich dachte …«

»Keine Sorge, Frau Wallyss, wir wollen Ihnen keine Schwierigkeiten machen. Außerdem sind wir von der Kriminalpolizei – uns interessieren Ihre Öffnungszeiten nicht.«

Die Bäckersfrau schaffte es, zugleich erleichtert und für alle Schicksalsschläge gewappnet auszusehen.

»Wir wollten Ihnen ein paar Fragen zu Frau Hundt stellen.«

Frau Wallyss sah Schneider überrascht an.

»Und zu Herrn Horlacher.«

Die Miene der Frau wurde eine Spur eisiger. Offenbar hatten Frau Wallyss und die beiden Kommissare eine ganz ähnliche Meinung von Horlacher.

»Zu Herrn Horlacher möchte ich eigentlich lieber nicht viel sagen. Er ist zu uns immer recht freundlich gewesen, aber ...«

Ernst und Schneider warteten, aber es kam nichts nach.

»Aber was?«, hakte Schneider nach.

Offensichtlich rang die gute Frau mit sich.

»Schauen Sie: Herr Horlacher wurde gestern früh tot aufgefunden – und wir müssen alles über ihn wissen, was irgendwie seinen Tod erklären könnte. Und wenn Sie uns dabei helfen könnten, wären wir Ihnen sehr dankbar.«

Alle Farbe war aus Frau Wallyss' Gesicht gewichen.

»Tot?«, stammelte sie schließlich. »Um Gottes willen!«

Zwei, drei Minuten sagte keiner ein Wort, dann ging eine Veränderung durch das Gesicht der Frau.

»Sagen Sie mal«, begann sie und sah die beiden Männer fragend an, »wenn Sie von der Kriminalpolizei sind ... Ist Herr Horlacher denn ... ist er ermordet worden?«

»Davon müssen wir im Moment leider ausgehen.«

»Wer macht denn so was?«, murmelte Frau Wallyss und schüttelte fassungslos den Kopf.

»Genau das versuchen wir herauszufinden.«

»Ja, natürlich.«

Ein entschuldigendes Lächeln huschte über das Gesicht der Bäckersfrau.

»Und? Können Sie uns nun etwas über Herrn Horlacher erzählen?«

»Ja, freilich, aber viel ist es nicht. Ihm gehört drüben in dem Mehrfamilienhaus eine Wohnung, im zweiten Stock, glaube ich.«

»Im ersten«, korrigierte Schneider im Reflex.

»Sehen Sie, ich bin Ihnen vermutlich keine große Hilfe.«

»Entschuldigen Sie, Frau Wallyss, ich wollte Sie nicht unterbrechen. Erzählen Sie bitte weiter. Wissen Sie zum Beispiel, wie lange er die Wohnung schon hat?«

»Ein paar Jahre, vier vielleicht oder fünf. Er war aber nicht oft da. Frau Hundt hat mir erzählt, dass er beruflich viel unterwegs ist. Muss wohl irgendetwas Neumodisches gemacht haben, irgendetwas mit dem Internet oder so. Aber ich fand, dass er doch nur sehr, sehr selten hier war. Und so überarbeitet wirkte er auf mich gar nicht.«

Ernst konnte sich kaum ein Grinsen verkneifen. Der Unternehmer Horlacher und die Bäckersfrau hatten vermutlich sehr unterschiedliche Vorstellungen von harter Arbeit.

»Ich war richtig froh, als er eines Tages mit Gabi, also ich meine mit Frau Hundt, in unseren Laden kam. So ein nettes Mädle! Ganz anders als die Frauen vorher. Ich hatte mir schon richtig Hoffnungen gemacht, dass sie den Herrn Horlacher vielleicht ein bisschen bodenständiger hinbekommen würde. Er war ja auf seine Art kein Schlechter, irgendwie.«

»Wer war denn vor Frau Hundt mit Herrn Horlacher befreundet?«

»Ach, die konnte ich mir nicht alle merken. Das ging dort drüben in der Wohnung zu wie im Taubenschlag. Ich habe immer wieder zu meinen Mann gesagt: ›Erwin‹, hab ich gesagt, ›da kann der Horlacher froh sein, dass er eine Eigentumswohnung hat – ein Vermieter hätte ihn schon lange an die Luft gesetzt!‹ Wissen Sie: Wir haben selbst ein paar Mietwohnungen, da gibt es immer wieder mal Ärger.«

»Aha«, machte Schneider, um Frau Wallyss in Plauderlaune zu halten.

»Ja, ja. Aber so toll wie der Horlacher … ich meine: wie *Herr* Horlacher … ach: Ich mag ihn einfach nicht. Mochte ihn nicht.«

Sie sah Schneider stirnrunzelnd an.

»Darf man eigentlich so etwas über einen Toten sagen?«

»Natürlich darf man, und man sollte auch – schließlich sollen wir ja rausfinden, was passiert ist und wer dafür die Verantwortung trägt. Und das erfahren wir nur, wenn wir von möglichst vielen möglichst viel über einen Menschen erfahren. Sie helfen uns da mehr, als Sie ahnen.«

»Das ist gut«, sagte Frau Wallyss. »Weil es um die Gabi irgendwie schade ist. Die hatte sich so an den Horlacher geklammert. Die war richtig … ja: richtig abhängig von ihm.«

»Finanziell?«

»Ach so, weil sie ihren Job im Sportstudio verloren hat, meinen Sie?«

»Das heißt Fitnessstudio«, korrigierte Schneider und nickte. »Ja, den hatte sie verloren – da war sie vermutlich auf Horlachers Geld ein Stück weit angewiesen.«

»Ach, nein, eher nicht. Sie war ohnehin nicht gut bezahlt worden, und Gabi lebt recht sparsam, soweit ich das weiß. Hat die nicht ein kleines Häuschen gemietet? Da hinten irgendwo im Wald bei Winnenden?«

»Rettersburg«, sagte Schneider.

»Kann sein. Mein Mann hat ein steifes Bein, da kommen wir schon seit Jahren nicht mehr so richtig raus aus dem Haus und schon gar nicht aus Fellbach.«

Schneider räusperte sich. Er musste sich wohl daran gewöhnen, dass diese Zeugin nützliche Informationen sorgsam mit überflüssigen Details vermengte.

»Ja, die Gabi ... Wissen Sie: Die hat mir immer viel von sich erzählt. Ich glaube, dass die in ihrem ... wie sagten Sie?«

»Rettersburg.«

»Ja, in ihrem ... Rettersburg nicht viel Ansprache hatte. Vielleicht hat sie sich ja auch deshalb den kleinen Hund zugelegt. Hasso heißt der, den hatte sie einmal mit dabei – da ist Horlacher aber fast ausgerastet. Hat mir Frau Müller erzählt, der das Haus neben Horlachers Wohnung gehört. Die war gerade auf dem Gehsteig, um ihre Kehrwoche zu machen, da hat sie alles mitbekommen.«

»Was ›alles‹?«

»Na ja, das ganze Theater. So eine Aufregung wegen des kleines Hundes, ich bitte Sie!«

Schneider wartete kurz, und tatsächlich erzählte Frau Wallyss nach einer kleinen Pause von sich aus weiter.

»Den Horlacher hat sie schon oben in der Wohnung herumschreien hören, dann kamen die beiden das Treppenhaus herunter, er immer noch schimpfend und zeternd, und sie mit dem kleinen Hundchen auf dem Arm. Ganz bedeppert muss das Tier dreingeschaut haben. Frau Müller hat dann auch gleich ihren Dreckeimer noch einmal ausgekippt, weil sie sonst ja schon fertig gewesen wäre. Dann hat sie noch eine Zeitlang vor sich hin gebeselt und hat alles mitbekommen. Der Horlacher hatte wohl was gegen Hunde oder auch gegen Tiere überhaupt – das würde zu ihm passen.«

»Vielleicht eine Allergie?«

»Nein, er schrie nur rum, dass ihm ›das Vieh‹, wie er es nannte – Frau Müller hat das ganz genau gehört –, die ganzen Polster versauen würde und so weiter. Der wollte sich gar nicht mehr beruhigen.«

»Und Frau Hundt?«

»Ach, die tat da sogar Frau Müller leid. Zuerst hat sie die Gabi ja für ein Flittchen gehalten, so wie die anderen Frauen, die der Horlacher immer mit hinaufnahm. Aber diese Szene, die der Horlacher der Gabi auf offener Straße gemacht hat, das war dann auch für Frau Müller zu viel. Außerdem tat ihr schon der Rücken weh vom ständigen Herumbeseln.«

Ernst wandte sich ab, um mit dem Rücken zur Bäckersfrau endlich das Grinsen zuzulassen, dass er nicht länger unterdrücken konnte.

»Gabi hat den Horlacher richtig angefleht, doch endlich aufzuhören mit der Schreierei. Und sie würde den kleinen Hasso ja auch nicht mehr mitbringen und so weiter und so weiter.«

»Und wie ging das dann aus?«

»Frau Müller meinte: wie jeder andere Streit zuvor auch. Gabi gab nach, packte den Hund in ihr kleines Autole und ging mit Horlacher hinauf in die Wohnung. Danach hat man die beiden lange nicht gesehen, nur Frau Müller hat sie durchs Fenster immer wieder mal gehört. Sie wissen schon ...«

Auf dem Weg zurück nach Backnang wurden sie von heftigem Schneefall überrascht. Kurz vor Winnenden stoben die Flocken so dicht durcheinander, dass sie nur noch langsam vorankamen. Auf der großen Brücke um Winnenden herum hingen zwei Pkw in den Leitplanken. Und als sie hinter der Stadt wieder aus dem Tunnel ans Tageslicht kamen, konnten sie die Scheinwerfer gleich anlassen: Wegen des Schneefalls war es noch früher duster geworden als Ende Februar üblich.

Vor ihnen krochen die Autos fast im Schritttempo den Hang in Richtung Waldrems hinunter und tasteten sich vorsichtig auf die Kreuzung unten im Tal vor. Auf den Parkplätzen rund um das Möbelhaus brach bereits Chaos aus. Missmutige Menschen schleppten mit gesenkten Köpfen kleinere Einrichtungsgegenstände zu ihren Autos, andere versuchten fluchend ihre Einkaufskarren durch die schnell anwachsende Schneeschicht zu schieben, und vorne an der Ausfahrt waren zwei übervoll mit Zimmerpflanzen, Lampen und allerlei anderem Kram beladene Kleinwagen mit den Kotflügeln ineinander verkeilt.

Schneider lächelte: Wieder ein Tag, an dem er sich freuen durfte, den Streifendienst lange hinter sich zu haben.

Ernst fuhr vorsichtig, aber gleichmäßig. Nur manchmal fluchte er halblaut vor sich hin, wenn vor ihm jemand unnötig scharf bremste oder mit durchdrehenden Reifen beschleunigte.

Vom Viadukt aus sah Backnang sehr romantisch aus im unvermindert dichten Schneefall. Überall waren die Lichter angegangen, und vom Murrufer bis hinauf zum Stiftshof sah alles deutlich mehr nach Advent aus als nach Frühling.

Als sie vor der Einfahrt zum Innenhof des Polizeireviers anhalten mussten, um darauf zu warten, dass sich das Gittertor in der Einfahrt öffnete, kam Ernsts Wagen kurz ins Rutschen, doch dann war es auch schon geschafft. Schneider sah auf die Uhr: Bis zur Soko-Besprechung waren es noch ein paar Minuten – gerade noch Zeit genug, einen Kaffee aus dem Automaten zu lassen.

Mit zwei dampfenden Bechern steuerte Schneider wenig später auf den Soko-Raum zu. Ernst holte ihn mit einem Stapel Unterlagen ein.

»Das sind die Infos, die wir vor der Pressekonferenz noch kurz durchblättern sollten. Details zu Horlachers Firma, Raus erster Bericht und einige Vorabinfos aus der Pathologie.«

»So schnell?«, wunderte sich Schneider darüber, dass schon ein Ergebnis der Obduktion vorlag.

»Tja, Thomann wollte uns wohl noch vor der Pressekonferenz ein paar weitere Details an die Hand geben.«

Sie überflogen die Berichte abwechselnd.

»Scheinbar hatte Horlacher zuletzt auch Probleme mit dem Herzen«, fasste Schneider eine Passage zusammen, die er gerade gelesen hatte. »Thomann tippt auf zu wenig Schlaf, zu viel Stress und Alkohol, vielleicht auch eine verschleppte Erkältung.«

»Und hier steht auch der Grund für Horlachers Stress«, sagte Ernst und hielt ein Blatt hoch. »Seine Firma hatte wohl wirtschaftliche Probleme. Die haben einen größeren Auftrag verloren, der diesem Bericht zufolge bis dahin ein paar Jahre lang sechs Leute ausgelastet hat.«

»Sollen wir noch einen Kollegen in die Soko holen, der sich mit Wirtschaftsthemen auskennt? Schimmelpfeng ist da doch ziemlich firm.«

Kriminalkommissar Jens Schimmelpfeng war tatsächlich derjenige, der sich um diesen Bereich kümmerte. Außerdem stammte er aus einer alteingesessenen Backnanger Familie.

»Wäre sicher keine schlechte Idee. Ich frage mal bei Binnig nach.« Ernst sah auf die Uhr. »Der müsste eigentlich schon im Haus sein, wahrscheinlich drüben, wo die Pressekonferenz stattfindet. Ich geh mal rüber und frage ihn, okay?«

Schneider nickte und blätterte noch Raus Bericht über die in Horlachers Haus und Garten festgestellten Spuren durch.

Wegen des Schneefalls konnte die für vier Uhr am Nachmittag angesetzte Pressekonferenz erst mit fünfzehn Minuten Verspätung beginnen. Als schließlich alle ihre Plätze eingenommen hatten, berichtete Frank Herrmann über alles, was er der Presse zu diesem Zeitpunkt bekanntgeben wollte: dass sich die Halterung an Horlachers Rennrad gelöst hatte, dass an der Halterung vermutlich manipuliert worden war, dass Horlacher sich durch den Sturz in den Garten vermutlich das Genick gebrochen hatte, dass sie noch keinen konkreten Verdacht hatten. Das kleine Mädchen, das den Flug mit angesehen hatte, erwähnte er nicht. Nun stützte er sich in Erwartung der ersten Fragen auf seine Ellbogen.

In der zweiten Reihe der Journalisten saß Manfred Beuron, der Chefredakteur der in Waiblingen ansässigen größten Zeitung im Landkreis, und beugte sich zu seinem Sitznachbarn. Josef Geiger, Chefredakteur der in Backnang erscheinenden Tageszeitung, raunte ihm etwas zu – die beiden, von Berufs wegen eigentlich Konkurrenten, schienen sich gut zu verstehen.

Auf der anderen Seite Beurons meldete sich Marc Sommerle zu Wort, ein groß gewachsener Mann mit markantem Seitenscheitel, der Kreischef von Beurons Zeitung.

»Können Sie schon die Zeit eingrenzen, zu der dieser Herr Horlacher ums Leben kam? Und haben Sie eine Vermutung, in welchem Zeitraum an dieser Halterung herumgepfuscht worden sein könnte?«

»Herr Horlacher ist am Donnerstag Abend zwischen acht und zehn Uhr ums Leben gekommen. Und wir gehen davon aus, dass irgendwann in den Tagen davor die Halterung manipuliert wurde.«

Herrmann wurde absichtlich nicht so genau, wie er hätte sein können. Horlachers Todeszeitpunkt sollte ruhig vage bleiben. Und den Zeitpunkt der Manipulation, den Rau ja recht genau eingegrenzt hatte, wollte er schon deshalb offen lassen, damit seine ermittelnden Kollegen in ihren Vernehmungen einen Wissensvorsprung hatten – das hatte schon oft den entscheiden Vorteil gebracht.

»Und warum findet die Pressekonferenz dann erst heute statt?«, hakte Sommerle nach. Der Verdacht, die Polizei wolle Zeit gewinnen und habe absichtlich den Redaktionsschluss für die Samstagsausgabe verpasst, stand ihm deutlich ins Gesicht geschrieben.

»Wir mussten die Obduktion abwarten, zunächst war ja nicht sicher, dass es sich nicht auch um ein Unglück gehandelt haben könnte. Und wegen eines Unfalltods berufen wir ja nicht gleich eine Pressekonferenz ein.«

Sommerle sah ihn noch kurz zweifelnd an, dann gab er sich fürs Erste mit der Auskunft zufrieden. Herrmann verkniff es sich, merklich aufzuatmen.

Eine kleine, füllige Frau Anfang dreißig mit knallrot geschminkten Lippen und viel zu engen Kleidern stand auf und stellte sich vor, als müsse sie einen Livebeitrag anmoderieren: »Susi Dachser von Rems-Murr-TV.« Dann deutete sie mit einem Bleistift auf Schneider. »Herr Kommissar Schneider – wie würden Sie diesen neuen Fall im Vergleich zu den bisherigen Mordfällen einstufen, mit denen Sie bisher zu tun hatten?«

Schneider sah ratlos zu Herrmann hin, dann zuckte er mit den Schultern.

»Vergleiche sind da immer schwierig«, versuchte er lahm eine brauchbare Antwort auf diese selten dämliche Frage zu finden.

»Wenn der Tote einfach nur im Garten lag, scheint mir das ja ein … wie soll ich sagen: etwas appetitlicherer Fall zu sein als der blutige Mord an der Bäuerin in Alfdorf, nicht wahr?«

»Ja, das Bild, das sich uns vor Ort geboten hat, war weniger blutig, das stimmt schon.« Schneider war genervt. »Tut mir leid, dass wir Ihnen da keine spektakulären Bilder bieten können – aber letztendlich läuft es für die Opfer immer auf dasselbe hinaus: Sie sind tot.«

Susi Dachser stand kurz erstarrt, dann näherte sich ihre Gesichtsfarbe dem Rotton ihrer Lippen und sie setzte sich ohne ein weiteres Wort.

Paul Kraw, Redakteur der örtlichen Zeitung und – wie Schneider von Pressechef Herrmann wusste – in seiner Freizeit Krimiautor, schaltete sich ein: »Horlachers Firma hat am Stammsitz hier in Backnang einige Entlassungen geplant – halten Sie es für möglich, dass der Tatverdächtige in diesem Umfeld zu suchen ist?«

»Möglich ist alles«, sagte Herrmann. »Aber wie schon gesagt: Wir haben im Moment noch keinen konkreten Verdacht. Natürlich werden wir allen Hinweisen nachgehen – auch diesem, Herr Kraw.«

Schneider machte sich Notizen wegen der geplanten Entlassungen. Hoffentlich hatte Ernst bei Polizeidirektor Binnig mit seiner Bitte Erfolg gehabt, noch den Kollegen Schimmelpfeng für die Soko einzuteilen.

Das Frage-und-Antwort-Spiel ging noch eine Weile hin und her, plätscherte aber irgendwann aus, und die Journalisten machten sich auf den Weg zurück in ihre Redaktionen.

Schneider sah den Männern und Frauen, die aus dem Raum drängten, nachdenklich hinterher. Was würden sie für ihre Artikel anderswo zu Tage fördern? Würden sie der Polizei bei ihrer Arbeit helfen oder durch frühzeitig entdeckte Details eher schaden?

Susi Dachser, die lokale TV-Dame, war nach ihrem markanten Auftritt für den Rest der Pressekonferenz verstummt. Aber auch ein anderer Gast hatte kein Wort gesagt, und das verblüffte Schneider ein wenig: In der hintersten Reihe hatte Ferry Hasselmann gesessen. Der freie Mitarbeiter des großen Boulevardblatts hatte ihm seit seiner Ankunft aus Karlsruhe ein ums andere Mal Probleme bereitet – bis ihn Zora Wilde nach dem Mord an der Alfdorfer Bäuerin in eine Falle gelockt hatte.

Damals hatte Hasselmanns zuvor ganz ordentlich verlaufene Karriere einen empfindlichen Knick erlebt. Nun schien er sich aber wieder einigermaßen gefangen zu haben. Er wurde wieder mit kleineren und mittleren Aufträgen bedacht – und dass er hier in der Pressekonferenz gesessen hatte, konnte nur eins bedeuten: Hasselmann war wieder so weit im Geschäft, dass er sich eine Mordgeschichte zutraute.

Immer wieder hatte Schneider unauffällig zu dem Reporter hingesehen, einmal hatte Hasselmann seinen Blick aufgefangen und erwidert. Ferry Hasselmann sah frustriert aus.

In der »Bäbbede« war es noch ruhig um diese Zeit. Zwei Teenager saßen in der Nähe des Eingangs und sahen immer wieder zur Tür, als würden sie jemanden erwarten.

Weiter hinten, neben der nach oben führenden Treppe und mit gutem Blick auf die ganze Gaststätte, saßen zwei Männer in den Vierzigern, die ihre Jacketts über die Stuhllehnen gehängt hatten, teure Markenhemden zur Jeans trugen und mit blitzblank gewienerten Lederschuhen und leicht gegeltem Haar nicht so richtig in diese Kneipe passten. Vor ihnen standen zwei fast noch volle Gläser Bier. Sie schienen ebenfalls zu warten.

»Dass Horlacher uns immer in diese Kaschemme bestellen muss«, brummte der Größere der beiden. Er wirkte trotz des weit fallenden Hemds durchtrainiert und ähnelte mit seinen scharf geschnittenen Gesichtszügen, der hakenförmigen Nase und der fliehenden Stirn einem Raubvogel – und aufmerksam ließ er auch immer wieder seinen Blick durch die Kneipe schweifen.

»Hier fühlt er sich wohl an seine Jugend erinnert«, lachte der andere auf. »Hat er das nicht mal so gesagt?« Er war von gedrungener Statur und hatte ein fleischiges Gesicht, die vorne etwas längeren Haare waren hinten sorgfältig ausrasiert – eigentlich keine gute Idee bei diesem ausgeprägten Stiernacken.

»Das muss ja eine Jugend gewesen sein …«, maulte der Raubvogel und sah sich wieder um.

Die Wirtschaft wirkte wie aus der Zeit gefallen. Irgendwann in den Siebzigern oder frühen Achtzigern war sie wohl dem damaligen Trend gemäß eingerichtet worden, und seither hatte sich nichts Wesentliches geändert. Während ihrer früheren Treffen mit Horlacher, wenn mehr Gäste da waren, hatten auch diese Gäste gewirkt, als säßen sie seit den Siebzigern hier. Karierte Baumwollhemden hingen dann über ausgewaschenen Jeans, die Leute tranken Exportbier statt Weizen, und die eine oder andere Selbstgedrehte wies eine verdächtig bauchige Silhouette auf und roch auch süßlicher als normale Zigaretten.

Im Moment aber war hier tote Hose.

Eine Stunde dauerte es, bis weitere Gäste kamen, dann aber ging es Schlag auf Schlag. Die beiden Teenager beim Eingang entdeckten endlich ihre Verabredung, zahlten und gingen mit ihrer Clique nach draußen. Und die anderen Tische füllten sich nach und nach mit dem üblichen Publikum.

Eine weitere Stunde lang nippten die beiden Männer noch an ihrem ersten Bier, dann waren ihre Gläser leer. Sofort danach stand der dünne Althippie neben ihnen, der sich hier um die Bestellungen der Gäste kümmerte.

»Na, haben euch eure Mädels versetzt?«, lachte er kumpelhaft und schnappte sich die leeren Gläser.

»Uns versetzen keine Mädels!«, gab der Raubvogel zurück.

»Wir warten auf einen Bekannten«, ergänzte der Stiernacken.

»Ein Stammkunde von uns?«

Der Althippie ließ die Gläser ein wenig sinken und stellte sich so gemütlich hin, als habe er gerade jetzt alle Zeit der Welt für einen Plausch. Hinter ihm schaukelte sich die Stimmung ein wenig hoch, ein Mann in Horlachers Alter kam herein, offenbar schon nicht mehr sehr durstig, und ließ sich auf einen freien Stuhl am Tisch vor dem Tresen fallen.

Der Raubvogel hatte den Neuen kurz taxiert, dann wandte er sich wieder dem Althippie zu.

»Ja, stimmt: Das ist ein Stammkunde von euch. Und der lässt uns jetzt schon seit …« – er sah kurz auf seine teure Uhr – »… seit zwei Stunden hier warten in deinem … äh … Szenetreff.«

Der Althippie nahm die Provokation lässig hin und lächelte entspannt. Vermutlich hatte er sich vor Schichtbeginn auch schon ein Zigarettchen gedreht.

»So, so – na, da seid ihr ja richtig arm dran, ihr beiden. Nehmt ihr noch ein Bier?«

»Ja, bring mal.«

Der Althippie wandte sich zum Gehen, dann drehte er sich um und fragte: »Wer, habt ihr gleich noch mal gesagt, hat euch versetzt?«

»Wir haben gar nichts gesagt«, murmelte der Raubvogel.

»Horlacher«, sagte der Stiernacken. »Henning Horlacher. Kennst du den?«

»Klar kenn ich den«, sagte der Althippie und musterte die beiden. »Und auf den wartet ihr?«

Die beiden Männer nickten.

»Kann es sein, dass ich euch beide schon einmal mit ihm zusammen hier gesehen habe?«

»Ja, kann sein, und das nicht nur einmal.«

Der Althippie nickte und ging zwei Bier zapfen.

»So, bitteschön«, sagte er und stellte die Gläser auf den Tisch. »Euer Bier.« Dann sah er die beiden Männer an. »Aber auf Horlacher müsst ihr nicht mehr warten.«

»Wieso?«, fragte der Stiernacken.

»Der ist tot. Stürzte am Donnerstag abends von seinem Balkon und hat sich den Hals gebrochen.«

Der Stiernacken sah ihn verblüfft an, der Raubvogel musste immerhin grinsen – dieser Althippie war Geschäftsmann genug, ihnen erst das Bier zu bringen und sie danach über Horlachers Tod zu informieren.

»Das habt ihr nicht gewusst?«

Der Stiernacken schüttelte stumm den Kopf.

»Dann seid ihr wohl nicht von hier, was?«

Am Tisch, an den sich der Neue gesetzt hatte, wurde das Gespräch plötzlich lauter. Instinktiv spürte der Althippie, dass das Ärger bedeuten konnte, und er huschte erstaunlich flink zu den Gästen hinüber. Kumpelhaft legte er dem Neuen eine Hand auf die Schulter, brachte Bier, Wein und einen Kaffee an den Tisch und kümmerte sich dann um die nächsten Bestellungen.

Das Gespräch an dem Tisch des Neuen blieb laut und alle redeten wild durcheinander, aber der Althippie hatte es tatsächlich geschafft, die beginnende Aggressivität im Keim zu ersticken.

»Guter Mann«, dachte sich der Raubvogel. »Wenn er sich die langen Zotteln abschneiden und sich eine neue Jeans kaufen würde, könnte ich den glatt in meinem Club gebrauchen.«

Er winkte den Althippie zu sich heran.

»Was ist denn los da hinten?«

Der Raubvogel nickte zu dem Tisch des Neuen hin.

»Denen macht der Tod ihres früheren Chefs zu schaffen«, sagte der Althippie und wollte schon wieder zurück zu seinem Tresen, als ihm etwas einfiel. »Vielleicht kennt ihr den Mann ja auch: Heym, der frühere Kompagnon von eurem Horlacher.«

Natürlich kannte der Raubvogel den alten Heym. Ehrlicher Geschäftsmann, soweit das nicht ein Widerspruch in sich war. Solide, verlässlich – und für die Zwecke des Raubvogels eindeutig zu solide, zu ehrlich. Ihre Geschäfte mit Horlacher hatten sie immer am alten Heym vorbei betreiben müssen, bis Horlacher ihn endlich aus der Firma gedrängt hatte.

»Woran ist Heym denn gestorben?«

»Ach, der hatte wohl Probleme mit dem Herzen. Hatte einen Infarkt vor ein paar Tagen, kam ins Krankenhaus, und dort ist er vorhin gestorben. Sagt jedenfalls Waasmann.«

Der Althippie nickte zu dem Neuen hinüber, der unverdrossen ein Bier nach dem anderen in sich hineinkippte.

Waasmann – Horlacher hatte den beiden Männern ab und zu von seinem früheren Programmierer erzählt und davon, dass Waasmann bis zu seinem Weggang aus der Firma immer fest zu seinem alten Chef Heym gehalten hatte.

»Was ist hier eigentlich los?«, dachte der Raubvogel. »Horlacher tot, Heym tot, und Waasmann hat damit offensichtlich Probleme.«

Er nahm einen tiefen Schluck aus seinem Glas und ließ Waasmann dabei nicht aus den Augen. Er prägte sich das Gesicht des Mannes genau ein.

Schneider und Ernst hatten sich von Ebner ein schönes Lokal in der Stadtmitte von Backnang zeigen lassen. Kurz blieb Ebner noch bei Ihnen, dann entschuldigte er sich, weil seine Frau daheim auf ihn wartete.

Auf Ernst wartete niemand, und Schneider wollte die Gelegenheit nutzen, endlich mit dem Kollegen über dessen Privatleben zu reden. Er hatte Sybille telefonisch Bescheid gegeben, und brachte nun das Gespräch auf kleinen Umwegen auf den Vormittag und auf sein Gespräch mit Zora Wilde im Fitnessstudio. Doch Ernst blockte ab, vermutlich roch er den Braten schon, und wollte eher von Schneider hören, wie er sich in Birkenweißbuch eingelebt hatte.

Als sie nach zwei Stunden einen Espresso bestellten und auch gleich die Rechnung verlangten, war Schneiders erster Versuch gescheitert.

Das Polizeisiegel trennte er mit einem Messer durch, damit er es hinterher mit etwas durchsichtigem Klebeband wieder halbwegs unauffällig wirken lassen konnte. Die verschlossene Tür forderte mehr Geschick und mehr Kraft, aber dank des passenden Werkzeugs schwang sie kurz danach doch nach innen auf.

Der Stiernacken blickte sich kurz um, aber niemand schien den kurzen Knall gehört zu haben, den die aufgehebelte Tür verursacht hatte. Dann winkte er den Raubvogel heran, der sich hinter einem Busch im Dunkeln verborgen gehalten hatte.

Lautlos huschten die beiden ins Innere des Hauses und drückten die Tür wieder zu. Die Lichtfinger ihrer Taschenlampen suchten das Erdgeschoss ab, danach den Keller und schließlich das Obergeschoss.

»Ich habe dir doch gesagt, dass wir hier nichts mehr finden«, sagte der Stiernacken schließlich verärgert. »Wenn die

Polizei draußen ein Siegel angebracht hat, dann wurde das ganze Haus schon auf den Kopf gestellt. Die haben unser Material auf jeden Fall mitgenommen – wenn es da war.«

»Quatsch nicht rum, wir suchen noch ein bisschen weiter. Oder hast du eine bessere Idee?«

Murrend wandte er sich ab und ging noch ein paar weitere mögliche Verstecke durch. Aber unter den Spülkästen der Toiletten, hinter den Anschlussdosen von Telefon und Fernseher und an einigen anderen Stellen war nicht zu finden, was sie suchten.

Schließlich gaben sie auf. Die Nacht neigte sich ohnehin allmählich dem Ende zu, da wollten sie es nicht unnötig riskieren, womöglich noch von einem Streifenwagen entdeckt zu werden.

Der Raubvogel huschte durch die Eingangstür hinaus und schlich im Schatten des Hauses in den Garten. Der Stiernacken klebte das Polizeisiegel wieder zusammen und folgte seinem Partner hinter das Haus.

Sie gingen das Grundstück hinunter, kletterten über den altersschwachen Gartenzaun und schlugen sich am Murrufer entlang durchs Gebüsch. Zehn Minuten später stiegen die beiden in einen dunklen Geländewagen mit getönten Scheiben und Niederquerschnittsreifen und fuhren langsam aus der Stadt hinaus in Richtung Autobahnzubringer.

Oben bog kurz darauf ein Streifenwagen langsam in die Erbstetter Straße ein, fuhr im Schritttempo an Horlachers Villa vorbei und folgte der Straße dann etwas zügiger weiter den Berg hinab und in Richtung Stadtmitte.

Sonntag, 28. Februar

Kriminalkommissar Jens Schimmelpfeng erreichte Schneider auf dem Handy. Im Hintergrund hörte er Stimmen, und Schneider schien ein wenig außer Atem.

»Herr Schneider?«, fragt Schimmelpfeng.

»Ja, bitte?«

»Schimmelpfeng hier, ich bin Ihrer Soko zugeteilt und habe mich gestern Abend gleich mal ein wenig eingelesen. Haben Sie gerade Zeit?«

Schneider fluchte am anderen Ende der Leitung leise. Schimmelpfeng hörte etwas wie: »Nicht schon wieder!« – aber er war sich nicht ganz sicher. Schneiders Stimme hallte ein wenig, als würde er sich in einem sehr großen Raum befinden, und um ihn herum war Klackern von Metall und Surren und Schleifen zu hören. Die Geräuschkulisse erinnerte Schimmelpfeng ein wenig an ein Fitnessstudio.

»Prima, dass Sie zur Soko gehören«, sagte Schneider schließlich. »Wir können einen wie Sie, der sich mit wirtschaftlichen Themen auskennt, gut brauchen. Horlacher hatte wohl geschäftliche Probleme.«

»Ja, weiß ich«, sagte Schimmelpfeng. »Deshalb rufe ich ja auch an. Ich habe mir mal ein paar Geschäftsunterlagen besorgt – das sieht richtig düster aus. Mit Horlachers Chefprogrammierer könnten wir gleich jetzt in der Firma in Backnang reden, und ich wollte Sie fragen, ob Sie mitkommen möchten.«

»Wie – am Sonntag?«

»Ja, tut mir auch leid, wenn ich Sie gerade störe, aber …«

»Nein, Sie stören mich nicht. Ich meine eher: Wir können heute, am Sonntag, mit einem Angestellten von Horlacher in dessen Firma reden? Arbeiten die denn auch am Wochenende?«

»Natürlich, wir ja auch. Und in der Situation, in der sich Horlachers Unternehmen befindet, sind die Leute auch gut beraten, nicht allzu genau auf ihren Feierabend zu schauen. Kommen Sie mit?«

»Natürlich«, sagte Schneider und atmete wieder etwas schwerer. Schimmelpfeng schien es, als gehe der Kollege gerade eine Treppe hinunter. »Sind Sie im Backnanger Revier?«

»Ja.«

»Gut, ich muss mich nur noch kurz umziehen. In zwanzig, dreißig Minuten bin ich da. Reicht das noch für den Termin mit dem Programmierer?«

»Der wollte wohl eh noch ein paar Stunden arbeiten, da müssen wir uns nicht allzu sehr abhetzen.«

»Gut«, sagte Schneider und knallte eine Tür hinter sich zu, »dann kann ich ja auch noch kurz duschen.«

»Aha«, dachte Schimmelpfeng, »lag ich mit dem Fitnessstudio also offenbar richtig.«

Auf der Fahrt zu Horlachers Firma brachte Schimmelpfeng den Soko-Leiter auf den aktuellen Stand. Demnach war der Großauftrag, den Horlacher zuletzt verloren hatte, an einen kleineren Konkurrenten in Wiesbaden gegangen. Es handelte sich um die komplette IT-Betreuung für einen Autozulieferer.

»Das reicht vom Beschaffen und Einrichten der Computerarbeitsplätze bis hin zur Steuerung der Produktionsabläufe und der Programmierung des Warenwirtschaftssystems«, erklärte Schimmelpfeng.

»Ja, ich erinnere mich: Herr Ernst hat mir aus einem Bericht vorgelesen – dieser Auftrag soll sechs Mitarbeiter Horlachers finanziert und ausgelastet haben.«

»Das ist sicher zu niedrig geschätzt. Soviel ich bisher über IT-Betreuung weiß, würde ich sagen: Da haben wahrscheinlich bis zu zehn Leute mehr oder weniger ständig daran gearbeitet – und abrechnen konnte Horlacher dafür wahrscheinlich genug, um noch weitere zehn Mitarbeiter damit zu finanzieren. Auf diese Weise hatte er Kapazitäten für eigene Projekte frei – er hat einige recht lukrative Internetseiten auf den Weg gebracht.«

»Dann müsste die Firma doch ganz gut dastehen?«

»Im Moment geht's wohl, aber die Krise ist auch an Horlachers eigenen Projekten nicht spurlos vorbeigegangen. Er hatte zuletzt Schwierigkeiten, seine Portale und Onlinedienste mit ausreichend gut bezahlter Werbung zu füllen. Da schmilzt ein Polster schnell mal zusammen.«

»Während der Pressekonferenz wurde auch wegen geplanter Entlassungen nachgefragt.«

»Ja, das ist ein großes Thema hier in Backnang. Bisher noch eher hinter den Kulissen, aber die Stadt wurde ja zuletzt ohnehin ziemlich gebeutelt: Das Krankenhaus ist so gut wie weg, und einigen Firmen steht das Wasser bis Oberkante Unterlippe, einigen anderen sogar schon höher.«

Das Gewerbegebiet an der B14, in das sie nun einbogen, signalisierte eigentlich das genaue Gegenteil: Auf einer beeindruckend großen Fläche erschlossen Straßen das Gelände, gesäumt mit Laternen, und nur wenige Parzellen waren noch unbebaut.

Schneider deutete auf den großen Bau eines Waagenherstellers. »Waren die nicht früher mal in Murrhardt?«

»Ja, die haben hierher verlagert – aber das macht die Arbeitsplätze lange nicht wett, die wegfallen. Und die holen ja auch nicht lauter neue Leute, wenn sie ihr eingespieltes Team stattdessen einfach ein paar Kilometer fahren lassen können.«

»Aber es bringt der Stadt Gewerbesteuer.«

»Das schon – vorausgesetzt, die Firmen machen ausreichend Gewinn. Und da sieht es Jahr für Jahr schlechter aus. Horlacher hatte ja einen besonders krassen Fall mehr oder weniger zu seinen Füßen.«

Schneider sah ihn fragend an.

»Na ja, ungefähr unterhalb von Horlachers Garten sorgte vor Jahren die gut gehende Niederlassung eines großen Konzerns für gut bezahlte und sicher scheinende Arbeitsplätze. Die waren dick im Raumfahrtgeschäft, und für die spannenden und lukrativen Jobs fuhren die Spezialisten von weit her zur Arbeit nach Backnang. Danach wurde die Firma verkauft und wieder und wieder umgekrempelt. Und jahrelang wusste in manchen Firmenteilen keiner so richtig, wie lange das noch weitergehen würde.«

Schneider sah das Firmengebäude von Horlacher & Heym vor sich: ein zweigeschossiger, moderner Bau mit viel Stahl und Glas. An der Frontseite des Gebäudes waren einige Parkplätze eingerichtet, die von einer mit weißem

Kies bedeckten Fläche in U-Form eingefasst waren. Links und rechts der Kiesfläche ragten edel wirkende Granitstelen etwa zwei Meter in die Höhe.

Kaum hatte Schneider den Motor seines Porsches abgestellt, als auch schon eine junge Frau in einem dezent grauen Kostüm aus der breiten gläsernen Eingangstür des Gebäudes trat und erwartungsvoll zu den beiden Männern im Sportwagen schaute.

»Wer ist eigentlich dieser Heym?«, fragte Schneider und deutete auf die großen Stahlbuchstaben mit dem Firmennamen.

»Der ist längst in Rente, oder zumindest muss er nicht mehr arbeiten. Hatte vor einigen Jahren seine Internetfirma an Horlacher verkauft, was Horlacher eine Stange Geld gekostet, ihm aber auch einen schönen und lukrativen Kundenstamm beschert hat. Deshalb, nehme ich an, hat er Heym auch bis heute im Firmennamen belassen – obwohl Heym nach dem Verkauf zwar noch eine Zeitlang im Unternehmen mitarbeitete, aber praktisch nichts mehr zu sagen hatte.«

Sie stiegen aus, stellten sich der jungen Frau vor und ließen sich von ihr durch das Gebäude hinauf in den ersten Stock und dort in ein helles und geräumiges Büro an der Nordwestecke führen. Die meisten Räume, an denen sie vorbeikamen, hatten keine Türen, sondern waren offen zu dem sehr breiten Flur hin. Alle Böden waren mit hellem Parkett belegt, und sogar an einem wolkigen Tag wie heute wirkte dadurch alles hell und freundlich.

Als sie das Eckbüro betraten, sah ein fülliger Mann mit wirren Haaren von seinem Schreibtisch auf. Vor ihm lag ein Tablet-PC, wie sie seit einiger Zeit durch die Presse geisterten, und der Mann hatte offenbar gerade einen Text auf dem berührungsempfindlichen Monitor getippt.

»Sind Sie Herr Zwerenz?«

Der Mann nickte, gab ihnen die Hand. Schneider und Schimmelpfeng stellten sich vor, dann nickte Schneider zu dem Tablet-PC hinüber.

»Gibt's die denn schon zu kaufen?«

»Ach, das ist ein Prototyp, den ich seit ein paar Wochen testen darf.«

»Aus den USA?«

Schneider war mächtig beeindruckt.

»Nein«, lachte Zwerenz, »ganz so wichtig bin ich dann doch nicht. Das ist ein Konkurrenzprodukt aus Berlin. Deutlich weniger prominent – aber was nicht ist, kann ja noch werden.«

Die drei Männer setzten sich an einen Bistrotisch, die junge Frau im grauen Kostüm kam herein und brachte drei Cappuccinos, Wasser und italienische Kekse.

»Sie mögen doch Cappuccino?«, fragte Zwerenz. Die beiden Kommissare nickten. Zwerenz schob eine Zuckerdose zu Schneider hin. Der Kommissar betrachtete noch einen Moment lang das Firmenlogo, ein als Digitalbuchstabe gestaltetes H, das mit viel Sorgfalt aus Kakao auf den Milchschaum gepudert worden war. Dann ließ er zwei gehäufte Zuckerlöffel in die Tasse gleiten.

»Sie wissen von Herrn Horlachers Tod, nehme ich an, und davon, dass wir von einem Verbrechen ausgehen?«

»Ja«, sagte Zwerenz. »Ich hab's gehört, gelesen, und dann hat mich ja auch noch Ihr Kollege angerufen.«

»Was hat das nun für konkrete Auswirkungen auf die Firma?«

»Im Moment keine, würde ich sagen.«

Schneider war ehrlich verblüfft.

»Hat Herr Horlacher hier denn nicht mitgearbeitet?«

»Doch, schon, aber er war eher für die Kundenpflege zuständig. Mit dem Tagesgeschäft selbst hatte er nichts zu tun. Ich hatte schon genug Mühe, ihn vor jedem Jour fixe so zu briefen, dass er sich vor unseren Programmierern nicht blamierte.«

Zwerenz lachte, was seinen stattlichen Bauch unter dem weit geschnittenen Pullover erschütterte – und Schneider irritierte.

»Sie scheinen Herrn Horlacher nicht allzu sehr zu vermissen.«

»Ach, doch«, meinte Zwerenz lahm. »Aber wir waren nicht unbedingt befreundet. Horlacher zahlte besser als mein voriger Chef, und er ließ mich in Ruhe meine Arbeit machen. Da sieht man über einige Macken dann schon leichter hinweg.«

»Welche Macken denn?«

»Ihnen ist doch das ›H‹ auf dem Milchschaum aufgefallen, stimmt's?«

Schneider nickte.

»So etwas war ihm wahnsinnig wichtig. Der konnte sich richtig verausgaben, wenn es um solche Kleinigkeiten und um das Image der Firma ging. Sandra, also meine Assistentin, haben Sie vorhin kennengelernt. Fanden Sie das graue Kostüm hübsch?«

Schneider zuckte mit den Schultern.

»Horlacher hat sich ausgedacht, dass das alle Assistentinnen hier im Haus zu tragen haben. Alle in derselben Farbe. Ursprünglich wollte Horlacher sogar, dass alle Assistentinnen das in derselben Größe tragen. Können Sie sich vorstellen, dass er in unserem Morgenkabinett allen Ernstes vorgeschlagen hat, nur noch Assistentinnen einzustellen, die auch die richtige Kleidergröße haben?«

»Was, bitteschön, ist denn ein ›Morgenkabinett‹?«

»Ach, das«, grinste Zwerenz. »Zwei-, dreimal die Woche setzten sich Horlacher, ich und unser Chefcontroller morgens zusammen, um strategisches Zeug zu besprechen. Das nennen wir ›Morgenkabinett‹ – weil sich da ja quasi die Horlacher-Regierung berät.«

»Aha«, machte Schneider.

»Das mit der Kleidergröße konnten wir ihm ausreden. In anderen Punkten hatten wir weniger Glück. Er stand zum Beispiel extrem auf Alliterationen. Sie wissen schon: Wörter, die mit demselben Buchstaben beginnen. Vielleicht kam das von seinem Namen her – Henning Horlacher passte da ja auch ganz gut. Deshalb hat er zum Beispiel den Namen vom ollen Heym im Firmennamen belassen, obwohl der gute Mann nie eine Funktion in diesem Laden hatte.«

»Hat er nicht die Firma aufgebaut, die Ihr Chef dann später mal gekauft hat?«

»Ja, und? Wenn einer wie Heym vor fünf oder zehn Jahren mal was gerissen hat, das interessiert doch in der IT-Branche heute kein Schwein mehr. Aber: Horlacher & Heym – das ist eben eine Alliteration.«

Zwerenz lehnte sich zurück.

»Und was glauben Sie wohl, warum wir außer unserem Stammsitz hier in Backnang noch Niederlassungen in Berlin und Bremerhaven haben?«

»Wegen des B in den Städtenamen? Das ist jetzt nicht Ihr Ernst, oder?«

Zwerenz nickte und wollte gar nicht mehr aufhören zu grinsen.

»Doch, doch – genau deshalb. Gut, Berlin ist die Hauptstadt, da ist es kein Fehler, wenn man präsent ist – obwohl es sicher vor allem wirtschaftlich sinnvoller gewesen wäre, ein paar Kilometer ins brandenburgische Umland auszuweichen. Und was Bremerhaven betrifft: Dort können wir zwar gute Leute günstig einkaufen, aber das hätte im Saarland oder in Mecklenburg auch geklappt.«

Schneider schüttelte den Kopf.

»Ich sage Ihnen doch: Horlacher hatte seine Macken. Aber weil er sich mit solchen Kleinkram aufhielt, hat er uns kaum bei der Arbeit gestört. Und für Ideen, die online Gewinn versprachen, hatte er auch ein Talent. Allein unser Ärzteportal, mit dem Praxen aller Fachrichtungen ihre Terminvergabe weitgehend automatisieren und damit natürlich vor allem Personalkosten und Leerlauf in den Behandlungszimmern verringern konnten, ist wie eine Lizenz zum Gelddrucken.«

»Und warum ist die Firma dann in wirtschaftlichen Schwierigkeiten?«

Zwerenz wurde ernst und rutschte auf seinem Stuhl ein wenig nach vorne.

»Wer sagt denn so was? Meinen Sie, ich würde freiwillig hier am Sonntag arbeiten, wenn wir nicht fast unter unseren Aufträgen zusammenbrechen würden?«

»Und deshalb sollen auch einige Mitarbeiter entlassen werden.«

Zwerenz musterte Schneider und versuchte abzuschätzen, wie viel der Kommissar über die tatsächliche Situation der Firma wissen konnte.

»Herr Zwerenz«, schaltete sich Schimmelpfeng ein, »Sie brauchen uns nichts vorzuspielen – wir wissen Bescheid. Wir haben Ihre Geschäftszahlen, und dass Entlassungen geplant sind, weiß in Backnang längst jeder, der es wissen will.«

Zwerenz ließ sich in seinem Stuhl wieder nach hinten fallen. Ein wenig wirkte der Mann, als hätte ihm jemand die Luft rausgelassen. Dann kratzte er sich an der Nase und sah die beiden Kommissare mit zusammengekniffenen Augen an.

»Gut, wenn Sie es ohnehin schon wissen.«

»Warum haben Sie den Großauftrag denn verloren?«

»Ach, das wissen Sie auch schon. Na dann …«

Er lächelte dünn und trank den letzten Rest seines Cappuccinos.

»Wir wurden ziemlich übel ausgebootet. Meiner Meinung nach wollte unser Kunde auf jeden Fall zur Konkurrenz wechseln. Und die Preise, die letztendlich von den anderen auf den Tisch gelegt wurden, passten in fast jedem Teilbereich haarscharf unter unser Angebot. Da darf man wohl davon ausgehen, dass die andere Firma unsere Preise im Detail kannte.«

»Wie lange liegt diese Entscheidung gegen Horlacher & Heym zurück?«

»Das war Ende November. Recht spät eigentlich, weil solche Aufträge meist für ein Kalenderjahr gelten und sich, wenn nicht gekündigt wird, Jahr um Jahr verlängern.«

»Konnte Ihr Kunde noch so kurzfristig kündigen?«

»Gekündigt hatten die schon im September, um die Frist bis Jahresende zu wahren. Aber das ist nicht unüblich, wenn neu ausgeschrieben wird – und es wird oft auch gemacht, wenn der Dienstleister letztendlich derselbe bleiben soll. Tja, diesmal lief's halt anders.«

»Und wie hat Herr Horlacher reagiert?«, fragte Schneider.

»Der kann mit so was gar nicht umgehen. Für den ging's jahrelang immer nur steil bergauf, und Aufträge verlieren – das war nur etwas für die Konkurrenz.«

»Dann war er also ziemlich sauer?«

»Und wie.«

»Wusste er von Ihrem Verdacht, dass der Kunde mit Ihrem Konkurrenten gemauschelt haben könnte?«

»Klar, Henning war ja nicht blöd. Und wir haben schon auch unsere Kontakte und Mittel und Wege, in solchen Fällen ein bisschen mehr zu erfahren, als offiziell an Infos unterwegs ist.«

Das klang, fand Schneider, nun auch nicht gerade so, als sei Horlacher immer nur mit redlichen Mitteln gegen seine Konkurrenten angetreten.

»Und hat er etwas unternommen?«

»Wie, ›unternommen‹?«

»Na ja, hat er es sich einfach gefallen lassen, unfair rausgekegelt zu werden – oder hat er deshalb auf den Putz gehauen? Der Auftrag war ja, so wie ich das verstanden habe, nicht gerade eine unwichtige Kleinigkeit.«

»Das kann man wohl sagen! Der Job hat neun, manchmal auch zehn Leute beschäftigt – und dabei so viel eingebracht, dass wir damit weitere zehn Leute an unsere eigenen Projekte setzen konnten.«

Schneider sah verblüfft zu Schimmelpfeng hinüber: Der Kollege hatte mit seiner Schätzung auf der Herfahrt überraschend genau richtig gelegen – Schimmelpfeng grinste zufrieden zurück.

»Also hatte er doch einigen Grund, sich zu wehren«, hakte Schneider nach.

»Das schon, aber was hätte es gebracht?« Zwerenz hob die Hände in einer resignierenden Geste.

Schneider überlegte, was sie heute hier noch unbedingt fragen mussten. Doch bevor er die Antwort gefunden hatte, sprach Zwerenz überraschend noch von allein weiter.

»Eins hat er schon versucht«, sagte der Programmierer und sah die beiden Kommissare an, als müsse er ein schlechtes Gewissen haben. »Er ist nach Wiesbaden gefahren, zu unserem Konkurrenten. Er hatte dort noch eine Rechnung offen.«

Schneider und Schimmelpfeng horchten auf.

»Der Projektleiter dort, der uns den Auftrag letztendlich weggeschnappt hat, war früher mal bei uns beschäftigt. Vor drei Jahren ging er nach Wiesbaden, weil die ihm ein höheres Gehalt geboten hatten. Wir waren im Grunde genommen froh, dass er gegangen ist – der Typ war fachlich nicht schlecht, aber vom Charakter her eine richtige Ratte.«

»Und da kannte er noch genug Interna, um Ihnen den Auftrag abzujagen.«

»Von damals her nicht mehr – wissen Sie, drei Jahre sind in unserer Branche eine Ewigkeit. Alles, was damals richtig war, ist heute nur noch albern und verstaubt. Mit solchen Infos hätte der nichts mehr gerissen. Nein, er hatte wohl ein Verhältnis mit einer unserer Assistentinnen. Übrigens eine mit der richtigen Konfektionsgröße – Henning war so wütend, dass er sie gleich rausgeschmissen hat, als er von Wiesbaden zurückkam. Der Prozess läuft noch. Das wird wohl teuer werden für uns, man kann ihr natürlich nichts beweisen.«

»Sie meinen damit: Herr Horlacher war in Wiesbaden und hat mit diesem ehemaligen Mitarbeiter auch gesprochen?«

Zwerenz nickte.

»Und der hat ihm von seiner Beziehung zu der Assistentin erzählt und davon, dass er mit ihrer Hilfe Horlachers Firma ausgestochen hat?«

Zwerenz nickte wieder.

»Mit diesem ehemaligen Mitarbeiter sollten wir wohl reden. Haben Sie irgendeine Telefonnummer von ihm oder können Sie mir den Namen seiner Firma in Wiesbaden nennen, dann fragen wir uns selbst durch.«

»Nicht nötig«, sagte Zwerenz nur und ging zu seinem Schreibtisch hinüber. Er schob den Tablet-PC zur Seite, tippte auf der Tastatur seines normalen Rechners herum und kam kurz darauf mit einem Ausdruck zurück.

Schneider nahm sich das Blatt und las.

»Das ist eine Adresse hier in Backnang. Auch die Telefonvorwahl ist von hier. Fährt Herr ...« – Schneider las noch einmal den aufgedruckten Namen – »... Waasmann jeden Tag von hier nach Wiesbaden zur Arbeit?«

»Das kann er sich inzwischen sparen: Die haben ihn rausgeschmissen.«

»Die haben ihm gekündigt? Nachdem er diesen Großauftrag an Land gezogen hatte?«

Zwerenz nickte und grinste hämisch dabei.

»Seltsame Branche, in der Sie da arbeiten«, sagte Schneider und schüttelte ehrlich verwirrt den Kopf.

»Das stimmt. Aber Waasmann hatte seine Schuldigkeit ja getan, die brauchten ihn in Wiesbaden danach nicht mehr. Wissen Sie: Er war fachlich nicht schlecht – aber er war nicht so ein Crack, dass man ihn extra aus Backnang nach Wiesbaden hätte lotsen müssen.«

»Gut, so sparen wir wenigstens eine weite Fahrt.«

»Und Sie können ihn jederzeit daheim erreichen: Er ist arbeitslos, und er wird es wohl auch bleiben.«

»Warum das nun wieder?«

»Na ja, er wurde von seiner letzten Firma gefeuert, was nicht für eine übertrieben hohe Qualifikation spricht. Davor hat er uns als seine ehemalige Firma reingelegt. Das bleibt kein Geheimnis in unserer Branche. Und eine solche Laus setzt sich keiner freiwillig in den Pelz.«

»Aha. Und was fängt Waasmann jetzt an?«

»Nicht dass mich das groß kratzen würde – aber er wird wohl damit enden, dass er für kleinere Firmen die Homepage baut, dass er PCs wartet und ab und zu mal einen Drucker vertickt. Aber dazu muss er erst einmal wieder auf die Beine kommen.«

»Wieso? Was hat er gerade für Probleme?«

Zwerenz grinste breit.

»Also ... Horlacher hat Waasmann in Wiesbaden getroffen und musste sich anhören, wie ihm sein ehemaliger Mitarbeiter mit Genugtuung erzählte, wie er ihn mit Hilfe dieser Assistentin aufs Kreuz gelegt hat. Horlacher tat so etwas besonders weh, das können Sie mir glauben. Dann kriegt Horlacher spitz, dass Waasmann auf der Straße steht und wieder in Backnang wohnt. Die Adresse ist übrigens die Anschrift seiner Eltern, er schläft wieder in seinem alten Jugendzimmer. Diese Gelegenheit ließ sich Horlacher natürlich nicht entgehen. Er besuchte ihn und tat den Eltern gegenüber so, als würde er sich um den alten Kumpel sorgen – die beiden waren seit ihrer Schulzeit zusammen. Und dann bietet er ihm einen miesen Job zu unverschämten Konditionen an – und zwar so, dass Waasmanns Eltern das mitbekamen und der ihnen erst noch erklären musste, warum er das vermeintlich tolle Angebot auf keinen Fall annehmen konnte.«

Zwerenz lachte heiser auf und brachte seinen Pulli wieder in Wallung.

»Und als Sahnehäubchen hat Horlacher auch noch die ehemalige Assistentin angebaggert und ihr versprochen, er werde sie wieder einstellen. Als er sie dann rumgekriegt hatte, hat er sie nur ausgelacht, hat alles brühwarm dem gehörnten Waasmann erzählt und hat sich vom Acker gemacht.«

Schneider konnte kaum fassen, welche Schmierenkomödie ihm da soeben erzählt worden war.

»Horlacher hat das im nächsten ›Morgenkabinett‹ so ausführlich und so genüsslich erzählt, dass es sogar uns peinlich war, das mit anhören zu müssen – und wir sind in dieser

Hinsicht einiges von Henning gewöhnt, das können Sie mir glauben.«

Er räusperte sich.

»Wir *waren* einiges gewöhnt, meine ich.«

»Und wann war das?«

»Den Auftrag waren wir Ende November los, das hatte ich ja schon erzählt. Mitte Dezember haben wir dann erfahren, dass Waasmann wieder in Backnang wohnt und keinen Job mehr hat. Und kurz nach Weihnachten hatte Henning die Assistentin klar. Mir ist noch heute schleierhaft, warum die sich überhaupt auf Henning eingelassen hat. Die ist nicht die Hellste, aber sogar ihr müsste klar gewesen sein, dass Henning seine Versprechen niemals ernst meinen konnte.«

Zwerenz schüttelte den Kopf.

»Wir brauchen den Namen dieser Assistentin«, sagte Schneider und stand auf. Kurz, bevor er den Flur erreicht hatte, drehte er sich noch einmal um.

»Eins noch, Herr Zwerenz: Wissen Sie zufällig, ob Herr Horlacher für sein Haus eine Putzfrau hatte?«

Zwerenz grinste breit.

»Nicht mehr. Die hat gekündigt, und dreimal dürfen Sie raten, warum.«

»Er hat sie angebaggert?«

Zwerenz nickte und grinste noch breiter. Kopfschüttelnd gingen Schneider und Schimmelpfeng hinaus.

Wenig später saßen sie wieder im Porsche und fuhren in die Stadtmitte. Neben dem Namen Ralph Waasmann stand eine Adresse nicht weit vom Obstmarkt. Die ehemalige Assistentin, Leonie Reusch, wohnte in der Plattenwaldsiedlung auf der anderen Seite der Stadt – da würden sie, wenn die Zeit reichte, anschließend hinfahren.

Sie überquerten die Murr und fanden in der Eduard-Breuninger-Straße einen Parkplatz. Um die Ecke war schon ihr Ziel, in der Dilleniusstraße.

Der Türöffner wurde gedrückt, ohne dass vorher jemand über die Sprechanlage nachgefragt hätte. Schneider und Ernst betraten den Treppenflur. In die feuchte Luft mischten sich Essensgerüche wie von Kartoffeln und Fleisch.

Sie hörten, wie sich im zweiten Stock eine Tür öffnete. Von oben sah eine Frau in Kittelschürze auf sie herunter.

»Ja?«, rief sie – offenbar hatte sie jemanden erwartet und war nun überrascht, stattdessen die beiden Fremden auf der Treppe zu sehen.

»Wir sind von der Polizei«, rief Schimmelpfeng im Reflex nach oben und ärgerte sich sofort darüber.

»Anfängerfehler!«, dachte Schneider und sah den Kollegen tadelnd an, der ihm einen entschuldigenden Blick zuwarf.

Der Satz »Wir sind von der Polizei!«, einfach mal so durchs Treppenhaus gerufen, war nach Schneiders Empfinden nicht unbedingt ideal, um ein Gespräch zu beginnen. Schneider stellte sich natürlich ebenfalls seinen Gesprächspartnern als Kripo-Kommissar vor – aber doch erst dann, wenn er ihnen direkt gegenüberstand und auch gleich ihre Reaktionen beobachten konnte.

Die Frau oben an der Treppe schien aber überraschenderweise eher beruhigt durch Schimmelpfengs Ruf. »Ach so«, sagte sie und verschwand wieder aus dem Blickfeld der Männer.

Als die beiden schließlich den zweiten Stock erreicht hatten – Schimmelpfeng leicht und federnd, Schneider mit geröteten Wangen und etwas außer Atem –, stand eine der Wohnungstüren offen.

»Hallo?«

Schneider lugte durch die Tür.

»Hier hinten, kommen Sie einfach rein«, war die Frauenstimme wieder zu hören.

Die Kommissare gingen den Flur entlang zu einer Tür, die sich nach rechts zu einem Jugendzimmer öffnete. Die Luft in der Wohnung war ein wenig abgestanden und dominiert von Essensdünsten. Inzwischen waren zwischen Kartoffel- und Fleischgeruch auch noch Aromen nach scharf angebratenen Zwiebeln, Knoblauch und gekochtem Gemüse herauszuriechen.

Das Jugendzimmer war altmodisch eingerichtet: ein Bett, weiß lackierte Wandregale, ein Kleiderschrank mit Spuren von Klebestreifen und viereckigen dunkleren Flecken dort, wo früher vermutlich Poster gehangen hatten. Falls die Einrichtung irgendwann einmal zeitgemäß gewesen war, dann musste das schon eine Weile her sein.

Außer Schneider und Schimmelpfeng standen noch zwei Frauen im Zimmer. Die in der Kittelschürze war eher klein, auch etwas rundlich, und Schneider schätzte sie aufgrund ihrer angegrauten Haare und der leicht faltigen Haut in Gesicht und auf den Handrücken auf Anfang bis Mitte sechzig. Die Frau daneben – groß, schlank und ausgesprochen hübsch – war höchstens Anfang dreißig und trug ihr langes, leicht gewelltes dunkelbraunes Haar lässig zu einem Pferdeschwanz gebunden.

Vor den beiden Frauen lag ein etwa fünfunddreißig Jahre alter Mann in Jogginghose und T-Shirt schräg auf dem Bett. Die Beine baumelten auf den Boden, eine Hand hing ebenfalls über die Bettkante und aus dem seitlich gelegten Kopf drang lautes Schnarchen. Im Zimmer mischte sich nun auch noch der Geruch von Schnaps und Bier in die Waasmannsche Duftmischung.

»Hat Sören mal wieder keine Zeit?«

Die Frau in der Kittelschürze sah Schneider mit einer Mischung aus Spottlust und Resignation an. Schneider verstand nicht, und das war ihm deutlich anzusehen.

»Na, wenn er schon wieder Kollegen schickt?«

»Äh … wie meinen Sie das?«

Die Frau musterte Schneider nun misstrauisch.

»Sie haben doch gesagt, Sie seien von der Polizei. Das stimmt doch, oder?«

»Ja, natürlich sind wir von der Polizei. Von der Kriminalpolizei – aber wer, bitteschön, ist Sören?«

Schneider deutete auf den offensichtlich Betrunkenen auf dem Bett.

»Ist das Sören?«

»Nein, das ist Ralph, aber …«

Sie wandte sich vollends zu Schneider und Schimmelpfeng um, stemmte ihre Fäuste in die Hüften und sah Schneider herausfordernd an.

»Wenn Sie Sören nicht kennen, können Sie nicht von der Polizei sein. Den kennt da jeder!«

Schneider zog seinen Ausweis hervor und reichte ihn der Frau. Sie las ihn aufmerksam, drehte ihn um und gab ihn Schneider zurück. Nun sah sie nachdenklich aus.

»Sie sind also von der Kripo?«

Schneider nickte.

»Und Sören hat Sie nicht geschickt?«

»Nein, warum sollte er?«

Schneider fragte einfach mal drauflos, vielleicht ergab sich ja etwas Verwertbares. Denn wenn der Mann vor ihnen im Bett Ralph hieß, war er wohl Ralph Waasmann – und wer Sören war, konnten sie auch später noch herausfinden.

»Sören hat's nicht so mit der Familie. Zumindest nicht mit unserer. Und wenn sein großer Bruder Ralph mal wieder … ich meine … mal wieder ein Problem hat …«

Sie nickte zu dem Betrunkenen hin. Ganz offensichtlich hatte Ralph Waasmann seinen Durst häufiger nicht unter Kontrolle.

»Tja, dann schickt er halt Kollegen, die mit anpacken. Wir beiden Frauen kommen da recht schnell an unsere Grenzen.«

Sie lächelte die andere Frau schmerzlich an.

»Und mein Mann …«

»… der steht in der Küche und sieht zu, dass deine Soße nicht noch mehr zusammenbrennt!«, kam es von der Tür her.

Schneider und Schimmelpfeng fuhren erschrocken herum und sahen einen älteren Mann vor sich stehen, der trotz seiner kräftigen Stimme und des etwas derb wirkenden Zwischenrufs sehr freundlich und gemütlich in die Runde lächelte.

Lange stand der Chefprogrammierer nachdenklich am Fenster seines Büros und ließ sich das Gespräch mit den beiden Kommissaren noch einmal durch den Kopf gehen.

Die Polizei wusste bereits von der wirtschaftlichen Lage der Firma. Und sie wusste, dass Horlacher nach dem Verlust des Großauftrags unter Druck stand – und dass er deswegen sehr sauer war auf seinen ehemaligen Mitarbeiter Waasmann und dessen Freundin Leonie. So weit also konnte Zwerenz mit der Entwicklung sehr zufrieden sein. Warum er noch – sozusagen als Sahnehäubchen – Ralph Waasmann als Ratte bezeichnet hatte und Leonie Reusch als nicht besonders helle, wusste er schon jetzt nicht mehr. Wahrscheinlich würden die Kommissare Leonie als viel cleverer kennenlernen, als er sie geschildert hatte.

Zwerenz zuckte mit den Schultern: Egal, was sollte das schon schaden?

Er riss sich von dem Anblick los, den ihm das winterlich graue Panorama der Wiesen und Felder zwischen Großaspach und dem Wald bei Strümpfelbach bot. Zwerenz musste sich dringend um die Fehlermeldungen kümmern, die zuletzt immer zahlreicher eingegangen waren – die Turbulenzen rund um den Großauftrag und Horlachers gewagten Plan, die Firma mit einer neuen Einnahmequelle zu sanieren, waren nicht spurlos an der Qualität ihrer Arbeit vorübergegangen.

Das Telefon klingelte. Zwerenz sah aufs Display: eine Handynummer ohne Namenszusatz – also eine Nummer, die nicht in seiner Kurzwahlliste abgespeichert war.

»Ja?«

»Keine Namen, das ist gut!«

Die Stimme am anderen Ende klang schneidend und kam Zwerenz bekannt vor.

»Wer spricht denn da?«

»Na, wie gesagt: keine Namen.«

Der Fremde lachte heiser.

»Und was wollen Sie?«

»Was ich will? Hast du das gehört?« Der Mann hatte sich für den zweiten Satz wohl jemandem zugewandt, der neben ihm stand, Zwerenz hörte nun zwei Männerstimmen lachen. Dann zischte der Mann am Telefon kurz, als wolle er den anderen zum Schweigen bringen – es funktionierte augenblicklich.

Daraufhin fuhr der Mann fort: »Wir hatten bisher vorwiegend mit Horlacher zu tun, aber wir haben uns, glaube ich, einmal auch getroffen.«

Zwerenz dämmerte langsam, mit wem er da sprach.

»Wir haben diese schönen Filmchen, die hast du dir sicher auch schon angesehen, oder?«

Vor Zwerenz' geistigem Auge zeichnete sich das Profil eines großen, durchtrainierten Mannes ab, den Horlacher wegen seiner beeindruckend großen Hakennase und der fliehenden Stirn immer nur »Habicht« genannt hatte. Ohnehin hatte es Horlacher immer vermieden, den Hakennasigen oder seinen etwas kleineren, gedrungenen Kumpel bei ihren richtigen Namen zu nennen.

»So, mein Lieber«, sagte der Habicht, »nun weißt du sicher, mit wem du gerade telefonierst.«

»Ja.«

»Und dann weißt du auch, was ich will.«

»Ja.«

Horlacher hatte, wie er Zwerenz irgendwann einmal erzählt hatte, die beiden vor ein paar Jahren kennengelernt. Damals hatte sich Horlacher noch mit seiner kleinen Werbeagentur mehr schlecht als recht über Wasser gehalten. Und die beiden etwas zwielichtig wirkenden Typen hatten ihm damals ein interessantes Angebot unterbreitet: Sie hatten wohl einige Nachtclubs in Süddeutschland laufen und suchten jemanden, der ihnen mehrere Internetseiten bauen konnte.

Warum sie dabei ausgerechnet auf Horlacher gekommen waren, hatte Zwerenz nie so ganz begriffen. Vielleicht hatten sie auf gut Glück im Internet gesucht und seine großspurige Onlineseite hatte gewirkt, auf der er »Innovative Portallösungen« anbot – eigentlich nur heiße Luft, wie es schon immer typisch für Horlacher war.

Jedenfalls trafen sich die beiden irgendwann zum ersten Mal, und Horlacher bat sie ausgerechnet in sein Stammlokal, eine Kneipe etwa in der Mitte zwischen Hallen- und Freibad, die schon bessere Zeiten gesehen hatte. Es ging um Pornoseiten, die Horlacher für die beiden Männer basteln sollte. Das Bild- und Filmmaterial produzierten die Männer selbst – vermutlich in den Hinterzimmern ihrer Clubs. Horlacher band die Seiten online ein, machte sie mit einem einfachen Passwortschutz leidlich sicher und kombinierte das Ganze mit einer Anmeldeseite, die Kundendaten zur späteren Verwendung einsammeln und verwalten sollte.

Die Typen zahlten gut, und allmählich baute Horlacher dank dieser Honorare seine Klitsche immer weiter aus. Als er schließlich die IT-Firma von Heym übernahm, hatte er endlich auch taugliche Programmierer im Boot. Dumm war nur, dass sich Heym noch immer überall einmischte – und dass er von seinen Leuten nach wie vor auf dem Laufenden gehalten wurde.

Erst vertraute er das Programmieren der Schmuddelseiten Ralph Waasmann an, mit dem er zur Schule gegangen war und der zuvor in Heyms Firma programmiert hatte. Aber nach einiger Zeit stellte sich heraus, dass Waasmann eher zu seinem alten Chef Heym hielt als zu seinem alten Klassenkameraden Horlacher. Die daraufhin neu ausgeschriebene Stelle eines Chefprogrammierers bekam schließlich Zwerenz.

Von nun an wurden die Pornoseiten technisch professioneller aufgezogen. Der Habicht und sein Kumpel hatten Blut geleckt, und als Horlacher ihnen von den Möglichkeiten erzählte, die Zwerenz für sie hinterlegen konnte, machten sie den Geldbeutel noch weiter auf als bisher.

Im Wesentlichen ging es darum, die Besucher der Pornoseiten vermeintlich in der Anonymität zu belassen – und in Wirklichkeit alle möglichen Daten aus ihren Rechnern zu saugen. Dazu schrieb Zwerenz einige Trojaner und andere heimliche Helferlein, die nach dem Besuch einer der Schmuddelportale alle weiteren Bewegungen der Besucher im Internet aufzeichneten und an Server von Horlacher & Heym überspielten, natürlich mit Zugangscodes, Kontonummern und anderen nützlichen Informationen.

Diese Daten vertickten die beiden Clubbetreiber danach an Interessenten, die sie relativ schnell aufgetan hatten und die offenbar gut für die Lieferungen bezahlten. Natürlich hatte Zwerenz dafür gesorgt, dass alle Daten nicht nur den beiden Auftraggebern zur Verfügung standen – und irgendjemand, vermutlich die Käufer der Daten, wiesen den Habicht und seinen Kumpel auf diese Möglichkeit hin.

Danach kam es zum einzigen Treffen mit den beiden, an dem außer Horlacher auch Zwerenz teilnahm, natürlich wieder in Horlachers Stammkneipe. Erst hatten sie recht zwanglos geplaudert, auch über die Daten und die Tatsache, dass sich Horlacher vermutlich ebenfalls Kopien der Daten zog. Dann war das Gespräch etwas ernsthafter geworden, und mit einigen deutlichen Drohungen und den beiden Messern, die der Habicht und sein Kumpel ihnen unter dem Tisch gegen die Schenkel drückten, überzeugten sie ihre Geschäftspartner, mit diesen Daten niemals Geschäfte zu machen.

Daran hatte sich Horlacher immer gehalten. Bis vor kurzem.

»Ich will meine Daten«, sagte der Habicht nun.

»Das kann ich mir vorstellen«, sagte Zwerenz, um Zeit zu gewinnen. Er hatte keine Ahnung, wo Horlacher diese Daten versteckt hatte.

»Und ich will sie jetzt. Unsere Abnehmer machen Druck, und ich mag keinen Druck.«

Zwerenz horchte auf. Ihm kam eine Idee, aber zuvor musste er noch einen Test riskieren.

»Ich weiß leider nicht, wo Horlacher die Daten aufbewahrt. Da müssen Sie ihn selbst fragen.«

»Sehr witzig«, lachte der Habicht auf. »Horlacher sagt nichts mehr. Seit Donnerstag, wie ich gehört habe.«

Von Horlachers Tod hatten die beiden also schon gehört – das wusste Zwerenz nun.

»Und Heym ist auch tot«, fügte der Habicht noch hinzu.

Zwerenz war überrascht.

»Heym? Wie das denn?«

»Ist im Krankenhaus gestorben, erst gestern Abend. Herzinfarkt. Wussten Sie das nicht?«

»Nein«, sagte Zwerenz. »Mit Heym hatte ich nicht viel Kontakt.«

»Der mochte Sie nicht, was? Wegen unserer Pornoseiten, um die Sie sich gekümmert haben – das war dem feinen Herrn zu schmuddelig.«

Der Habicht lachte wieder kurz auf.

»Aber davon abgesehen, fand ich Heym immer ganz sympathisch. Ein aufrechter Typ, irgendwie, cool drauf und immer geradeaus. Viel netter als Horlacher – aber eben so furchtbar kompliziert mit seinen verstaubten Moralvorstellungen.«

»Ich könnte die Daten für Sie suchen.«

»Das haben wir schon selbst getan, danke.«

»Ja? Wo denn?«

»Wir waren gestern Nacht in Horlachers Haus. Er hatte sich nämlich gestern mit uns in dieser seltsamen Kneipe treffen wollen, um uns die Daten zu geben. Aber er konnte ja nicht mehr kommen.«

»In Horlachers Haus? Hat das nicht Polizei versiegelt? Die gehen doch immerhin von einem Mord an Horlacher aus.«

»Hui, da hatten wir aber Angst, als wir dieses Siegel gesehen haben!«

Der Habicht lachte schon wieder, es klang aber etwas gekünstelt.

»Aber die Daten haben Sie nicht gefunden?«

»Woher weißt du das?«

»Na, hätten Sie mich sonst angerufen?«

»Nein, stimmt, eher nicht. So, und du willst nun also die Daten für uns finden? Wo denn?«

»Ein paar Ideen habe ich da schon.«

»Und lass mich raten: Du könntest dir gut vorstellen, dass wir uns dafür bei dir erkenntlich zeigen?«

»Das klingt gut.«

»Für uns nicht, aber meinetwegen. Wir haben eh keine Zeit, ständig nachts in irgendwelchen Häusern herumzuschleichen – und ich vermute mal, dass du über deinen toten Chef mehr weißt als wir. Also los, und beeil dich! Unser Kunde kann sehr ungemütlich werden, und wir auch.«

»Wie viel ist denn drin für mich?«

Der Habicht nannte eine Summe, die Zwerenz sofort überzeugte.

Ralph Waasmann war von den beiden Kommissaren zurück in sein Bett gepackt und dann von der jüngeren Frau liebevoll zugedeckt worden – Vater Waasmann hatte sich nicht beteiligt: »Wie sagte dieser Komiker im Kino? ›Isch habe Rücken und Fuß‹, würde das bei mir heißen.« Dann deutete er auf seinen Rücken und humpelte etwas gebeugt zur Küche hinüber. Von hinten war der klobige Schuh gut zu sehen, an dem Schneider erkannte, dass Waasmann am rechten Bein eine Prothese trug. Schneiders Ettlinger Onkel Hagen hatte auch nur ein Bein.

Zehn Minuten später saßen Schneider und Schimmelpfeng am Esstisch der Familie. Vater Waasmann hatte keinen der vielen Abwehrversuche gelten lassen, und Mutter Waasmann, die Frau in der Kittelschürze, hatte schließlich einfach zwei Gedecke mehr auf den Tisch getan.

Es gab Kartoffeln, Schweinebraten mit knuspriger Kruste und Karottengemüse mit Kräuterbutter. Das ganze Zimmer war vom intensiven Duft des Essens erfüllt – kein schlechter

Kontrast nach den säuerlichen Ausdünstungen des betrunkenen Ralph.

Die junge Frau hatte sich als Leonie vorgestellt – die Fahrt in die Plattenwaldsiedlung konnten sich die Kommissare offensichtlich sparen.

»So«, sagte Vater Waasmann, als jeder eine ordentliche Portion auf dem Teller hatte, »nun wünsche ich einen guten Appetit!« Damit wandte er sich zu Schneider und Schimmelpfeng. »Und Sie beide erzählen uns nebenbei mal, was Sie eigentlich hier in unsere Wohnung geführt hat.«

»Wir wollten mit Ihrem Sohn sprechen.«

»Mit Sören?«

»Nein, mit Ralph. Das ist er doch, nebenan, oder?«

»Ja, ja, das ist er.«

Waasmann senkte seinen Blick und stopfte sich einen Bissen Schweinebraten in den Mund.

»Sein früherer Chef ist tot, und wir wollten ihm ein paar Fragen stellen.«

Waasmann sah Schneider fest an, kaute, schluckte.

»Glauben Sie, mein Sohn hat etwas damit zu tun?«

»Sie wirken nicht sehr überrascht vom Tod seines früheren Chefs.«

»Bin ich auch nicht: Leonie hat uns heute schon davon erzählt.«

»Und ich habe es aus der Zeitung«, sagte die junge Frau. »Stand heute in der Sonntagsausgabe.«

»Stand da ein Name?«, fragte Schneider seinen Kollegen und sah dann wieder Leonie Reusch an. »Nein, da stand kein Name – und auch im Radio wurde meines Wissens nirgendwo ein Name erwähnt.«

»Das stimmt, aber es gibt nicht so viele Internetunternehmer in Backnang, die eine Villa in der Nähe des Bahnhofs haben renovieren lassen. Mir war sofort klar, dass das Horlacher sein muss.«

»Aha«, machte Schneider und musterte die junge Frau. Sie sah nicht aus, als würde sie unter seinem Blick nervös werden.

»Und das haben Sie dann gleich brühwarm den Eltern Ihres früheren Freundes Ralph erzählt?«

»Wir haben keine Tageszeitung«, warf Vater Waasmann ein.

»Und Ralph ist nicht mein *früherer* Freund«, protestierte Leonie. »Wir sind noch zusammen.«

Ihre Augen wurden feucht, Vater Waasmann sah die junge Frau mitfühlend an.

»Wir haben davon gehört, dass Sie und … Herr …«

Leonie Reusch hob den Kopf und sah Schneider aus schimmernden Augen wütend an.

»Ja? Dass ich und Horlacher was miteinander hatten? Da brauchen Sie nicht so herumzustottern, Herr … Herr …«

»Schneider.«

»Meinetwegen! Dieser Horlacher hat mich gefeuert, und danach hat er mich benutzt, um Ralph weh zu tun. Und das hat er auch geschafft, ich könnte mich heute noch pausenlos dafür ohrfeigen. Ich meine: Bin ich denn bescheuert, nicht sofort zu begreifen, was da läuft? Der baggert mich an, verspricht mir, mich wieder einzustellen – und ich bekomme nicht mit, dass das alles nur dazu gut sein soll, dass er Ralph, der ohnehin schon am Boden liegt, nur noch tiefer in den Staub treten kann? Der kam zu mir mit in die Wohnung, ich habe danach zwei Tage lang geputzt wie verrückt, aber an der Couch kann ich immer noch nicht vorübergehen, ohne mich mies zu fühlen.«

»Beruhige dich, Kind«, sagte Vater Waasmann und nickte ihr traurig zu. »Dieser Horlacher«, fuhr er zu Schneider gewandt fort, »war ein Arschloch. Um den ist es weiß Gott nicht schade. Wir haben selbst schon erlebt, wie er damals Ralph für seine Zwecke eingespannt hat, als unser Junge noch für ihn gearbeitet hat statt gegen ihn. Ralph hat sich komplett zum Affen gemacht für diesen Dreckskerl. Er hatte kein freies Wochenende mehr, er konnte keine privaten Verabredungen mehr einhalten, und wenn er dann mal frei hatte, war er so erledigt, dass er nur noch daheim vor der Glotze sitzen konnte.«

»Hat er damals auch bei Ihnen hier gewohnt?«

»Nein, Ralph hatte eine schöne Wohnung drüben im Plattenwald.«

»Im Elly-Heuss-Knapp-Weg, wie Frau Reusch?«

Schneider hatte sich die Adresse von Leonie Reusch gemerkt.

»Nein, eine Straße weiter. Ein richtig nobles Appartement, sauteuer, aber Ralph hat ja gut verdient, damals.«

»Dadurch haben wir uns auch kennengelernt«, sagte Leonie Reusch. »In der Firma hatten wir uns zwar immer wieder mal gesehen, aber ins Gespräch kamen wir erst, als wir uns samstags mal morgens beim Bäcker trafen.«

»Und warum ging Ihr Freund dann nach Wiesbaden, zur Konkurrenz?«

»Die boten ihm mehr Geld, und er war auch ziemlich fertig von dem ständigen Druck, den er in Horlachers Firma aushalten musste.«

»Aber wenn er mit dem Stress in der einen IT-Firma nicht zurechtkam, wieso ist er dann zu einer anderen IT-Firma gewechselt, wo er sich ja auch wieder ständig beweisen musste?«

»Es ging nicht um den Stress – den fand Ralph ganz prima. Ich glaube, der war richtig süchtig danach, ständig unter Strom zu stehen. Kennen Sie nicht dieses Klischee vom Adrenalinjunkie? So müssen Sie sich den Ralph von damals vorstellen. Er lebte richtig auf der Überholspur, und mir hat das schon auch gefallen.«

»Okay, aber welchen Druck meinten Sie dann?«

»Ralph und Henning, ich meine: Herr Horlacher, waren zusammen in einer Schulklasse. Und Horlacher hat Ralph schon damals immer ein wenig untergebuttert. Der hatte halt schon immer eine große Klappe. Und während Ralph noch ganz solide Informatik studierte und nebenbei kleine Internetseiten baute, hat sich Horlacher schon eine kleine Werbeklitsche aufgebaut, hat eine Internetfirma daraus gemacht und ordentlich Geld verdient. Ralph hat immer gesagt, dass er gar nicht versteht, wie Horlacher so schnell zu so viel Geld kommen konnte. Irgendwie hatte er immer den Verdacht, dass Horlacher Dreck am Stecken hatte und vielleicht irgendwelche krummen Dinger drehte.«

»Und? Hat Horlacher Dreck am Stecken?«

»Natürlich«, sagte Leonie Reusch. »Zumindest nehme ich das an. Beweisen kann ich nichts, und ich wüsste auch nicht, was ich beweisen sollte. Aber ganz koscher kam auch mir Horlachers Erfolgsgeschichte nicht vor. Da macht einer viel Wind, verkauft sich glänzend, stopft sich die Taschen voll und dann schluckt er eine solide und seriöse Internetfirma.«

»Die von Heym?«, fragte Schimmelpfeng.

»Ja, die von Heym«, nickte Leonie. »Den Heym hat er gut bezahlt, danach aber schlecht behandelt – so wie alle, die Horlacher nicht mehr zu brauchen glaubt. Äh ... ich meine: *glaubte*. Irgendwann war es Heym zu blöd und er hat sich aus dem Geschäft zurückgezogen. Und Geld hatte er ja auch genug, wozu sollte er sich den ganzen Ärger dann noch länger antun?«

»Welchen Ärger?«, fragte Schneider.

»Na, diese ständigen Hahnenkämpfe mit Horlacher. Der musste unbedingt immer die Hauptrolle spielen, machte einen auf Alphamännchen und so – sehr anstrengend, das kann ich Ihnen sagen.«

»Und inwiefern bedeutete das Ärger für Herrn Heym?« Schneider fragte eher, um noch weitere Details zu erfahren. Wie das Arbeitsverhältnis von Horlacher und Heym ausgesehen hatte, konnte er sich eigentlich schon jetzt ganz gut vorstellen.

»Herr Heym kannte die Kunden, die Horlacher mit seiner Firma übernommen hatte, seit Jahren«, wurde Leonie Reusch konkreter. »Und er wusste auch ohne langes Briefing, was sie wollten und wie es am besten zu erreichen war. Horlacher wusste aber alles besser, ständig warf er alles um, was Heym vorgab – und dadurch kam es immer wieder zum Krach zwischen den beiden. Heym hat richtig darunter gelitten, dass sich Horlacher so aufspielte. Und das hat Horlacher natürlich nur ermuntert, dieses Spiel noch weiter zu treiben. Irgendwann war die Situation so verfahren, dass einige Programmierer zu Herrn Heym gegangen sind und ihrem früheren Chef gesagt haben, sie würden nun alle kündigen und Horlacher damit mit den laufenden Projekten an die Wand fahren lassen.«

»Und? Was ist passiert?«

»Nichts. Herr Heym hat es den Leuten ausgeredet. Er selbst wollte wohl keine Firma mehr gründen – wahrscheinlich hatte er im Kaufvertrag mit Horlacher auch eine entsprechende Bedingung unterschrieben. Und die Zeiten in der Branche waren damals schon nicht mehr so rosig. Es hätte durchaus passieren können, dass die Programmierer kündigen – und dass Horlacher sie mit Klagen überzieht, dass er ihnen als Programmierer die Arbeit für seine Kunden verbieten lässt und dass die Kunden daraufhin zwar nicht bei Horlachers Firma geblieben wären, aber eben auch keinen Auftrag an die rebellierenden Programmierer vergeben hätten.«

Schimmelpfeng nickte die ganze Zeit. Die junge Frau beschrieb offenbar ein Szenario, das nicht allzu sehr aus der Welt war.

»Das wäre keine Branche für mich«, dachte Schneider.

»Daraufhin hat sich Herr Heym aus dem Tagesgeschäft zurückgezogen. Na ja, eigentlich überhaupt aus der Firma. Ab und zu hat ihn mal einer privat besucht und ihn um Rat gebeten. Aber Herr Heym hat schon deutlich gemacht, dass er sich alles gerne anhört, dass er sich auch freut, wenn ihn seine früheren Mitarbeiter ein wenig auf dem Laufenden halten – aber dass er letztendlich eben auch seine Ruhe haben möchte. Das kann man ja auch verstehen.«

»Ja, das kann man«, sagte Schneider. »Und woher wissen Sie das alles?«

»Ralph hat es mir erzählt. Er war früher einer von Herrn Heyms Programmierern, und er war einer derjenigen, die Horlacher hängen lassen wollten.«

Schneider nickte nachdenklich.

»Und er hat ihn auch privat immer wieder besucht.«

»Herrn Heym sollten wir auch noch besuchen«, sagte Schneider zu Schimmelpfeng, der daraufhin ein schwarzes Smartphone zückte und auf dem Display herumtippte.

»Frau Kerzlinger wird mir gleich die Adresse rübermailen«, sagte er, als er das Gerät wieder in die Jackentasche steckte.

»Das wird Ihnen nichts bringen«, sagte Leonie. »Er ist gestern Abend gestorben.«

Schneider sah sie überrascht an.

»Herr Heym hatte Herzprobleme. Am Dienstag so gegen 18 Uhr hatte er einen Infarkt. Er kam sofort ins Krankenhaus – wir haben ja derzeit zum Glück noch eins in der Stadt. Ralph hat ihn noch am selben Abend besucht, er war ganz fertig danach. Jeden Tag ist er einmal hin, aber es sah nicht gut aus. Und gestern gegen halb neun am Abend ist Herr Heym dann gestorben.«

»Es trifft immer die Falschen«, brummte Vater Waasmann und stand auf, um sich ein Gläschen mit einer körnigen, roten Paste aus dem Kühlschrank zu holen. Er strich sich mit dem Messer einen dünnen Film auf die Fleischscheibe, die vor ihm auf dem Teller lag, schnitt sich ein großes Stück Fleisch ab und stopfte es sich in den Mund.

Schneider war enttäuscht. Von dem Gespräch mit Heym hatte er sich weitere Infos über Horlacher und dessen etwaige Feinde versprochen. Er nahm sich eine Messerspitze von der roten Paste und strich sie auf ein kleines Stück Braten.

»Hat er sich deshalb betrunken? Ralph, meine ich?«

Er sah Leonie Reusch an und steckte nebenbei den Fleischbissen in den Mund.

»Auch«, sagte die junge Frau.

Schneider musterte sie, versuchte etwas aus ihrer Miene herauslesen, doch dann legte sich ein feuchter Schleier über seinen Blick, er musste husten und sich Tränen aus den Augen wischen.

»Na, zu scharf?«, fragte Vater Waasmann grinsend und hielt das Glas mit der roten Paste hoch.

»Mhm«, quetschte Schneider hervor und hustete weiter. Als er nach seinem Apfelschorle greifen wollte, hielt ihn Vater Waasmann davon ab.

»Nehmen Sie lieber ein paar Karotten oder essen Sie einen Bissen Kartoffel. Trinken macht es nur noch schlimmer.«

Einige Karottenstückchen verschwanden daraufhin in Windeseile in Schneiders Mund, und er hatte das Gefühl, als würden sie zusammen mit zerbrochenen Rasierklingen seinen Hals hinunterrutschen. Aber danach wurde es tatsächlich besser, das schmerzhafte Brennen ließ nach.

»Sie sagten: ›auch‹«, brachte Schneider nach einer kurzen Pause wieder hervor. Das Brennen war kaum noch zu spüren. »Hatte er noch andere Gründe zu trinken?«

»Na, hören Sie mal: Er hatte die Firma seines alten Chefs hereingelegt, danach aber selbst den Job verloren – und schließlich demütigte ihn ausgerechnet der frühere Chef und Schulkamerad, dem er doch eigentlich eins hatte auswischen wollen – da kann man schon mal aus dem Tritt kommen, oder?«

»Ja, und dann betrügt einen auch noch die Freundin, und auch noch ausgerechnet mit dem größten Widersacher.«

Schneider wollte provozieren, und das gelang ihm auch.

Vater Waasmann sprang auf und sah wütend auf Schneider herunter: »Sie gehen jetzt besser«, zischte er. »Das muss ich mir in meinen eigenen vier Wänden ja wohl nicht bieten lassen!«

»Lass nur«, sagte Leonie Reusch zu ihm. »Er hat ja recht.« Sie sah Schneider traurig an. »Ich glaube wirklich, dass ihm die Geschichte mit mir und Horlacher den Rest gegeben hat – und ich kann Ihnen gar nicht sagen, wie ich selbst darunter leide.«

Schneider schluckte. Leonie Reusch saß vor ihm wie ein Häuflein Elend. So heftig hatte er diese junge Frau nun auch wieder nicht treffen wollen.

»Aber das musst du dir trotzdem nicht gefallen lassen«, polterte Waasmann weiter und deutete mit der Gabel zum Ausgang hin. »Herr Schneider, dort ist die Tür!«

Schneider stand auf, Schimmelpfeng putzte sich den Mund mit der Serviette ab und stellte sich mit betretener Miene neben den Kollegen.

»Bitte, hör auf«, flehte Leonie Reusch den Vater ihres Freundes an. Zumindest aus Sicht der Familie war die Beziehung zwischen ihr und Ralph offenbar wirklich noch nicht beendet. »Und Sie beide setzen sich bitte wieder hin und essen zu Ende, ja?«

Schneider und Schimmelpfeng sahen sich unschlüssig an.

»Bitte!«, sagte Leonie noch einmal. »Sie wollten mich doch noch etwas fragen. Und Sie wollten ursprünglich zu Ralph.«

»Meinetwegen«, brummte nun auch Vater Waasmann und spießte mit der Gabel einen weiteren Bissen auf.

Mutter Waasmann hatte die ganze Zeit nur stumm dagesessen und das Geschehen mit leidender Miene beobachtet. Nun lächelte sie die beiden Kommissare unsicher an und nickte ihnen ermunternd zu, sich wieder an den Tisch zu setzen.

»Entschuldigen Sie bitte«, murmelte Schneider schließlich und setzte sich wieder. »Ich wollte Ihnen nicht …«

»Jetzt ist es gut«, sagte Leonie Reusch. »Ich entschuldige nicht, und ich glaube auch nicht, dass Sie sich gerade nur verplappert haben – aber lassen wir das einfach mal beiseite. Was wollten Sie denn nun von mir und Ralph?«

Schneider zögerte kurz.

»Wir wollten von Ihnen beiden wissen, was es mit diesem Auftrag auf sich hatte, den Ihr Freund der Firma von Horlacher abgejagt hat.«

»Abgejagt … Das klingt nett, finde ich. Aber da muss man ehrlich sein: Wir haben Horlacher reingelegt – und ich habe deswegen nicht die Spur eines schlechten Gewissens. Horlacher war ein Arschloch, er hat Ralph geschadet, wo er nur konnte – das hat er verdient. Aber das haben wir Ihnen ja schon gesagt.«

»Jetzt ist er tot. Hat er das auch verdient?«

Vater Waasmann fixierte Schneider, der Kommissar spürte seinen wütenden Blick förmlich.

»Mir tut es nicht leid um ihn«, sagte Leonie Reusch. »Ich halte die Meldung von Horlachers Tod eigentlich für eine gute Nachricht. Und deshalb bin ich auch gleich hergekommen, um Ralph davon zu erzählen. Ich glaube, er würde sich auch freuen – aber Sie haben ja selbst gesehen, in welchem Zustand er ist. Bisher weiß er jedenfalls noch nichts davon.«

»Sie wissen schon, dass Sie sich gerade um Kopf und Kragen reden?«

»Ist das so? Ich mochte Horlacher nicht. Nein, falsch: Ich habe ihn gehasst. Ich hatte natürlich auch Gründe genug, ihn zu töten – ich nehme an, die Zeitung hatte recht, als sie von Mord ausging?«

Schneider nickte.

»Und auch Ralph hätte Horlacher sicher am liebsten den Hals umgedreht.«

Mutter Waasmann sah ganz verzweifelt zu ihr hin und schien sie mit ihren Blicken anzuflehen, endlich damit aufzuhören.

»Aber wir haben es nicht getan«, sagte Leonie schließlich und sah Schneider dabei fest in die Augen. »Ich nicht, und Ralph auch nicht.«

Schneider musterte sie, dann stellte er schweren Herzens die erste von zwei Fragen, die ihm Vater Waasmann sicher wieder übel nehmen würde.

»Wo waren Sie am vergangenen Mittwoch und Donnerstag?«

»Um welche Uhrzeit?«

»Keine bestimmte Uhrzeit. Wir müssen von Ihnen wissen, wo Sie sich die beiden Tage und die Nacht dazwischen aufgehalten haben.«

Leonie Reusch sah Schneider irritiert an.

»Ist das Ihr Ernst? Den ganzen Tag, die ganze Nacht?«

»Ja, geht leider nicht anders.«

»Sie scheinen ja noch nicht viel herausgefunden zu haben über Horlachers Tod«, brummte Vater Waasmann. »Wenn Sie nicht mal den genauen Todeszeitpunkt kennen ... Leonie sagte uns, in der Zeitung habe etwas von Donnerstag Abend gestanden – vielleicht sollten Sie mal mit den Journalisten reden. Die scheinen mehr zu wissen als Sie.«

»Den Todeszeitpunkt kennen wir«, schnappte Schneider zurück. »Wir müssen das Alibi aus einem anderen Grund für diesen langen Zeitraum haben.«

Er hatte die Nase voll davon, sich ständig deswegen rechtfertigen zu müssen.

»Ich schreibe Ihnen das auf, kann aber ein bisschen dauern«, sagte Leonie Reusch. »Müssen Sie das sofort haben oder kann ich es Ihnen vorbeibringen? Ich nehme an, Sie haben Ihr Büro im Polizeirevier hier in Backnang.«

Schneider nickte. »Ja, es reicht, wenn Sie es mir ins Revier bringen.«

»Und Ihr Freund?« Er wandte sich Vater Waasmann zu. »Ihr Sohn? Wie lange wohnt er denn schon wieder bei Ihnen?«

»Seit er seinen Job in Wiesbaden verloren hat.«

»Und wo war er am Mittwoch und Donnerstag?«

»Bei mir!«, sagten Mutter Waasmann und Leonie Reusch wie aus einem Mund.

Vater Waasmann kaute auf seiner Unterlippe herum und schwieg.

Mutter Waasmann und Leonie Reusch hatten nach dem doppelten Alibi für Ralph Waasmann versucht, sich aus der etwas peinlichen Situation wieder herauszuwinden, aber so ganz gelungen war es ihnen nicht. Vater Waasmann hatte dann immer deutlicher zu verstehen gegeben, dass es für ihn nun Zeit für ein Nickerchen sei – höflicher konnte er die beiden Kommissare kaum rauswerfen.

Die Kommissare wiederum hätten Ralph Waasmann am liebsten gleich mitgenommen oder zumindest Fingerabdrücke und DNA-Proben von ihm genommen. Doch das eine hätte bedeutet, dass sie einen sturzbetrunkenen Mann die Treppe hätten hinunterschleifen müssen. Und mit dem anderen hätten sie Vater Waasmann noch mehr vor den Kopf gestoßen, als sie das ohnehin schon getan hatten.

Und Ralph Waasmann würde ihnen in seinem Zustand nicht so schnell weglaufen. Also entschieden sie sich für eine andere Lösung. Schneider und Schimmelpfeng warteten nach ihrem Abschied von den Waasmanns noch in Sichtweite von deren Wohnung, bis Henning Brams und Jutta Kerzlinger in der Dilleniusstraße eingetroffen waren. Die beiden sollten unauffällig die Wohnung im Auge behalten und vor allem darauf achten, ob Ralph das Haus verließ.

»Damit müsst ihr allerdings in den nächsten Stunden nicht allzu ernsthaft rechnen«, grinste Schimmelpfeng. »Der war ziemlich fertig und wird noch ein Weilchen mit seinem Rausch beschäftigt sein.«

»Weiß Sören denn schon davon?«, fragte Jutta Kerzlinger.

»Sören? Sie meinen Ralph Waasmanns Bruder, nicht wahr?«

»Ja, und unser Kollege: Waasmann von der Backnanger Kripo ist *Sören* Waasmann.«

»Oh«, machte Schneider und ärgerte sich, dass er darauf nicht früher gekommen war. Offenbar waren organisatorische Dinge und die Führung eines Teams noch weniger seine Stärke, als er das eh schon befürchtet hatte.

Montag, 1. März

Am nächsten Morgen stöberte Schneider im Soko-Raum in Unterlagen, als plötzlich Sören Waasmann vor ihm stand.

»Ja?«, fragte er den Kollegen.

»Meine Mutter hat mich gerade angerufen«, sagte Waasmann, und er klang nicht besonders erfreut darüber. »Mein Bruder Ralph ist wohl wieder halbwegs auf dem Damm. Sie haben ihn ja gestern kennengelernt, wie ich gehört habe.«

»Kennengelernt ist zu viel gesagt: Er war betrunken und war nicht wach zu bekommen.«

»Sag ich ja: Sie haben ihn kennengelernt, mehr muss man über Ralph nicht wissen«, brummte Sören Waasmann und wandte sich wieder ab.

Von seinem Schreibtisch aus rief er schließlich herüber: »Meine Mutter sagte noch, dass sie und Leonie zusammen mit meinem Bruder in der Wohnung warten, damit Sie ihn alles fragen können, was Sie wissen möchten.«

Das war nun zwar nicht die Art, wie Schneider sich ein Gespräch mit Untergebenen vorstellte, aber hier musste er wohl mal fünfe gerade sein lassen.

»Der Vater ist einkaufen.«

Das, fand Schneider, war doch mal eine gute Nachricht. Er stand auf und schnappte sich seine Jacke.

»Wollen Sie mitkommen?«

Sören Waasmann blieb sitzen, versteifte sich allerdings ganz kurz ein wenig und tat so, als habe er nichts gehört.

Schneider gab ihm insgeheim recht und tat seinerseits so, als habe er nichts gesagt.

In der Dilleniusstraße kam Jutta Kerzlinger gerade mit einer Brezel um die Ecke, als Schneider aus dem Wagen stieg.

»Hier ist nichts Besonderes passiert. Vor einer halben Stunde ist ein älterer Mann raus, der humpelte – Ihrer Beschreibung nach dürfte das der Vater gewesen sein.«

»Ja«, sagte Schneider. »Und oben warten seine Mutter und seine Freundin mit ihm – er scheint seinen Rausch einigermaßen ausgeschlafen zu haben. Kommen Sie mit hoch? Ich hätte einige Fragen an ihn, und wir sollten auch Fingerabdrücke und Genproben nehmen.«

Er hielt das Gerät hoch, das er sich für die Fingerabdrücke hatte mitgeben lassen.

Oben öffnete ihnen Leonie Reusch die Tür, im Wohnzimmer saß die Mutter stocksteif auf dem Sofa, neben ihr der völlig verkaterte Ralph Waasmann.

Er stierte die beiden Beamten aus verquollenen Augen etwas genervt an, schilderte dann aber nach und nach, wo er den Mittwoch und den Donnerstag, seinen Angaben nach, wirklich verbracht hatte – er war weder bei seiner Mutter noch bei seiner Freundin gewesen. Er hatte den Tag totgeschlagen, sich betrunken, ungesundes Zeug gegessen und war immer mal wieder irgendwo für eine Weile eingeschlafen, um danach alles von vorne zu beginnen. Mit der Zeit war Ralph, der anfangs kaum die Lippen bewegt hatte, auch besser zu verstehen.

»Sie erzählen uns, dass Sie an beiden Tagen praktisch ununterbrochen irgendwo gegessen oder getrunken haben. Ist hier in Backnang denn rund um die Uhr etwas los?«

Waasmann zuckte mit den Schultern. »Das geht schon. Morgens am Bahnhof oben oder an einer Dönerbude unten in der Stadt, später in der Fetthalle …«

»Welche Fetthalle?«

Waasmann sah ihn an, als könne er nicht begreifen, dass jemand das nicht wissen konnte.

»Das ist ein Grillimbiss in der Nähe der Bleichwiese«, warf Jutta Kerzlinger ein.

Waasmann nickte müde. »Genau. Und dann machen nach und nach die Kneipen auf, und für die Nacht und die frühen Morgenstunden kenne ich meine Clubs.«

Das glaubte ihm Schneider aufs Wort.

»Und als Sie oben am Bahnhofskiosk ihr Likörchen oder was auch immer getrunken hatten, sahen Sie vor sich das Haus von Henning Horlacher und sind eben mal rein, richtig?«

Waasmann sah ihn blöde an, dann dämmerte ihm, was der Kommissar meinte.

»Nein, sicher nicht!«

»Nein? Sondern?«

»Natürlich weiß ich, wo Henning wohnt. Aber dieses Haus würde ich nicht für Geld betreten. Und Henning soll mir gestohlen bleiben.«

Er lächelte schwach.

»Bleibt er ja jetzt auch, wie mir Leonie vorhin erzählt hat.«

»Ja, Henning Horlacher ist tot. Und um ehrlich zu sein: Sie gehören zu denen, die wir als Schuldige unter Verdacht haben.«

»Ich?«

»Natürlich. Er hat Ihnen übel mitgespielt, Sie hatten allen Grund, ihm den Tod an den Hals zu wünschen.«

»Da haben Sie recht, und ich kann nicht leugnen, dass mir Hennings Tod kein bisschen leidtut. Der war ein Schwein. Ein Arschloch, das einfach so mit den Gefühlen anderer spielte, wenn es ihm Spaß machte. Außerdem war er hinterhältig, geldgeil und ...«

»Ja, danke – wir haben schon ein Bild Ihres alten Schulfreundes vor Augen.«

»Freund? Pah!«

»Sie waren doch zusammen in der Schule, oder?«

»Das schon, aber Freunde waren wir nie. Henning musste immer ganz vorne sein. Oder genauer: Andere mussten immer hinter ihm sein. Also hat er immer wieder Leute gedemütigt, hat sie gedeckelt, gemobbt, lächerlich gemacht. Na ja, ich war da sozusagen sein Lieblingsopfer.«

»Trotzdem sind Sie letztlich in derselben Branche gelandet.«

»Und es ist Ihnen sicher nicht entgangen, dass ich nur deshalb in Hennings Firma landete, weil er die Firma meines alten Chefs aufgekauft hat. Nie im Leben wäre ich freiwillig Hennings Mitarbeiter geworden. Und ich habe dann ja auch das erste gute Angebot einer anderen Firma angenommen.«

»In Wiesbaden.«

»Ja.«

»Wie kam diese Firma eigentlich auf Sie? Haben Sie sich beworben?«

»Nein, die haben von sich aus Kontakt zu mir aufgenommen. Das hat mir natürlich geschmeichelt.«

Er lachte bitter auf.

»Dabei hätte es Sie stutzig machen müssen?«, fragte Schneider.

»Genau. Die hatten ein Auge auf Hennings Großauftrag geworfen. Sie hatten über andere Jobs ganz gute Kontakte zu dem Kunden, aber Henning hatte dort durch die gute Arbeit der Programmierer einen fabelhaften Stand. Also haben Sie mich angeworben, um Henning seinen Auftrag abzujagen. Das ging übrigens ganz subtil vor sich. Im ersten Jahr bewarb sich die Firma offiziell um den Auftrag, ich war gar nicht beteiligt, und wir bekamen den Job auch nicht. Im zweiten Jahr haben Sie meinen Ehrgeiz angestachelt, wahrscheinlich wussten sie, dass ich mit Henning nicht gerade befreundet war. Trotzdem haben wir gegen Horlacher & Heym erneut den Kürzeren gezogen. Ich glaube aber, dass es da schon recht knapp war. Dann haben sie in Wiesbaden ein wenig Druck aufgebaut, und gleichzeitig haben sie versucht, mich an der Ehre zu packen. Da kam ich auf die Idee, dass Leonie sich doch mal ein wenig in Hennings Firma umsehen und mir die eine oder andere Info stecken könnte. Und das hat dann ja auch geklappt.«

»Was Ihnen aber nichts genutzt hat.«

»Ja, und das war eigentlich das Schlimmste an allem. Wir haben am Freitag noch miteinander gefeiert, dass wir den Auftrag geholt haben – und als ich am Samstag im Büro noch ein wenig aufräumte, stand plötzlich einer meiner Chefs vor mir, links und rechts ein Typ vom Wachdienst, und übergab mir meine fristlose Kündigung. Dann blieb der tatsächlich neben mir stehen, bis ich meine persönlichen Sachen in einen Karton gepackt hatte, den einer der Wachleute dabeihatte. Die haben mir Schlüssel und Firmenkarte abgenommen und haben mich zum Ausgang gebracht.«

Waasmann schüttelte den Kopf, er schien das Ganze noch immer nicht richtig fassen zu können.

»Ich hätte nie für möglich gehalten, dass man einen Menschen so offensichtlich benutzen kann und das auch gar nicht vor ihm zu verheimlichen versucht. Na ja, außer von Henning natürlich.«

»Haben Sie denn keine Abfindung bekommen?«, fragte Jutta Kerzlinger.

»Bisher nicht, das Verfahren läuft noch. Aber ich habe im Moment echt nicht die Kraft, das vernünftig durchzuziehen. Und die andere Seite arbeitet mit allen Mitteln. Die werfen mir die Betriebsspionage vor, von der sie selbst profitiert haben. Die streuen in der Branche üble Gerüchte über mich. Natürlich haben sie auch Henning über Dritte über meine Kündigung informiert – und diese Chance, mich in den Staub zu treten, konnte er natürlich nicht ungenutzt verstreichen lassen.«

Leonie Reusch sah ihren Freund an, ihr standen Tränen in den Augen. Schneider und Kerzlinger beeilten sich, von Waasmann und Reusch Proben und Abdrücke zu nehmen, und verabschiedeten sich dann.

Im Soko-Raum herrschte geschäftiges Treiben. Die Kollegen telefonierten, recherchierten am Computer oder unterhielten sich über die jüngsten Ermittlungsergebnisse. Jutta Kerzlinger sah Schneider hereinkommen und kam ihm entgegen.

»Eine Frau Hundt hat angerufen«, sagte sie. »Ihr ist wohl noch etwas eingefallen, und sie ist heute den ganzen Nachmittag über am besten bei sich zu Hause zu erreichen.«

»Ach?«, staunte Schneider und nahm den Zettel mit Gabi Hundts Telefonnummer, den ihm die Kollegin hinhielt, mit zu seinem Schreibtisch. Er wählte die Nummer, aber am anderen Ende hob niemand ab, und auch ein Anrufbeantworter war nicht geschaltet.

»Hm«, sagte er zu Ernst, der ihm gegenüber saß und in einigen Unterlagen blätterte. »Scheint im Moment nicht daheim zu sein.«

Ernst sah kurz auf, dann vertiefte er sich wieder in seine Lektüre.

»Was haben Sie denn da?«

»Das sind Infos über Horlachers Firma. Ich werde Ihnen und den anderen am besten nachher in der Besprechung einen kurzen Überblick geben. Aber eines kann ich jetzt schon sagen: Horlachers Geschäfte liefen in den vergangenen Jahren wohl gut, er musste allem Anschein nach nicht Hunger leiden.«

»So sah sein Haus ja auch aus – und wenn ich mir überlege, dass er einfach so noch eine Wohnung in Fellbach für ... sagen wir: gelegentliche Besuche unterhalten konnte ...«

»Erst zuletzt, als er den großen Auftrag verloren hat, stand es seit Januar nicht mehr so gut. Darauf hat der eine Journalist in der Pressekonferenz wohl angespielt, als er wegen geplanter Entlassungen nachfragte.«

»Hat denn schon jemand mit diesem Schlosser gesprochen, der den Toten gefunden hat, mit diesem Stegschmied?«

»Nein, die Kollegen waren schon ein paar Mal dort, aber der scheint im Moment nicht daheim zu sein.«

»Hoffentlich ist der nicht abgehauen.«

»Das glaube ich nicht. Stegschmied ist verheiratet.«

»Ein Grund mehr, abzuhauen, was?«, lachte Schneider.

Ernst sah den Kollegen irritiert an.

Anders als am Wochenende war die Soko-Runde nun wieder komplett. Zuerst ließ Schneider die Zeitungen vom Tage herumgehen: Der Mordfall war natürlich ein Thema, aber alle Berichte waren erfreulich zurückhaltend geraten. Sogar Ferry Hasselmann hatte sich für seine Verhältnisse sehr vorsichtig ausgelassen, und von dem kleinen Mädchen, der Zeugin von Horlachers Nachtflug, hatte offenbar niemand Wind bekommen.

Schneider, Ernst und Schimmelpfeng erzählten von Studiobetreiber Zlatko, von Gabi Hundt und Ralph Waasmann, sie fassten die geschäftliche Situation Horlachers zusammen und informierten die Kollegen über den verlorenen Großauftrag und darüber, dass Horlacher & Heym nun vermutlich Mitarbeiter entlassen musste.

Dr. Thomann skizzierte die Ergebnisse der Obduktion. Es hatte sich zusätzlich zum Genickbruch und zu den inneren Verletzungen Horlachers nichts Weiteres mehr ergeben.

»Er war auf jeden Fall sofort tot, als er auf den Gartenboden aufschlug. Und er hat keine anderen Verletzungen als die, die wir dem Aufprall zuordnen können. Seine Leber war strapaziert, das Herz hätte vermutlich bald Probleme gemacht, aber: keine Kampfspuren und auch keine andere mögliche Todesursache. Was ja irgendwie auch klar ist: Um mit so viel Schwung über den Balkon zu radeln, musste Horlacher ziemlich fit sein.«

Danach berichtete Frieder Rau von den Spuren, die er und seine Leute inzwischen gefunden und ausgewertet hatten.

»Im Haus in Backnang haben wir jede Menge Spuren gefunden. Einige konnten wir zuordnen, einige andere noch nicht. Wir hatten am Freitag gleich Fingerabdrücke und DNA-Proben von diesem Schlosser genommen, der das Balkongeländer noch montieren sollte, das unser Opfer am Donnerstag Abend so schmerzlich vermisst hat.«

Staatsanwalt Feulner schaute genervt drein, Rau verbiss sich das Grinsen, das er sich gerade hatte gönnen wollen.

»Wir haben Fingerabdrücke von Stegschmied, so heißt der Schlosser, natürlich an der Halterung des Rennrads gefunden – er hat das Ding ja für Horlacher montiert.«

»Neue Abdrücke oder alte?«, fragte Schneider nach.

»Nur ältere – also vermutlich Spuren, die er beim Zusammenbauen der Halterung hinterlassen hat.«

Schneider nickte und war froh, dass der Schlosser nicht zu den Hauptverdächtigen zählte. Er hatte am Freitag in Horlachers Haus einen richtig elenden Eindruck gemacht.

»Haben Sie sonst Spuren an der Halterung feststellen können?«, schaltete sich Feulner ein.

»Nein, leider nicht«, schüttelte Rau den Kopf. »Aber ich tippe mal, dass derjenige, der die Befestigung gelockert hat, einfach nur den Sicherungsbolzen herauszog. Dann musste er auch nichts anderes anfassen – und der Bolzen ist leider verschwunden. Nur unterhalb der Stelle, an der sich der Bolzen befunden hatte, konnten wir im Staub winzige Metallpartikel isolieren. Das dürfte Abrieb vom Bolzen sein – so etwas fällt an, wenn jemand mit einer Zange am Bolzen zieht, sich dabei ein bisschen ungeschickt anstellt und immer wieder ein wenig mit der Zange abrutscht.«

Auch das sprach nicht unbedingt für den handwerklich geübten Schlosser als Täter.

»Komisch ist allerdings«, fuhr Rau fort, »dass wir Fingerabdrücke von Stegschmied auch an einem Schrank im Wohnzimmer gefunden haben. Er muss da ein paar Schubladen aufgezogen haben, aber in keiner dieser Schubladen war irgendetwas von Interesse. Zumindest nicht mehr, als wir dort nachgesehen haben.«

»Komisch«, sagte Ernst. »Was Stegschmied wohl gesucht haben könnte? Geld vielleicht?«

Rau zuckte mit den Schultern.

»Und dabei wird er von Horlacher überrascht, es kommt zum Streit und …«

»Tja, könnte alles so gewesen sein«, sagte Rau. »Aber wir haben keine Spuren eines Streits festgestellt, und Horlacher wurde ja auch nicht vom Balkon hinuntergestoßen, sondern ist selber hinuntergeradelt.«

»Trotzdem müssen wir mit diesem Stegschmied mal reden«, sagte Ernst.

Schneider nickte.

»An diesen Schubladen waren übrigens jede Menge Fingerabdrücke, und Stegschmieds waren nicht die ersten und nicht die letzten – daran lassen die Überlagerungen der einzelnen Fingerabdrücke keinen Zweifel.«

»Und von wem die anderen Spuren sind, wissen wir auch schon?«

»Nein, uns fehlen die Vergleiche. Frau Hundt, von der wir ja in Fellbach die Vergleichsproben genommen haben, war definitiv nicht in dem Backnanger Haus – aber dafür einige andere Frauen, die wir aber noch nicht kennen beziehungsweise noch nicht zuordnen können. Habt ihr da Ideen?«

Schneider notierte die Namen und Adressen der beiden Kundinnen des Fitnessstudios, die sich laut Zlatko mit Horlacher eingelassen hatten, und reichte den Zettel zu Rau hinüber.

»Diese beiden haben mit Horlacher geflirtet, oder er mit ihnen. Im einen Fall hat er das Interesse verloren, bevor mehr daraus werden konnte. Und im anderen Fall hat er in der Wohnung der Frau eine Nacht verbracht und hat sich danach verzogen. Beide gaben an, weder von der Fellbacher Wohnung noch vom Backnanger Haus gewusst zu haben. Das können die Kollegen natürlich noch einmal überprüfen, aber die Frauen klangen ganz glaubwürdig.«

Schneider schrieb eine dritte Adresse auf einen weiteren Zettel und gab Rau auch den.

»Außerdem haben wir Ihnen Proben von Leonie Reusch mitgebracht. Das ist die Freundin von Ralph Waasmann, und sie hat sich für eine kurze Affäre auf Horlacher eingelassen.«

Rau schürzte die Lippen. »Irgendwie nötigt mir dieser Horlacher schon Respekt ab.«

»Auf ihn sollten Sie, glaube ich, nicht neidisch sein: Kaum einer – und kaum eine – vergisst zu erwähnen, dass Horlacher ein Idiot, ein Schwein, ein Blödmann war. Habe ich was vergessen, Herr Ernst?«

»Arschloch.«

»Ah ja, genau – das rangiert auch ganz weit oben in den Horlacher-Beschreibungen derjenigen, die mit ihm zu tun hatten.«

»Okay«, nickte Rau. »Ihr habt mich überzeugt. Dann lebe ich halt weiter mein langweiliges Single-Leben.«

»Ooch«, machte Jutta Kerzlinger und warf Rau eine Kusshand zu.

»Sie wissen schon noch, warum wir hier sind?«, fuhr Feulner dazwischen. »Wir haben einen Mord aufzuklären. Vielleicht verschieben Sie Ihre Späßchen auf später.«

Betretenes Schweigen. Schneider, den Feulner gerade nicht ansah, rollte theatralisch mit den Augen.

»Gut, dann wollen wir mal wieder. Ich glaube, wir sind so weit durch?«

Alle nickten, eilten zurück an ihre Arbeitsplätze und waren dabei vor allem froh, dem offenbar schlecht gelaunten Staatsanwalt entkommen zu können.

Als sich die einen Kollegen wieder an ihre Arbeitsplätze gesetzt hatten und einige andere mit Aufträgen für Befragungen zu ihren Wagen eilten, nahm Schneider den Pathologen zur Seite.

»Sagen Sie mal, Herr Dr. Thomann«, begann Schneider ein wenig umständlich. »Sie hatten am Freitagabend doch Ihren Pathologenstammtisch.«

Thomann sah Schneider erstaunt an und nickte.

»Am nächsten Morgen traf ich Ihre Kollegin Dr. Wilde, und sie wusste schon über unseren Toten hier Bescheid.«

»Stört Sie das?«

Thomann musterte Schneider aufmerksam, aber es war kein Vorwurf aus seiner Miene abzulesen. Eher wirkte der Kommissar unsicher, was er als Nächstes sagen sollte.

»Wir reden da über alles Mögliche, eben auch über unsere Arbeit. Und unser neuer Fall war ja noch sehr frisch und – wenn ich das so sagen darf – auch etwas kurios. Zur Abwechslung mal auch nicht auf besonders blutige Weise kurios. Da spricht man schon mal gern drüber. Und« – Thomann zwinkerte Schneider kurz zu – »wenn Sie es Herrn Horlacher nicht verraten: Wir haben uns köstlich amüsiert. Wir haben uns vorgestellt, wie der Gute auf seinem Nobelrad durch die Nacht rauscht.«

Thomann beschrieb mit der rechten Hand eine ballistische Kurve. Schneider sah ihn unverändert ernst an.

»Na ja, Herr Schneider: Pathologenhumor, entschuldigen Sie bitte.«

»Genau diese Szene hat übrigens jemand aus der Nachbarschaft beobachtet. Ich meine: den Flug.«

Thomann musste kurz auflachen.

»Echt?«

»Ja, echt. Es war ein kleines Mädchen, das gerade zu Bett gebracht wurde – und das nun seine Probleme damit hat, dass es die letzten Sekunden im Leben eines Nachbarn miterlebt hat.«

Thomanns Lachen erstarb augenblicklich.

»Scheiße!«

»Sie sagen es.«

Kurz herrschte betretenes Schweigen, dann fiel Thomann ein, dass ihn Schneider eigentlich etwas hatte fragen wollen.

»Nun muss ich Sie noch einmal fragen: Stört es Sie, dass ich Frau Wilde informiert habe? Oder dass wir überhaupt während unseres Stammtischs darüber gesprochen haben?«

»Nein, damit habe ich kein Problem.«

Schneider druckste etwas herum, Thomann sah ihn an und hakte schließlich nach.

»Worum geht es Ihnen dann? Sie haben mich doch nicht zufällig auf unseren Stammtisch angesprochen, nehme ich an.«

»Nein, ich ...«

Schneider suchte offensichtlich nach den richtigen Worten.

»Ich ... Kennen Sie Frau Dr. Wilde näher?«

Thomann zog eine Augenbraue hoch.

»Ich kenne sie natürlich, als Kollegin. Aber was meinen Sie mit ›näher‹?«

Schneider bereute es bereits, den Pathologen auf Wilde angesprochen zu haben. Eigentlich hatte er nur Näheres über die Frau wissen wollen, die seinem Kollegen noch immer so zu schaffen machte – er hatte darauf gehofft, eher belanglos und nebenbei ein paar private Details zu erfahren und damit vielleicht genug zu wissen, um Ernst einen Rat geben zu können. Denn dass sein Kollege mit seinem Privatleben derzeit ganz und gar nicht zufrieden war, fand Schneider offensichtlich – und irgendwann würde sich Ernst entscheiden müssen, ob er sein Verhältnis zu Sabine wieder in Ordnung bringen oder ob er eher Zora Wilde wiedersehen sollte.

»Ich meine … kennen Sie sie auch privat?«

Thomann sah ihn kurz prüfend an, dann huschte ein leichtes Lächeln über sein Gesicht.

»Zora sieht klasse aus, was?«

Nun wusste Schneider, dass er sich nicht nur ungeschickt angestellt hatte. Offenbar hatte Thomann seine Frage komplett falsch verstanden.

»Äh … ja, schon, aber …«

»Ja?«

»Ich wollte nur …«

Thomann ließ ihn zappeln.

»Ach, nichts«, brummte Schneider und wandte sich ab, um zu Ernst hinauszugehen, der im Dienstwagen auf ihn wartete. Dieses Gespräch war nicht mehr zu retten.

Thomann sah ihm nachdenklich hinterher, bis er um die nächste Ecke verschwunden war.

»Damit wären wir für heute durch, oder?«, fragte Schneider gegen achtzehn Uhr, wühlte sich durch die letzten Zettel auf seinem Schreibtisch, legte Unterlagen beiseite und warf ein paar erledigte Notizen in den Papierkorb.

»Hier haben Sie eine Liste mit Terminen, die ich für morgen Vormittag verabredet habe«, sagte Ernst und reichte ihm ein Blatt über den Tisch. »Ich lese mich da heute Abend noch ein wenig ein. Treffen wir uns hier? Auf der Fahrt zu den

Gesprächen kann ich Sie dann noch kurz aufs Laufende bringen, okay?«

»Prima, danke. Aber haben Sie heute nichts mehr vor? Ich meine: privat?«

»Nö, eher nicht. Sie wissen ja: Mein Privatleben ist seit einiger Zeit eher ruhig.«

»Das muss kein Fehler sein«, sagte Schneider und hoffte, dass Ernst das nicht als Spitze auffasste. Aber der Kollege lächelte nur wehmütig. »Sollen wir noch auf ein Bier irgendwohin?«

»Ach, nein«, winkte Ernst ab. »Heute will ich nur noch die Beine hochlegen. Meine Eltern wollen kochen – da sollte ich jetzt auch dringend los.«

»Gibt's wieder Sauerbraten?«

Ernst lachte, als er an den Samstag und den trotz vollen Magens mühsam verdrückten Bienenstich dachte. »Nein, eher nicht – aber wenn meine Eltern kochen, sind die Portionen immer ordentlich. Und das meiste schmeckt einfach zu gut, um rechtzeitig aufzuhören.«

»Klingt doch nicht schlecht. Vielleicht sollte ich mich einladen. Aber Sie reden immer davon, dass Ihre Eltern kochen: beide?«

»Ja, ja. Meine Mutter macht Suppen, Beilagen und Desserts, mein Vater lässt das Fleisch anbrennen und macht daraus am Ende dann leckere Soßen – ich hätte es schlechter treffen können.«

»So wie ich zum Beispiel: Sybille ist seit Rainalds Geburt mächtig auf dem Gesundheitstrip. Von angebranntem Fleisch kann ich da nur träumen.«

Lachend ging Ernst hinaus, da fiel Schneider der letzte Notizzettel auf, der noch an seinem Telefon lag: »Hundt, Telefon« und dann eine Nummer mit der Vorwahl 07195. Er hob ab, wählte, ließ durchklingeln, aber niemand hob ab.

Was konnte Frau Hundt noch eingefallen sein?

Er trat an die große Karte, die an einer Wand des Soko-Raums hing. Zu sehen war die weitere Umgebung von Backnang, und auch etwas weiter entfernte Städte wie Schwäbisch Hall, Schwäbisch Gmünd und Stuttgart waren noch auf der Karte zu finden. Zusätzlich zur Grenze des Rems-Murr-Kreises hatte jemand mit blauem Marker eine zweite Linie aufgemalt, die bei Affalterbach aus dem Landkreis Ludwigsburg herüberführte, Weiler zum Stein noch einschloss, einen Bogen um Nellmersbach beschrieb, dann nahe Maubach die B14 kreuzte und schließlich im Schwäbischen Wald etwa zwischen Althütte und Welzheim bis etwa Gschwend nach Osten verlief.

An einigen Stellen waren – ebenfalls mit blauem Marker – die Buchstaben »BK« aufgemalt. Ernst hatte ihm vor der ersten Besprechung hier im Raum erklärt, dass die Grenzlinie den Altkreis Backnang beschrieb, der Anfang der Siebziger durch die Gemeindereform größtenteils dem Kreis Waiblingen, dem heutigen Rems-Murr-Kreis, zugeschlagen und ansonsten auf die Landkreise Ludwigsburg, Schwäbisch Hall und den Ostalbkreis verteilt wurde.

Er suchte seinen Wohnort auf der Karte, danach Rettersburg.

»Gut«, dachte er, »liegt mit einem kleinen Umweg auf meiner Strecke. Ich fahre da jetzt einfach mal vorbei, vielleicht ist Frau Hundt im Garten und hört das Telefon nicht. Womöglich ist ihre Info wichtig für unseren Fall.«

Als er von Stöckenhof herunter das Dorf Öschelbronn durchquert hatte, fuhr er auf der kurvigen Landstraße immer weiter in den letzten Winkel des Buchenbachtals hinunter, in den sich Rettersburg schmiegte. Nach dem Mord an der Bäuerin in Alfdorf im vergangenen Jahr war er mit Ernst zusammen hier ein Stück die Pipeline entlanggewandert. Und auch jetzt, Anfang März, war das ein richtig schönes Fleckchen abseits vom sonstigen Trubel.

Seinen Wagen stellte er vor dem Eingang zu Frau Hundts Häuschen ab. Er klingelte, sofort schlug Hasso an – offenbar war also jemand zu Hause. Kurz darauf öffnete sich ein kleines Fenster über der Haustür, Frau Hundt sah heraus und lächelte sofort freundlich, als sie Schneider erkannte.

»Ah, Herr Schneider«, sagte sie. »Kommen Sie gleich rauf, die Tür ist offen.«

Damit war sie wieder im Zimmer verschwunden.

Vorsichtig drückte Schneider die Tür auf und hielt Ausschau nach dem kleinen Hund. Hasso stand im dämmrigen Flur, hechelte ihn erwartungsvoll an und wedelte mit dem Schwanz. Allzu bedrohlich wirkte der kleine Dackel nicht auf Schneider, und tatsächlich hüpfte Hasso immer wieder an ihm hoch und stupste ihn mit seinen kleinen Pfoten in die Schenkel, bis er endlich die Wohnung im Obergeschoss erreicht hatte.

Oben kam gerade Frau Hundt mit einem Tablett voller Kuchen aus der Küche, hinter ihr röchelte die Kaffeemaschine.

»Sie hatten angerufen«, begann Schneider.

Die junge Frau stellte das Tablett ab und strahlte ihn an.

»Nehmen Sie doch bitte Platz!«

»Ich habe eigentlich nicht viel Zeit.«

»Das macht doch nichts. Der Kaffee ist gleich fertig, und ein Stückchen Kuchen schadet ganz sicher nicht.«

Schneider war nicht mehr sehr geübt im Smalltalk. Als Polizist konnte er seine Fragen meist einfach geradeheraus stellen, und privat waren Sybille und er seit Rainalds Geburt nicht mehr oft dazu gekommen, Freunde oder Bekannte zu besuchen.

»Na, mit dem Kuchen, der angeblich nicht schadet ... da höre ich sonst oft anderes«, wagte Schneider einen Versuch und tippte sich lächelnd an den Bauchansatz.

»Nicht von mir«, hauchte Gabi Hundt und ging lächelnd hinaus in die Küche.

Schneider setzte sich auf das Sofa und sank ein wenig tiefer ein, als er erwartet hatte. Die junge Frau kam mit einer dampfenden Kaffeekanne zurück und schenkte zwei Tassen voll. Eine schob sie Schneider hin, die andere nahm sie selbst in die Hand und setzte sich damit auf das Sofa neben ihren Besucher.

Schneider fühlte sich etwas unbehaglich. Irgendwie sah das für ihn hier nicht nach einer Vernehmung aus.

»Käsekuchen? Oder lieber Vierfrucht?«

Gabi Hundt hatte einen Teller in der Hand und sah Schneider erwartungsvoll an.

»Äh ... ich habe eigentlich keinen Hunger, wissen Sie?«

»Das macht doch nichts. Kuchen isst man ja nicht gegen den Hunger. Wollen Sie zunächst mal etwas vom Obstkuchen?«

Schneider dachte noch nach, da stand der Teller mit einem großzügig bemessenen Stück Obstkuchen auch schon vor ihm auf dem Tisch. Gabi Hundt sprang auf und kehrte kurz darauf mit einer Glasschüssel voller Schlagsahne zurück. Sie tauchte einen Löffel tief in den weißen Schaum und strich ihm üppig Sahne auf den Kuchen.

»Sie sind sicher ein ganz Süßer, was?«, kicherte sie und zwinkerte ihm zu.

»Ich bin ja eigentlich ...«, begann Schneider, aber die Frau nickte zu dem Kuchen hin und ließ keinen Zweifel daran, dass er doch nun endlich mal probieren solle.

Der Kuchen schmeckte ausgezeichnet, der Boden war locker, das Obst lecker und zwischen Boden und Auflage schmeckte Schneider etwas Vanillepudding heraus. Er ließ sich den ersten Bissen auf der Zunge zergehen und schloss die Augen. Die Couch schien ein wenig zu federn. Als Schneider die Augen wieder öffnete, saß ihm Gabi Hundt ein wenig näher als zuvor und strahlte ihn aus leuchtenden Augen an.

»Schmeckt's?«

»Ja, fantastisch.«

»Habe ich selbst gebacken«, sagte Frau Hundt und deutete auf den Käsekuchen. »Den übrigens auch. Sie müssen ihn unbedingt noch probieren, ja?«

Schneider aß den Obstkuchen auf, danach noch ein Stück Käsekuchen, er ließ sich eine weitere Tasse Kaffee aufdrängen und schließlich auch noch einmal einen Vierfruchtkuchen mit reichlich Schlagsahne.

»Sie hatten bei mir im Büro angerufen«, versuchte Schneider schließlich noch einmal, dem Gespräch die gewünschte Richtung zu geben.

»Ja, warten Sie«, sagte Gabi Hundt, nahm eine Serviette und tupfte Schneider damit den Mundwinkel ab. Der Kommissar zuckte noch erschrocken zurück, aber da hielt die Frau schon die verschmierte Serviette in die Höhe.

»Sie hatten da etwas Sahne«, kicherte sie. »Und Herr Schneider: Sie brauchen doch keine Angst vor mir zu haben!«

Da war sich Schneider allerdings im Moment weniger sicher als zuvor.

»Meine Kollegin hat mir ausgerichtet, dass Ihnen noch etwas eingefallen sei, was uns vielleicht weiterhelfen könnte.«

»Ja, ich ... Wollen Sie denn nicht noch ein Stückchen Kuchen?«

»Nein, danke, ich kann wirklich nicht mehr. Was ist Ihnen denn noch eingefallen?«

»Henning hat ein Handy bei mir liegen lassen.«

»Aha?«

»Ja, weil ... meins war kaputt, der Akku ging nicht mehr. Da meinte er, dass er ohnehin ein paar Handys hätte, und das eine bräuchte er eigentlich gar nicht. Da hat er es mir überlassen.«

Schneider war enttäuscht, und das sah man ihm auch an.

»Glauben Sie nicht, dass Ihnen das helfen könnte?«, fragte Gabi Hundt. »Vielleicht können Sie ja Anrufe zurückverfolgen oder so etwas?«

»Ja, vielleicht«, sagte Schneider, denn nun sah auch die Frau etwas enttäuscht aus – fast schien sie zu schmollen. »Kann ich das Handy mal sehen?«

Sie ging in den Flur hinaus und kam mit dem Handy zurück. Schneider begutachtete das Gerät: Es sah nicht besonders teuer aus. Er drückte auf den Einschaltknopf. Das Display wurde beleuchtet, ein Zugangscode wurde gefordert.

»3381«, sagte Gabi Hundt, die sich mittlerweile wieder neben Schneider auf das Sofa gesetzt hatte und ihm über die Schulter sah. »Sie müssen 3381 eingeben – das ist übrigens mein Geburtstag, den Zahlencode hat Henning extra für mich so eingestellt.«

Er drehte den Kopf und erschrak ein wenig, weil er Gabi Hundts Gesicht nun unmittelbar vor sich sah, was ihr Lächeln noch deutlich breiter wirken ließ, als es ohnehin schon war. Während Schneider die vier Ziffern eingab, dachte er fieberhaft darüber nach, wie er dieser Frau klarmachen konnte, dass er wirklich nur Informationen von ihr wollte.

»3 – 3 – ... Dann haben Sie ja demnächst Geburtstag«, sagte er lahm.

»Ja, genau – am 3. März, also übermorgen.«

Das Handy war nun freigeschaltet, Schneider suchte über das Menü nach eingestellten Kurzwahlnummern, fand aber nur zwei. Eine, so erinnerte er sich, war die Nummer von Gabi Hundt. Eine andere mit der Stuttgarter Vorwahl 0711 könnte der Anschluss in Horlachers Fellbacher Wohnung sein – das ließ sich ja schnell klären. Mehr konnte er fürs Erste nicht finden, und um das Weitere würden sich Raus Kriminaltechniker oder Claus Nerdhaas, der auch diesmal als Computerexperte zur Soko gehörte, kümmern müssen.

»Wollen Sie mit mir feiern?«

Schneider verstand zunächst die Frage nicht. Als ihm doch noch klar wurde, was Frau Hundt meinte, war er gerade dabei, das Handy wieder auszuschalten, und machte das daraufhin etwas umständlicher als nötig, um ein wenig Zeit zu gewinnen.

»Ich ... nein, ich habe keine Zeit, tut mir leid«, antwortete er schließlich.

»Das ist aber schade.«

Schneider stand auf, auch Frau Hundt erhob sich, machte aber keine Anstalten, ihn zu verabschieden.

»Ich muss jetzt wirklich los, Frau Hundt.«

»Gabi«, sagte sie und streckte ihm die Hand hin. »Sag bitte … Sagen Sie bitte Gabi zu mir, ja?«

Schneider war nicht sehr wohl in seiner Haut.

»Ich … Danke für das Handy, Frau Hundt, ich lasse das die Kollegen mal genauer untersuchen – vielleicht finden wir etwas, das uns weiterhilft, ja?«

Gabi Hundt sah ihn aus großen Augen an, sagte aber nichts.

»Ich darf das Handy doch mitnehmen? Sie können es natürlich wiederhaben, wir brauchen es nur ein paar Tage.«

Schneider mochte sich selbst kaum zuhören, wie er hier vor dieser jungen Frau herumstammelte.

»Ja, natürlich«, sagte sie schließlich, und ihre angenehme Stimme klang traurig. »Sie können es mir einfach zurückbringen, wenn Sie es nicht mehr brauchen. Vielleicht übermorgen?«

Schneider versuchte, nicht genervt zu wirken – hatte er nicht schon erwähnt, dass er übermorgen …

»Ach so, stimmt ja: Sie haben ja übermorgen keine Zeit. Macht nichts, wir können meinen Geburtstag gerne auch nachfeiern.«

»Frau Hundt …«

»Gabi.«

»… bitte hören Sie: Ich bin hier, weil ich in einem Mordfall ermittle. Ich wollte Informationen von Ihnen, mehr nicht. Ich bin verheiratet, wir haben ein kleines Kind. Ihr Kuchen hat mir geschmeckt, dafür vielen Dank. Aber ich habe wirklich … wie soll ich sagen … Verstehen Sie mich bitte nicht falsch, ich …«

Mit wehmütigem Lächeln legte Gabi Hundt dem Kommissar eine Hand auf den Unterarm. Sie fühlte sich warm und weich an.

»Reden Sie nicht weiter. Ist schon in Ordnung.«

»Nein, es ist nicht in Ordnung«, brach es aus Schneider heraus, und in seiner Not klang er heftiger, als er es beabsichtigt hatte. »Sie verstehen das hier alles komplett falsch. Ich will nichts von Ihnen. Nichts Privates, meine ich. Und es tut mir fast schon leid, dass ich in Horlachers Wohnung in Fellbach so freundlich zu Ihnen war. Das war offensichtlich ein Fehler. Aber ich wollte Sie nur trösten, glauben Sie mir, ich hatte und habe keine, wirklich keine Absichten, die darüber hinausgehen.«

Gabi Hundt war während Schneiders wütender Ansprache zurück auf die Couch gesunken und sah ihn aus zunehmend feuchter schimmernden Augen an. Auch als er fertig war, blickte sie ihm weiterhin unverwandt in die Augen, kurz davor, loszuschluchzen. Schneider tat der Blick in der Seele weh, und er hatte Mühe, nicht seine Überzeugung aufzugeben, dass diese klaren Worte notwendig und hoffentlich auch hilfreich gewesen waren.

Schließlich nickte er Gabi Hundt kurz zu, murmelte eine Verabschiedung und ging die Treppe hinunter. Die junge Frau blieb noch eine Weile sitzen und streichelte mit den Fingerspitzen gedankenverloren ihre Narbe am Hals.

Schneider bemühte sich, nicht übertrieben schnell aus dem Haus zu gehen, und er zwang sich, mit dem Porsche nur ganz langsam durch den Ort und auf die Hauptstraße hinaus zu rollen. Er wollte Tante Elsa, die er aus den Augenwinkeln hinter einem ihrer Vorhänge entdeckt hatte, keine Vorstellung bieten, die für den nächsten Tratsch getaugt hätte.

Erst nach dem Ortsschild ließ er seiner aufgestauten Wut freien Lauf, drückte das Gaspedal durch und hatte sich bis zum Beginn des nächsten Dorfes wieder leidlich beruhigt. Hier, in Oppelsbohm, musste er links in Richtung Schorndorf abbiegen, um auf dem kürzesten Weg nach Hause zu kommen. Aber er beschloss, einen kleinen Umweg zu machen, um seiner Frau im kleinen Supermarkt am Ortsausgang ein paar Blumen zu kaufen.

Dienstag, 2. März

Die Ermittlungen liefen weiter auf Hochtouren, aber Schneider hatte nicht das Gefühl, dass sie entscheidend vorankamen. Es war wieder eine dieser Phasen, in der man nicht recht wusste, wohin die Spuren führten. Man wusste nur, man musste alle Spuren verfolgen, um nur ja die eine richtige nicht zu übersehen. Eine anstrengende Phase, oft auch eine frustrierende.

Das Gespräch mit Stegschmied zum Beispiel. Seit Samstag hatten immer wieder Kollegen aus der Soko versucht, den Schlosser zuhause anzutreffen, aber erst am Dienstag gegen halb zwei klappte es. Stegschmied trat gerade aus dem Haus, als ein Streifenwagen vorbeifuhr. Die Beamten brachten den Schlosser gleich ins Revier. Schneider, Ernst und Ebner unterhielten sich mit ihm, aber erfahren konnten sie nicht viel Neues.

Der Mann wirkte verstockt, er schien etwas auf dem Herzen zu haben. Aber als er erzählte, dass seine Frau seit Freitag Abend im Krankenhaus liege und er seither fast ständig bei ihr am Krankenbett sei, war es für Schneider und seine Kollegen offensichtlich, dass den Schlosser vor allem der Gesundheitszustand seiner Frau bedrückte. Sie fragten noch ein wenig, dann ließen sie Stegschmied mit dem Streifenwagen ins Krankenhaus zu seiner Frau bringen.

Schneider und Ernst fuhren am späteren Nachmittag zu Zlatkos Wohnung nach Winnenden, die Straße Ob dem Stäffele war leicht zu finden und nicht besonders groß. Einen freien Parkplatz fanden sie zwei Häuser von Zlatkos Adresse entfernt. Als sie ausstiegen, kam gerade ein Mann aus einem Haus und stellte ein großes Holzschild in Form einer Weinflasche in seine Einfahrt. Schneider schaute hinüber: Neben dem Eingang war ein Schild mit dem Namen einer Weinhandlung und den Öffnungszeiten angebracht.

Zlatko war zu Hause, Schneider hatte extra vorher im Studio angerufen. Der Chef habe heute seinen freien Tag, hieß es dort. Zlatko öffnete dann auch gleich die Tür, sein Anblick verblüffte Schneider und Ernst trotzdem. Er wiegte einen Säugling auf dem Arm und war … nun ja … etwas überraschend gekleidet.

Über seinen imposanten Oberkörper spannte sich ein enges Feinripp-Unterhemd – und die breiten und mit Schnitzwerk verzierten Träger einer abgewetzten Sepplhose, die gerade noch so eben den obersten Ansatz der Oberschenkel bedeckte. Die nackten Beine steckten in groben Wollsocken, darüber trug Zlatko Filzpantoffeln, auf die an den Außenseiten je ein Edelweiß gestickt war.

»Herr Pfleiderer, wir müssten noch einmal mit Ihnen reden.«

»Kommen Sie rein«, sagte Zlatko und ging den Kommissaren voraus ins helle Wohnzimmer, das von der schmissigen Musik eines Blasorchesters erfüllt war. Dort drehte er den Verstärker etwas leiser.

Überall hingen Gemälde und Fotografien mit Alpenmotiven an der Wand. Auf dem Wohnzimmertisch lag eine rotweiß karierte Tischdecke mit gestickten Bordüren, darauf stand ein Tischstrauß, der in einer Tonvase steckte. Drumherum waren auf den Tisch kleine Accessoires verstreut: modellhafte Nachbildungen von Bergsteigerpickeln, Rucksäcken und ähnlichen Ausrüstungsgegenständen.

»Ach, Sie sind Bergsteiger?«, fragte Schneider.

»Wie kommen Sie darauf?«

»Ach, nur so«, sagte Schneider und biss sich auf die Lippen, um sich das Grinsen zu verkneifen, das unbedingt auf sein Gesicht wollte.

»Was wollen Sie denn noch von mir wissen?«

»Wir haben mit dem Servicetechniker gesprochen, mit dem Sie sich am Mittwoch Abend getroffen haben. Er hat Ihre Angaben bestätigt.«

»Ja, natürlich, warum auch nicht?«

Frau Pfleiderer kam herein und brachte ein Tablett mit frisch gebackenen Muffins mit.

»Wann ist Ihr Mann denn am vergangenen Mittwoch nach Hause gekommen?«

Sie zuckte mit den Schultern.

»Keine Ahnung, es war aber schon etwas später.«

»Was heißt ›später‹?«

»Sicher schon nach neun. Ich gehe gerne früh ins Bett, wissen Sie? Meine Eltern hatten einen kleinen Bauernhof in Baach, mit Hühnern und Kühen, das prägt. Seither kann ich nicht mehr lang schlafen.«

Sie lächelte zu dem Kleinen hin, der auf Zlatkos Armen eingeschlafen war.

»Und unser kleiner Held hier sorgt auch dafür, dass das so bleibt.«

»Sie wissen also nicht, wann Ihr Mann am Mittwoch Abend heimgekommen ist?«

Schneider hakte aus purer Gewohnheit nach, obwohl er Zlatko eigentlich nicht für besonders verdächtig hielt – und außerdem musste nicht unbedingt am Mittwoch Abend an Horlachers Rennradgestell manipuliert worden sein. Mit der Frage nach Alibis kamen sie diesmal nicht recht weiter.

»Nein, ich kann Ihnen keine Uhrzeit sagen. Wir haben natürlich beide nachgedacht, weil Sie Sladdy ja danach gefragt haben.«

»Sladdy«, dachte Schneider, »das wird ja immer besser …«

»Aber ich bin, glaube ich, so gegen halb neun, neun eingeschlafen. Und ich konnte durchschlafen bis morgens kurz nach fünf. Also muss Sladdy spätestens um zehn daheim gewesen sein, weil unser Kleiner selten länger als eine Stunde am Stück Ruhe gibt.«

»Wir müssen noch Fingerabdrücke und DNA-Proben von Ihnen nehmen, Herr Pfleiderer«, wandte sich Schneider wieder an Zlatko. »Wir müssen das mit Spuren abgleichen, die wir in Horlachers Haus in Backnang gefunden haben.«

Ernst hatte sich von Rau das digitale Gerät für die Fingerabdrücke geborgt, und er hatte auch einige Wattestäbchen eingesteckt, mit denen die Genproben genommen werden konnten. Nach fünf Minuten war alles erledigt.

»Ich wollte Sie noch etwas zu Gabi Hundt fragen«, sagte Schneider schließlich. »Ihrer ehemaligen Mitarbeiterin.«

»Ja, ich weiß.«

Er sah schuldbewusst zu seiner Frau hin, die tadelnd den Kopf schüttelte.

»Was ist denn?«, fragte Schneider, als er den Blickwechsel bemerkte.

»Ach, Sladdy hat mir erzählt, dass er Gabi gefeuert hat, weil sie sich mit einem Kunden eingelassen hat. Ich finde das zu streng, außerdem hat Gabi den Hund und das Haus und sie braucht Geld. Da ist das letzte Wort noch nicht gesprochen. Ich werde meinen lieben Sladdy schon noch bequatschen können, dass er sie wieder einstellt.«

»Nie im Leben!«, protestierte Zlatko sofort, aber seine Frau legte ihm nur lächelnd die Hand auf den Oberschenkel. Schneider hatte eine ungefähre Vorstellung davon, wie groß Zlatkos Chancen waren, sich gegen seine Frau durchzusetzen.

»Sie wussten doch von Horlachers Haus in Backnang, oder?«

»Natürlich«, sagte Zlatko. »Horlacher hat seine Adresse ja für die Anmeldung angeben müssen.«

»Kann es trotzdem sein, dass Gabi Hundt von dieser Backnanger Adresse nichts wusste?«

»Das kann gut sein. Die Kundendaten habe ich unter Verschluss, auf den Trainingsbögen, die Sie ja kennen, stehen nur die Namen der Mitglieder.«

Er drehte sich zu seiner Frau hin.

»Herr Schneider ist auch eines unserer Mitglieder.«

»Gut«, sagte Frau Pfleiderer. »Bleiben Sie dabei, das wird Ihnen guttun.«

Ihr Blick auf seinen Bauch war nicht halb so unauffällig, wie es Schneider lieb gewesen wäre.

Claus Nerdhaas kam zu Schneider herüber und setzte sich lässig auf die Kante von dessen Schreibtisch. In der Hand hielt er einen Zettel, vollgekritzelt mit Notizen.

»Herr Schneider, ich habe das Handy jetzt durch, und es war nichts zu finden, was uns weiterbringen würde. Die 0711er-Nummer war tatsächlich der Festnetzanschluss in Horlachers Wohnung in Fellbach, wie Sie vermutet haben, und die andere Nummer war der Anschluss von Gabi Hundt, der Horlacher das Handy gegeben hat. Angerufen wurde von dem Handy aus nicht viel. Natürlich ein paar Mal Horlachers Wohnung, dann noch ein paar Mal die Nummer von diesem Fitnessstudio, in dem Frau Hundt früher gearbeitet hat. Das war's.«

»Hat nicht viel gebracht, was?«

»Nein, leider nicht. Obwohl einer der Anrufe schon ein bisschen seltsam ist. Aber lassen Sie mich kurz fertig erzählen. Der Netzbetreiber hat mir noch zwei Nummern gegeben, von denen aus das Handy angerufen wurde: einmal vom Fitnessstudio – wenn ich das mit Frau Hundts Anrufen abgleiche, würde ich auf einen Rückruf tippen. Sie hatte im Studio recht früh am Morgen angerufen – vielleicht war da noch nicht geöffnet, und später hat jemand einfach die Nummer angewählt, die auf dem Display als entgangener Anruf angezeigt wurde. Das war Anfang Februar. Tja, und dann kamen noch einige Anrufe aus Horlachers Fellbacher Wohnung rein, alle vor Weihnachten. Mit einer Ausnahme: Am 24. Februar wurde aus der Fellbacher Wohnung auch noch einmal auf dem Handy angerufen, das Frau Hundt hatte.«

»Also am vergangenen Mittwoch – am Tag vor Horlachers Tod?«

»Ja. Am Nachmittag um …« – er sah kurz auf den Zettel in seiner Hand – »… um 15.32 Uhr.«

»Könnte also noch Horlacher gewesen sein.«

»Kurz zuvor, um 15.25 Uhr, war vom Handy aus versucht worden, jemanden in der Wohnung zu erreichen. Es hat niemand abgehoben, und der Rückruf war nach zehn Sekunden beendet.«

»Nach nur zehn Sekunden? Ist das nicht etwas kurz für ein Gespräch, wenn man kurz zuvor versucht hat, unter dieser Nummer jemanden zu erreichen?«

»Finde ich auch«, sagte Nerdhaas. »Außerdem wurde das kurze Gespräch vom Handy aus unterbrochen.«

Schneider sah ihn fragend an.

»Na, Frau Hundt hat aufgelegt, nicht der Anrufer aus der Fellbacher Wohnung.«

»Ja, das habe ich schon verstanden, Herr Nerdhaas. Ich frage mich nur, was das zu bedeuten hat.«

»Vielleicht fragen Sie am besten Frau Hundt? Sie werden Ihr ja das Handy wahrscheinlich zurückbringen wollen?«

Schneider runzelte die Stirn.

»Nicht unbedingt«, sagte er, »wenn es nicht sein muss.«

»Wie bitte?«

Nerdhaas sah ihn fragend an, aber da winkte Schneider auch schon ab. Eigentlich wollte er sein unangenehmes Gespräch mit Frau Hundt nicht an die große Glocke hängen.

»Ist schon gut, ich bringe es hin – es ist nur heute nicht so praktisch für mich.«

»Warum denn?«, schaltete sich Ernst ein, der inzwischen das Telefon aufgelegt und danach Nerdhaas' Schilderungen aufmerksam zugehört hatte. »Sie wohnt doch in Rettersburg – das liegt doch ziemlich genau auf Ihrem Heimweg, Herr Schneider.«

»Ja, stimmt schon …«, sagte Schneider lahm. Er hatte Ernst fragen wollen, ob er ihn nicht zu Frau Hundt begleiten könnte – aber spätestens jetzt war das nicht mehr drin, ohne Ernst den Grund zu erklären. Und dazu hatte Schneider nun so gar keine Lust.

Eine halbe Stunde später – Ernst und Nerdhaas hatten ihre Jacken genommen und waren gemeinsam in den Feierabend gegangen – war Schneider auch schon auf der Fahrt nach Berglen. Die Strecke fand er heute deutlich weniger reizvoll als beim letzten Mal, aber es half nichts, und diesen einen Besuch würde er schon auch noch irgendwie hinter sich bringen.

Vor Frau Hundts Haustür blieb er einen Moment unschlüssig stehen und überlegte sich, wie er möglichst schnell wieder von hier wegkam. Da hörte er auch schon Schritte auf der Treppe, und noch bevor er klingeln konnte, öffnete ihm Gabi Hundt und strahlte ihn an.

»Ach, das ist ja schön, dass Sie heute doch Zeit für mich haben.«

Schneider sah sie kurz ratlos an, dann fiel ihm ein, dass die junge Frau heute Geburtstag hatte. Insgeheim verfluchte er sich dafür, dass er nicht noch einen Tag gewartet hatte, aber nun war er schon hier.

»Ich will Ihnen nur kurz das Handy zurückgeben und Ihnen eine Frage stellen.«

Er drückte ihr das Mobiltelefon in die Hand.

»Ja, ja«, sagte Gabi Hundt, steckte das Handy in ihre Hosentasche und zog ihn am Jackenärmel herein ins Haus.

»Wer isch denn komma?«, hörte er von oben eine Frauenstimme rufen – stimmt, er hatte Tante Elsa gar nicht an ihrem Fenster entdeckt.

»Nun kommen Sie schon rauf«, drängte Gabi und schob ihn beinahe vor sich her die Treppe hinauf.

Im Wohnzimmer saß die Nachbarin und füllte einen der Sessel komplett aus. Dessen ungeachtet hatte sie vor sich einen Teller mit zwei Kuchenstücken stehen und goss gerade einen kräftigen Schuss Kondensmilch in ihren Kaffee.

»Ah, Sie sen's!«, schallte es ihm entgegen. Die ältere Frau nickte ihm mit einem wissenden Lächeln zu.

»Herr Schneider, mein …«

»Kollege«, sagte Tante Elsa. »Du hosch ihn mir scho vorgschtellt, vor a paar Tag, als er zom erschta Mol do war.« Sie sah Schneider prüfend an, kam dann wohl zu einem positiven Urteil und sagte schließlich: »Schee, dass Se jetzt au scho zom Geburtstag do sen.«

Schneider wäre im liebsten im Boden versunken. Zum Glück kannte er niemanden hier im Ort, und niemand kannte ihn – wenn seiner Frau die Gerüchte zu Ohren kommen würden, die Tante Elsa nun wahrscheinlich mit Inbrunst verbreitete ... nicht auszudenken!

»Nehmen Sie ein Stück Kuchen?«, fragte Gabi Hundt. »Heute gibt es Streuselkuchen und Käsesahne.«

»Ond die Käsesahne isch richtig lecker«, schwärmte Tante Elsa. »Sie wissat ja scho, dass die Gabi gut backa ka!«

»Ja, natürlich«, sagte Schneider. »Aber ich kann heute wirklich nicht.«

»Oimol isch koimal, sag i emmer – vor allem, wenn's oms Essa goht.«

»Ja«, dachte Schneider, »so siehst du auch aus.«

»Nein«, sagte er laut, »ich muss schon ein wenig auf meine Figur achten. Da ist Kuchen heute wirklich nicht drin.«

»Ach, nicht doch«, schmeichelte nun Gabi Hundt. »Sie können das doch gut vertragen.«

Sie zwinkerte Tante Elsa zu, und Schneider musste sich beherrschen, dass ihm nicht der Kragen platzte.

Schwerfällig wuchtete sich die ältere Frau aus dem Sessel hoch und machte Anstalten, sich zu verabschieden.

»I will no mol nemme länger schtöra!«

»Aber nicht doch«, beschwor Schneider sie. »Ich wollte Sie nicht vertreiben. Ich will wirklich nur ganz kurz mit Frau Hundt reden. Es wäre doch schade um den schönen Kuchen!«

Tante Elsa sah auf die beiden Stücke auf ihrem Teller.

»Do hen Se au wieder recht.«

Damit ließ sie sich wieder zurück in den Sessel plumpsen, Schneider atmete auf, Gabi Hundt sah etwas enttäuscht aus.

»Ich muss dann auch wieder«, sagte Schneider und strebte dem Ausgang zu. »Bringen Sie mich noch nach unten?«

»Gang no, Gabi, ond breng dein Freind nonder. I han hier älles, was i brauch.«

Sie lachte bellend und machte eine ausgreifende Geste über den gedeckten Kaffeetisch.

Schneider biss sich auf die Lippe: Am liebsten hätte er der Unterstellung, er sei der Freund von Frau Hundt, lautstark widersprochen – aber was sollte das schon bringen.

Unten, als er schon durch die Haustür nach draußen gegangen war, drehte er sich noch einmal um.

»Frau Hundt, wir haben uns das Handy genauer angesehen. Uns sind nur zwei Anrufe aufgefallen, zu denen ich Sie gerne etwas fragen würde.«

»Okay, fragen Sie«, sagte sie, etwas traurig, auch etwas kurz angebunden. War sie sauer auf ihn? Das wäre vielleicht nicht die schlechteste Entwicklung nach seinem vorigen Besuch hier im Haus.

»Anfang Februar haben Sie von dem Handy aus das Fitnessstudio angerufen, in dem Sie früher gearbeitet haben. Aber Ihnen wurde dort schon eine Woche vor Weihnachten gekündigt. Was wollten Sie denn noch?«

»War das Anfang Februar? Kann sein. Na ja ... Ich bin an diesem Tag ziemlich früh zum Studio gefahren. Ich wusste, dass Zlatko manchmal schon trainiert, bevor das Studio aufmacht. Ich wollte noch einmal mit ihm reden, ob er mich nicht vielleicht doch wieder einstellen könnte.«

»Und warum sollte er das tun? Er hat sie doch rausgeworfen, weil sie sich mit einem Mitglied des Studios eingelassen haben, eben mit Herrn Horlacher.«

»Ich wollte es trotzdem noch einmal versuchen. Ich dachte mir, dass sich Zlatko vielleicht wieder beruhigt hatte. Er ist eigentlich ein ganz netter Kerl – nur, wenn er Angst hat, dass jemand seinem Studio schaden könnte, gibt es kein Halten mehr für ihn.«

»Und? Was ist dann passiert, als Sie hingefahren sind?«

»Nichts. Die Tür war noch zu, und durchs Fenster konnte ich Zlatko auch nicht entdecken. Da habe ich es mit dem

Handy versucht – es hätte ja sein können, dass er im Büro sitzt. Sein Schreibtisch ist von außen nicht zu sehen.«

»Und?«

»Nichts ›und‹. Ich habe ihn nicht erreicht. Ich bin wieder in mein Auto gestiegen und fuhr weiter nach Winnenden, um ein paar Lebensmittel einzukaufen. Unterwegs hat Zlatko dann zurückgerufen. Er hatte die Handynummer auf dem Display gesehen und wusste erst nicht, dass ich das bin. Als ich mich gemeldet habe, wollte er gleich wieder auflegen. Er hat dann doch noch kurz mit mir gesprochen, aber er hat auch keinen Zweifel daran gelassen, dass er mich nicht wieder einstellen wird.«

»Und vergangenen Mittwoch haben Sie in Horlachers Wohnung in Fellbach angerufen.«

Gabi Hundt presste die Lippen aufeinander, sah zur Seite, dann schüttelte sie langsam den Kopf.

»Frau Hundt, Ihr Anruf ist gespeichert, die Daten haben wir – das müssen Sie doch jetzt nicht noch abstreiten.«

Die Frau sah ihn an, dann schien sie sich einen Ruck zu geben.

»Ich streite es doch gar nicht ab. Sie können in mir wahrscheinlich ohnehin lesen wie in einem offenen Buch.«

»Was soll das denn jetzt?«, dachte Schneider irritiert, erwiderte aber ohne weitere Regung ihren Blick.

»Ja, ich habe in Fellbach angerufen. Das muss am Nachmittag gewesen sein.«

»15.25 Uhr.«

»Gut, also kurz vor halb vier. Ich habe aber niemanden erreicht, ist niemand drangegangen.«

»Wieso ›niemanden‹? Wen außer Herrn Horlacher wollten Sie denn erreichen?«

Gabi Hundt biss sich auf die Unterlippe, ihr Blick flackerte ein wenig.

»Frau Hundt, bitte!«

Sie schwieg.

»Und warum haben Sie vom Handy aus angerufen? Sie haben hier doch einen Festnetzanschluss.«

»Ich war doch gar nicht hier«, platzte es schließlich aus ihr heraus.

»Waren Sie in Fellbach? War es wie bei dem Telefonat mit ihrem früheren Chef? Sie sind hingefahren, um zu reden – und weil sie niemanden angetroffen hatten, haben Sie vom Handy aus angerufen?«

»Ja, so ungefähr.«

»Und wie war es dann genau?«

Gabi Hundt sah zu Boden, Schneider wartete.

Von oben her war ein Knarren zu hören. Frau Hundt fuhr herum: Oben am Treppenabsatz stand Tante Elsa und sah auf die beiden herunter.

»Nehmen Sie doch noch ein Stück Kuchen«, sagte Schneider. »Wir sind gleich fertig.«

Gabi Hundt nickte ihr zu. »Ja, wir sind gleich so weit. Ich bin gleich wieder oben, dann reden wir noch ein bisschen, ja?«

»Ach, die jonge Leit«, sagte Tante Elsa und schüttelte breit grinsend den Kopf. »Hen's emmer arg wichtig ...« Und damit schlurfte sie zurück ins Wohnzimmer, wo zu hören war, wie sie sich wieder in den Sessel sinken ließ. Dem Geklapper von Besteck auf Porzellan nach zu urteilen, nahm sie sich tatsächlich noch ein Stück Kuchen.

»So, Frau Hundt, jetzt erzählen Sie endlich. Oder wollen Sie, dass Ihre Nachbarin noch einmal zum Lauschen kommt und alles mit anhört?«

»Nein, lieber nicht. Und es ist ja auch nichts Schlimmes, was ich Ihnen zu erzählen habe.«

»Na dann ...«

»Ich war in Fellbach und wollte Henning besuchen. Er hat aber auf mein Klingeln hin nicht geöffnet, da habe ich es mit dem Handy versucht. Aber er ist nicht drangegangen.«

»Warum haben Sie geklingelt? Sie haben doch einen Schlüssel.«

»Aber der passte doch nicht mehr ...«

»Das haben Sie erst durch uns erfahren, Frau Hundt, als wir mit Ihnen in der Wohnung waren.«

»Wie kommen Sie denn darauf? Ich wusste das natürlich, ich habe Sie eben angelogen, und danach habe ich Ihnen vorgespielt, ich sei überrascht und ich hätte nichts davon gewusst. Sie haben doch selbst gesagt, dass ich es nicht wahrhaben wolle, dass Henning mit mir Schluss gemacht hat. Genauso ist es gewesen, Sie lagen vollkommen richtig.«

»Nein, Frau Hundt, Sie haben nicht gewusst, dass das Schloss an der Wohnungstür ausgetauscht wurde – sonst hätten Sie uns den Schlüssel ja wohl kaum gegeben und danach so getan, als seien Sie genau mit diesem Schlüssel noch zwei, drei Tage vorher in der Wohnung gewesen.«

»Gabi?«, rief es von oben her. »Kommsch du no wieder?«

»Sie können ruhig hinaufgehen. Einen schönen Geburtstag wünsche ich Ihnen noch. Und kommen Sie bitte morgen früh um neun nach Backnang ins Polizeirevier. Aspacher Straße 75. Melden Sie sich an der Pforte, dort weiß man, wo ich zu finden bin. Es wird besser sein, wenn wir uns dort weiter unterhalten. Vielleicht überlegen Sie sich bis dahin auch mal, warum Sie uns unbedingt anlügen wollen. Und ob es nicht klüger wäre, einfach mal die ganze Wahrheit zu erzählen. Wissen Sie: Ein Mordfall ist kein Spaß, und wir sind ziemlich hartnäckig in unserer Arbeit.«

Damit verabschiedete er sich und ließ Gabi Hundt in ihrer Haustür stehen. Die junge Frau sah dem Porsche nach, bis er neben dem Bürgerhaus in die Hauptstraße einbog und mit aufröhrendem Motor davonfuhr. Dann wischte sie sich mit dem Ärmel die Tränen weg, atmete tief ein und wappnete sich für das weitere Gespräch mit der neugierigen »Tante Elsa«.

»Das mit den Blumen vorgestern war nett, Klaus. Aber du könntest dir viel mehr Mühe geben«, sagte Sybille und ihr Schmollmund wirkte ein wenig aufgesetzt. In Schneider keimte Hoffnung auf einen kuscheligen Nachmittag und Abend, und er rückte seiner Frau auf dem Sofa ein kleines Stück näher.

»Gerade gestern habe ich wieder mit Sonja telefoniert«, fuhr sie fort.

Schneider hatte keinen Schimmer, von wem seine Frau sprach. Aber aus Sybilles Blick las er richtig ab, dass er den Namen eigentlich kennen müsste. Also schwieg er sicherheitshalber.

»Du weißt doch: Sonja, die mit mir beim Indien-Seminar war und die uns mal in Urbach besucht hat.«

»Ja, ja, Sonja, klar«, log Schneider.

Sybille legte beide Hände vor der Brust zusammen und sagte lächelnd: »Namaste!«

Nun fiel der Groschen tatsächlich: Diese Sonja war zu Besuch gewesen, als er sich von seiner Frau nach einem weinseligen Abend mit Rainer Ernst hatte abholen lassen. Und als er mit seiner Frau daheim ankam, war sie gerade im Aufbruch begriffen und verabschiedete sich von ihm mit einem sehr schön anzusehenden »Namaste!«

»Und was hat dir Sonja am Telefon erzählt?«

»Ach, dies und das. Aber dann hat sie ganz beiläufig erwähnt, dass ihr Büropartner gerne kocht.«

»Wie: Die hat extra einen Partner fürs Büro?«

Irgendwie war Schneider gedanklich im Moment komplett darauf ausgerichtet, dass er sein Ehe- und Liebesleben wieder ins Lot brachte. Das ließ alle Äußerungen seiner Frau in seinem Gehirn offenbar durch einen speziellen Filter laufen.

Sybille sah ihn tadelnd an.

»Also bitte«, protestierte sie kopfschüttelnd. »Die beiden betreiben miteinander eine Versicherungsagentur in Schwäbisch Hall.«

»Na ja«, dachte Schneider, »man weiß ja, wozu so viel berufliche Nähe führen kann.«

»Außerdem ist Sonja eher an Frauen interessiert.«

Schneider sah ein wenig irritiert zu Sybille hin, und auf deren Gesicht breitete sich prompt ein spöttisches Grinsen aus.

»Also, hör mal, Klaus!«, sagte sie und legte ihm eine Hand auf den Arm. »Ich steh nun mal mehr auf Männer – und dabei bleibe ich auch.« Sie tippte ihm leicht an die Stirn. »Außerdem finde ich es nicht besonders nett von dir, was da oben bei dir gerade abläuft.«

»Wie ... da oben? Was läuft denn da ab?«

»Na, ich erzähle dir, dass meine Bekannte lesbisch ist, und du machst dir sofort Sorgen, ob sich da etwas zwischen mir und ihr abspielt.«

»Äh ... nein, nein, ich ...«, sagte Schneider.

»Mist«, dachte er, »bin ich so leicht zu durchschauen?«

»Ich unterstelle dir doch auch nicht, dass du mit Kolleginnen flirtest. Wenn du mir erzählst, dass du mit Jutta Kerzlinger irgendeine Befragung machst, denke ich mir doch auch nichts dabei.«

»Ja, klar«, dachte Schneider. »Jutta Kerzlinger hält ja auch nicht viel von Männern.«

Aber er musste zugeben, dass das Argument aus dem Mund seiner Frau, die nichts von Jutta Kerzlingers Liebesleben wusste, durchaus schlüssig war.

»Was hat dir denn Sonja nun erzählt?«, fragte Schneider. Es interessierte ihn eigentlich nicht, aber er spürte, dass es nun Zeit für ein Friedensangebot war.

»Dass ihr Büropartner gerne kocht. Und gut obendrein.«

»Aha«, machte Schneider lahm und versuchte, aufmerksam zu schauen.

»Ja, zuletzt etwa hat er Lamm von der Schwäbischen Alb besorgt, hat es im Backofen gegart und mit Brot und leckerem Rotwein serviert. Und als Vorspeise gab es eingelegte Pilze, getrocknete Tomaten, und – jetzt pass auf! – eine selbst gemachte Avocadocreme.«

»Machen die denn Gesichtsmasken, während sie essen? Dort in Schwäbisch Hall, meine ich?«

Sybille Schneider sah ihren Mann verblüfft an. Es dauerte einen Moment, bis sie seinen Denkfehler nachvollzogen hatte. Dann lachte sie schallend und stand auf.

»Gesichtsmaske!«, rief sie, noch immer lachend, von der Garderobe her. »Das ist gut!«

Dann stand sie in der Tür zum Wohnzimmer, den Schlüssel in der Hand.

»Ich fahr jetzt mal zum Italiener und hole uns was zum Essen. Und wehe, du Banause näherst dich dem Herd – das würde nur ein Unglück geben!«

Sybille lachte noch immer, als sie die Haustür hinter sich zuzog. Schneider saß auf dem Sofa und war ein wenig erleichtert. Lachen war ein gutes Zeichen, und das mit ihm als Koch hatte er ihr wohl auch ausgeredet. Keine schlechte Bilanz für ein Gespräch. Und das unangenehme Erlebnis mit dem Geburtstagskind Gabi Hundt hatte er in der netten Atmosphäre auch schon fast vergessen.

Warum sie wegen der Gesichtsmaske so laut gelacht hatte, verstand er allerdings nicht.

Donnerstag, 4. März

»Herr Schneider?«

Der Kommissar sah von den Akten auf, in denen er seit einer Stunde vergeblich nach einem Hinweis suchte, der etwas Licht in diesen Fall bringen konnte. Immerhin konnten sie Ralph Waasmann und Leonie Reusch fürs Erste von der Liste der Verdächtigen streichen: Die Fingerabdrücke und DNA-Spuren der beiden passten nicht zu den Spuren in Horlachers Haus, auch in der Fellbacher Wohnung schienen die beiden nicht gewesen zu sein.

Jutta Kerzlinger stand im Türrahmen.

»Frau Hundt ist hier.«

»Kommen Sie mit, Herr Ernst? Und Sie bitte auch, Frau Kerzlinger.«

Ernst und Kerzlinger sahen sich fragend an.

»Herr Ernst soll mir bei der Befragung helfen«, erklärte Schneider, »und Sie, Frau Kerzlinger, beobachten uns von nebenan. Vielleicht bringen Sie uns auch zwischendurch mal einen Kaffee. Die Gespräche mit Frau Hundt sind manchmal etwas knifflig, vielleicht brauchen wir da irgendwann noch eine dritte Person, die beiläufig ein paar Fragen stellen kann oder auch mal eine Pause überbrückt – da tun wir einfach mal so, als wären Sie eine Assistentin, die Kaffee bringt und Kekse. Okay?«

»Meinetwegen«, sagte Jutta Kerzlinger und grinste. »Solange mir diese Rolle im wirklichen Leben erspart bleibt ...«

Am liebsten hätte Schneider die Befragung ganz den beiden überlassen, aber das wäre wohl aufgefallen, zumal er zuletzt zweimal allein mit der Frau gesprochen hatte und ihm Widersprüche in ihrer Aussage am ehesten auffallen würden. Doch so ganz traute er seinem Urteil über Gabi Hundt dennoch nicht, daher wollte er die Kollegin draußen noch gerne als Rückversicherung haben.

Frau Hundt saß schon im Vernehmungsraum. Schneider setzte sich ihr gegenüber, Ernst blieb etwas seitlich vor ihr stehen. Auf der anderen Seite des Tisches war der Raum durch einen Einwegspiegel begrenzt – dahinter saß Jutta Kerzlinger im abgedunkelten Nebenraum und konnte Schneider, Ernst und Gabi Hundt sehen und über Lautsprecher hören.

»Ich habe Sie heute hierherbestellt, weil wir von Ihnen noch einmal wissen sollten, was es mit dem Telefonat am 24. Februar auf sich hat, einen Tag, bevor Herr Horlacher starb.«

Gabi Hundt nickte und sah sich ein wenig unsicher um. Schneider fühlte sich bestätigt: Die ungewohnte Umgebung schien die junge Frau tatsächlich einzuschüchtern – das dürfte ihnen die Arbeit heute leichter machen.

»Erzählen Sie uns bitte noch einmal von Anfang an, wie es zu diesem Telefonat kam.«

»Es kam doch zu keinem Telefonat«, sagte Gabi Hundt und sah Schneider aus großen Augen an. »Das habe ich Ihnen doch schon gestern gesagt, als Sie so nett waren, mich zum Geburtstag zu besuchen.«

»Ich habe Sie nicht besucht, ich habe Ihnen lediglich das Handy zurückgebracht, das Sie mir zwei Tage vorher gegeben hatten.«

Diese ständigen Anspielungen gingen Schneider ordentlich gegen den Strich. Ernst hob eine Augenbraue, und vor seinem geistigen Auge sah er auch Jutta Kerzlinger hinter dem venezianischen Spiegel die Stirn runzeln. Er war wohl etwas laut geworden.

»Und jetzt erzählen Sie bitte endlich der Reihe nach.«

Schneider schwitzte ein wenig. Das Gespräch würde wohl doch nicht so reibungslos laufen wie erhofft. Und die Verstärkung, die er sich durch Ernst und Kerzlinger hatte sichern wollen, wurde nun zur zusätzlichen Belastung – was sollten die Kollegen nur von ihm denken, wenn diese Frau weiterhin so einen Blödsinn erzählte?

»Mache ich, Herr Schneider, aber werden Sie bitte nicht wieder so laut, ja?«

Gabi Hundt sah ihn fast flehend an.

»Sie sind sonst immer so freundlich zu mir.«

Ernst wandte sich ein wenig ab, um sein leichtes Grinsen vor der Frau zu verbergen. Schneider kochte innerlich, aber er beherrschte sich.

»Kein Wort dazu«, hämmerte er sich in Gedanken ein. »Kein Wort!«

»Wenn Sie nun bitte einfach erzählen würden.«

Schneider sprach *sehr* ruhig, auch wenn es ihn viel Mühe kostete.

»Ja, natürlich. Also ... Kurz vor halb vier habe ich auf dem Handy, das mir Henning geliehen hatte, in seiner Wohnung in Fellbach angerufen. Stimmt die Uhrzeit so, Herr Schneider?«

Schneider sah sie fragend an.

»Sie haben mir die Uhrzeit genannt, ich wusste ja nur noch, dass es am Nachmittag gewesen war.«

»Ja, die Uhrzeit stimmt.«

»Ich habe also um kurz vor halb vier in der Wohnung angerufen, aber leider ging niemand ans Telefon.«

»Und von wo aus haben Sie angerufen?«

»Auch das habe ich Ihnen doch gestern ...«

»Frau Hundt, bitte!«

»Na gut, dann eben nochmal: Ich war nach Fellbach gefahren, weil ich Henning sprechen wollte.«

»Und warum sind Sie dann nicht einfach ins Haus und hoch in die Wohnung? Warum haben Sie stattdessen angerufen?«

Gabi Hundt schwieg.

»Gestern haben Sie erzählt, Sie hätten geklingelt und es habe niemand aufgemacht. Außerdem haben Sie gesagt, Sie hätten da schon gewusst, dass Ihr Schlüssel nicht mehr passte.«

»Das war gelogen«, sagte Gabi Hundt nach einer kurzen Pause, in der sie Schneider erneut beinahe flehend ansah.

»Sehen Sie? Es geht doch.«

»Warum sind Sie also nicht ins Haus gegangen und haben oben dann gemerkt, dass der Schlüssel nicht passte?«

»Ich habe mich nicht getraut.«

»Horlacher hatte mit Ihnen Schluss gemacht, stimmt's?«

Gabi Hundt nickte und knetete ihre Finger.

»Hat er Ihnen dabei so sehr weh getan, dass Sie vor ihm Angst hatten?«

Sie zuckte die Schultern und sah weiter auf ihre Hände.

»Wann hat er denn mit Ihnen Schluss gemacht?«

Gabi Hundt murmelte etwas, aber Schneider konnte es nicht verstehen.

»Bitte?«

»Das ist schon eine Weile her«, wiederholte sie etwas lauter.

»Wie lange?«

»Das war schon an Weihnachten.«

»Vor mehr als zwei Monaten?«

Gabi Hundt nickte. Ernst und Schneider sahen sich überrascht an.

»Einen Moment, bitte«, sagte Schneider und ging kurz aus dem Raum. Draußen kam ihm Jutta Kerzlinger entgegen, die sich schon gedacht hatte, dass sie nun eine eilige Aufgabe bekommen würde.

»Frau Kerzlinger, Sie müssen unbedingt Herrn Rau anrufen und fragen, ob er schon weiß, wann dieses Wohnungsschloss ausgetauscht wurde. Sie haben ja mitbekommen, dass Horlacher und Frau Hundt schon seit Weihnachten auseinander waren. Wenn er in Fellbach neue Freundinnen ›empfangen‹ wollte, konnte er seiner Ex ja kaum den Schlüssel lassen. Und wenn er gleich damals das Schloss tauschen ließ, hätte Frau Hundt seit damals nicht mehr in die Wohnung gekonnt. Sie hat aber unter anderem behauptet, noch etwa zwei Wochen vor Horlachers Tod in der Wohnung gewesen zu sein.«

»Geht klar«, sagte Jutta Kerzlinger. »Ich komme dann kurz rein, wenn ich die Info habe, ja?«

Schneider nickte und die Kollegin flitzte durch den Flur davon.

»Vor mehr als zwei Monaten hat Horlacher also Ihre Beziehung beendet«, fuhr Schneider fort, als er sich wieder an den Vernehmungstisch gesetzt hatte. »Und warum ausgerechnet an Weihnachten? Sie hatten doch gemeinsame Pläne für die Wohnung, neue Möbel und so.«

»*Ich* hatte Pläne. Oder, um genau zu sein: Ich wünschte mir, dass Henning Pläne gehabt hätte.«

»Das verstehe ich nicht.«

»Ich mochte Henning sehr, und das habe ich ihm auch gezeigt. Er war sehr einfühlsam, sehr zärtlich, und ich habe mich bei ihm und mit ihm sehr wohlgefühlt. Wir haben uns im Fitnessstudio kennengelernt, das hat Ihnen Zlatko, mein früherer Chef, sicher erzählt. Es war Liebe auf den ersten Blick, und Henning war viel zielstrebiger, auch viel … na ja: wilder als die Männer, die ich zuvor gekannt hatte. Ich habe das sehr genossen, und ich wollte, dass das nie aufhört. Als es dann immer mehr auf Weihnachten zuging, habe ich versucht, es uns ein wenig romantischer zu machen. Ich habe die Wohnung ein wenig geschmückt, habe Kerzen aufgestellt, leckeren Tee gekauft, aber Henning fehlte irgendwie der Sinn dafür. Außerdem kam er immer seltener in die Wohnung. Er habe viel zu tun vor Weihnachten, sei viel unterwegs und müsse auch über Nacht wegbleiben, sagte er immer wieder. Manchmal klang das wie eine faule Ausrede. Ich hatte irgendwann den Verdacht, dass er mich mit einer anderen betrog.«

Sie machte eine Pause, knetete wieder die Finger. Schneider und Ernst warteten.

»Als ich ihn darauf ansprach, rastete er völlig aus.«

Sie sah auf, hob aber gleich abwehrend die Hände.

»Er hat mich nicht geschlagen, wenn Sie das meinen. Aber er ist ziemlich gemein geworden. Ich habe ihn darauf angesprochen, dass er ... dass er mich immer häufiger ... abweise. Da lachte er mich aus: Ich solle mich nicht so anstellen, und ich solle doch froh sein, dass er überhaupt ... mit mir ...«

Sie schluchzte. Schneider widerstand dem plötzlichen Impuls, ihr tröstend die Hand auf die Finger zu legen.

»Das tut weh, Herr Schneider, glauben Sie mir. So abgewiesen zu werden, und auf diese Weise zu erfahren, dass die größte Angst doch immer berechtigt war. Jahrelang habe ich mir eingeredet, dass meine Narbe niemanden stört. Und dass ein Mann, der mich mag, darüber auch hinwegsehen kann. Und dann verliere ich wegen dieser Narbe den Mann, von dem ich am ehesten geglaubt habe, er könne mich trotz allem lieben.«

»Trotz allem?«, fragte Ernst und machte Anstalten, die junge Frau mit einer kleinen Bemerkung zu trösten. Schneider machte eine möglichst unauffällige Geste, um ihn davon abzuhalten.

»Und wie kommen Sie darauf, dass Horlacher Sie wegen der Narbe verlassen hat?«, fragte Schneider schließlich.

»Das hat er mir ins Gesicht gesagt. Ich höre den Satz noch genau: ›Du blöde Kuh‹, schrie er mich an, ›du kannst doch froh sein, wenn dich überhaupt einer anfasst – so wie du aussiehst!‹ Dann hat er mich gepackt, hat mich vor den Spiegel geschleift, meine Haare zur Seite geschoben und mir meine Narbe gezeigt. Als hätte ich sie je vergessen …«

Ernst schluckte.

»Was für ein Schwein!«, durchzuckte es Schneider, und er sah betreten vor sich hin.

»Ich weiß gar nicht mehr, wie ich an diesem Tag nach Hause gekommen bin. Dort habe ich mich eingeschlossen und habe in einem fort geheult. Erst nach den Feiertagen bin ich wieder aus dem Haus.«

»Und Hasso? Musste Ihr Hund nicht mal raus?«

»Doch, den habe ich hinten in den Garten gelassen. Hat ihm nicht gefallen, und das war auch der Grund, warum ich nach den Feiertagen doch wieder rausgegangen bin – Hasso gab irgendwann keine Ruhe mehr.«

»Hat sich Horlacher noch einmal bei Ihnen gemeldet? Hat er sich entschuldigt?«

»Pff … entschuldigt … Ich glaube nicht, dass Henning der Typ ist, der sich entschuldigt. Er scheint mit sich ganz zufrieden zu sein, und als er von mir alles bekommen hatte, was er wollte, bin ich ihm wohl lästig geworden.«

»Wenn Sie das inzwischen so sehen können, sind Sie wahrscheinlich auf dem besten Weg, über diese hässliche Trennung hinwegzukommen«, sagte Ernst.

Sie drehte sich zu Ernst um: »Das habe ich Herrn Schneider zu verdanken. Er hat mir die Augen geöffnet, und er hat mir auch klar gemacht, dass man mich trotz meiner Narbe attraktiv finden kann.«

»Nett von ihm«, sagte Ernst und sah den Kollegen fragend an.

Schneider wurde bleich. Er musste nach dieser Vernehmung unbedingt mit Ernst reden und ihm alles genau erzählen. Nicht dass hier noch Gerüchte entstanden. Sybille fiel ihm ein, er schluckte.

Die Tür ging auf, Jutta Kerzlinger winkte Schneider zu sich heran. Er ging kurz hinaus, schloss die Tür, kam nach einer Minute zurück und setzte sich wieder.

»Das Schloss an der Wohnungstür wurde direkt nach Weihnachten ausgetauscht«, sagte er dann.

Rau hatte seit der Untersuchung der Fellbacher Wohnung versucht, den Handwerker ans Telefon zu bekommen, der das Schloss ausgetauscht hatte. Die Telefonnummer hatten sie vom Hausmeister bekommen, der aber nichts von dem Tausch mitbekommen hatte – »aber der Mayer hat die Schließanlage damals eingebaut, der müsste also auch das Schloss gewechselt haben.« So war es auch, aber »der Mayer« war zwei Wochen im Urlaub gewesen und kam gerade mit den Koffern ins Haus, als Rau auf Kerzlingers Bitte hin noch einmal bei ihm angerufen hatte.

»Also direkt, nachdem Horlacher mit Ihnen Schluss gemacht hat.«

Gabi Hundts Augen wurden feucht.

»Sie haben uns aber erzählt, dass Sie einen Tag vor Horlachers Tod noch in der Fellbacher Wohnung waren.«

»Das war gelogen.«

»Und Sie haben uns erzählt, dass Sie knapp zwei Wochen zuvor in der Wohnung gewesen seien.«

»Das war auch gelogen.«

»Und warum das alles? Was sollte das bringen?«

»Ich wollte nicht wahrhaben, dass Henning sich von mir getrennt hatte. Und als ich von Ihnen erfahren habe, dass er tot ist, wollte ich, dass Sie glauben … Es fühlte sich einfach besser an, wenn ich die letzte Freundin in seinem Leben gewesen wäre.«

»Aber das macht es doch noch lange nicht wahr!«

»Für mich schon. Irgendwann wäre alles so lange her gewesen, wer hätte da schon noch genau gewusst, wie es gewesen ist. Und ich hätte mich daran erinnern können, dass alles viel friedlicher, viel schöner war.«

Schneider sah sie ratlos an.

»Verstehen Sie?«, fragte sie ihn.

»Nein«, sagte Schneider und schüttelte den Kopf. »Ehrlich nicht.«

»Schade.«

Es entstand eine längere Pause. Gabi Hundt sah auf ihre Finger, Ernst betrachtete die Frau nachdenklich, und Schneider dachte nach, welche Fragen nun noch zu klären waren. Dann fiel es ihm wieder ein.

»Sie haben also, während Ihre Beziehung noch bestand, vermutet, dass Horlacher sie mit anderen Frauen betrog.«

Gabi Hundt nickte.

»Dann machte er an Weihnachten Schluss mit Ihnen, und das und vor allem die Art und Weise warf Sie völlig aus der Bahn.«

Sie nickte wieder.

»Sie haben etwa vier, fünf Wochen später versucht, Ihren Job im Fitnessstudio wiederzubekommen.«

»Ja.«

»Und erst danach, ungefähr zwei Monate nach der hässlichen Szene in Fellbach, haben Sie wieder versucht, mit Horlacher Kontakt aufzunehmen?«

»Ja.«

»Warum?«

»Ich ... Vielleicht habe ich gehofft, dass es sich noch einmal einrenkt. Ich verstehe das inzwischen ja selbst nicht mehr.«

»Nein, ich meine: Warum erst so spät?«

»Ich habe mich nicht früher getraut.«

»Aber Sie haben sich getraut, mit dem früheren Chef zu reden, der Sie achtkant rausgeworfen hat wegen der Affäre mit Horlacher.«

»Das war keine Affäre!«

»Meinetwegen – aber ihren alten Chef haben wir im Gespräch schon so erlebt, dass man vor ihm durchaus auch Angst haben kann. Aber bei ihm haben Sie sich schon Anfang Februar getraut, und bei Horlacher erst drei Wochen später. Das kommt mir seltsam vor.«

Gabi Hundt zuckte die Schultern.

»Ich glaube eher, dass Sie schon bald nach Weihnachten wieder versucht haben, mit Horlacher Kontakt aufzunehmen.«

Sie sagte nichts.

»Sie haben ihn immer wieder angerufen. Von den Versuchen vom Handy aus wissen wir, und wenn wir Ihren Festnetzanschluss überprüfen, werden wir dort wohl auch passende Daten finden.«

»Sie haben ja Recht«, murmelte sie schließlich. »Ich habe es immer wieder versucht, aber Henning ist nie ans Telefon. Entweder war er nicht da, oder er hat die Nummern auf dem Display erkannt. Meine Nummer daheim kannte er ja, und mein Handy habe ich ja auch von ihm. Er wollte sicherlich nicht mehr mit mir reden.«

»Und warum hat er Sie dann am 24. Februar zurückgerufen, als Sie es wieder einmal in Fellbach versucht hatten?«

»Das war nicht Henning.«

»Aber es wurde doch aus der Fellbacher Wohnung zurückgerufen?«

Noch während Schneider die Frage aussprach, dämmerte ihm, was Frau Hundt gemeint hatte.

»Ich bin nach Fellbach gefahren und habe auf Henning gewartet. So habe ich das seit unserer Trennung alle paar Tage gemacht. Dann bin ich zur Bäckerei, habe mir etwas Süßes oder eine Brezel gekauft und bin dann wieder zurück zu Hennings Wohnung gegangen. Ich wollte nicht, dass Frau Wallyss erfährt, dass ich nicht mehr mit Henning zusammen war.«

Schneider schüttelte den Kopf.

»Manchmal war auch Frau Müller auf dem Gehsteig zugange – eine Nachbarin, die ziemlich häufig vor ihrem Haus kehrt. Wahrscheinlich ist das ihre Masche, Details über ihre Nachbarn aufzuschnappen. Wenn die da war, bin ich unten ins Haus und habe gewartet, bis sie wieder weg war. Dann habe ich mich auch schnell verdrückt.«

Erstaunlich: Die Täuschungsmanöver schienen funktioniert zu haben. Frau Wallyss hatte nichts davon erwähnt, dass Gabi Hundt und Henning Horlacher getrennt waren – und eine solche Neuigkeit hätte die neugierige Frau Müller sicher nicht für sich behalten können.

»Und am 24. Februar?«

»Da kam ich gerade von der Bäckerei zurück. Mit leeren Händen, ich hatte ganz vergessen, dass es Mittwoch war, da hat der Laden nachmittags zu. Ich kam also gerade zurück, als vor dem Haus ein Auto hielt. Eine Blondine stieg aus, ziemlich hübsch, aber ein Mordszinken ...« Sie beschrieb mit zwei Fingern eine große Nase. »Die stöckelte zum Eingang hin, schloss auf und ging hinein.«

»Ja, und?«

»Ich hatte die Frau vorher noch nie im Haus gesehen, da kam mir der Verdacht, dass das meine Nachfolgerin sein könnte. Ich wartete, bis sie es nach oben geschafft haben konnte, dann rief ich vom Handy aus die Nummer oben an.«

»Aber Sie waren noch zu früh dran, die Frau hob nicht ab und rief danach zurück.«

»Es hob niemand ab. Und als kurz darauf der Rückruf kam, hörte ich eine Frauenstimme am anderen Ende der Leitung. Ich überlegte mir noch kurz, ob ich etwas zu ihr sagen sollte. Dann ließ ich es bleiben und legte auf.«

Freitag, 5. März

Zur Soko-Besprechung war diesmal auch der Pathologe Dr. Ludwig Thomann gekommen, der noch ein paar Laborergebnisse vortrug, die jedoch nichts weiter einbrachten. Nach der Sitzung ging Thomann mit Ernst und Ebner, Maigerle, Kerzlinger und Brams zum Kaffeeautomaten und nahm Ernst nach ein wenig Smalltalk in der großen Runde zur Seite.

»Sagen Sie mal, Herr Ernst ...«, begann der Pathologe, und das Thema, das er ansprechen wollte, schien ihm nicht leicht zu fallen. »Ist ... äh ... ist mit Herrn Schneider alles in Ordnung? Ich meine: privat?«

Ernst verstand die Frage nicht ganz.

»Ich meine: Die Ehe von ihm und seiner Frau – Sybille, nicht wahr?«

Ernst nickte.

»Ist da noch alles in Ordnung?«

»Ich nehme an. Wieso fragen Sie?«

»Na ja, ich … Seit Sie und Herr Schneider bei meinem Richtfest waren, damals vor zwei Jahren, habe ich mich eigentlich immer gefreut, mit Ihnen beiden zusammenarbeiten zu können. Und ich finde Sie beide sehr sympathisch.«

Ernst sah ihn verdutzt an.

»Nicht dass Sie mich falsch verstehen«, beeilte sich Thomann dann zu versichern und hob abwehrend die Hände. »Ich möchte einfach nur nicht, dass einer von Ihnen beiden sich in Schwierigkeiten bringt.«

Ernst war nach wie vor völlig ahnungslos, worauf Thomann denn nun hinauswollte.

»Es geht um meine Kollegin«, brachte Thomann schließlich nach einer weiteren Pause hervor. »Um Dr. Wilde.«

Ernst wurde bleich. Was wusste Thomann von ihm und Zora? Er hatte niemandem außer Schneider und Jutta Kerzlinger etwas von der Nacht mit der Pathologin erzählt. Und auch Sabine, die ihn damals in flagranti erwischte, würde wohl kaum groß damit hausieren gehen. Hatte Zora Wilde mit ihrem Kollegen über ihn gesprochen?

»Sie kennen Sie doch noch von unserem Fall in Alfdorf?«

Ernst nickte. So, wie Thomann fragte, konnte er eigentlich nichts von ihrer Beziehung wissen.

»Am Montag hat mich Herr Schneider nach der Soko-Besprechung zur Seite genommen und hat mich ein wenig über Frau Wilde ausgehorcht. Ich hatte den Eindruck, dass er … nun ja … Interesse an ihr hat.«

Damit hatte Ernst nicht gerechnet.

»Schneider?«, fragte er, weil ihm nichts Besseres einfiel.

»Ich kann ihn ja verstehen«, fuhr der Pathologe fort, der gar nicht auf Ernsts verblüffte Gegenfrage geachtet hatte – er war zu sehr damit beschäftigt, dieses unangenehme Gespräch hinter sich zu bringen. »Zora ist eine sehr gutaussehende Frau, die obendrein noch … wie soll ich sagen … voller Energie steckt. Aber sie ist meines Erachtens keine Frau, für die man ohne Not seine Familie aufs Spiel setzen sollte.«

Ernst schluckte. Er konnte es dem ahnungslosen Thomann ja schlecht übelnehmen, aber etwas weniger deutlich hätte er diese Botschaft schon gern bekommen.

»Da kann mein Kollege De La Jaune ein Lied davon singen. Die beiden hatten mal was miteinander, und Zora servierte ihn nach einiger Zeit ziemlich schmerzhaft ab. Ich möchte nicht, dass das Ihrem Kollegen Schneider auch passiert – nachdem er für eine heftige und sicher auch schöne Affäre womöglich seine Familie zerstört hat.«

Ernst sah betreten auf seine Schuhe, Thomann verstand die Geste falsch.

»Mir tut's ja auch leid, Herr Ernst, dass ich Sie damit belästige. Und ich finde, es ehrt sie, dass Ihnen das so nahegeht. Genau deshalb glaube ich ja, dass ich mit dem Richtigen gesprochen habe.«

»Wieso mit dem Richtigen?«

»Na, ich wollte Sie bitten, ob Sie mal wegen Zora Wilde mit Herrn Schneider reden könnten. Nicht dass der da noch eine Riesendummheit begeht.«

Ernst lächelte schwach. »Mach ich, Herr Thomann, ich rede mit ihm.«

Das war nicht einmal ganz gelogen. Nur ahnte der Pathologe nicht, wer sich hier tatsächlich Gedanken über Zora Wilde machen musste.

Samstag, 6. März

Schwitzend kletterte Schneider vom Stepper. Er nahm das kleine Handtuch von der Schulter und tupfte sich das Gesicht ab. »4:22« pulsierte auf dem Display des Geräts, die aktuelle Trainingsdauer. Schneider drückte schnell auf den Aus-Knopf, doch die Zeitanzeige blieb sichtbar. Eine durchtrainierte Frau mit schwarzen Locken sah im Vorübergehen kurz aufs Display und grinste den klitschnassen Schneider etwas mitleidig an.

Missmutig warf er sich das Handtuch wieder über die Schulter und stapfte hinüber zu den Stahlschränken, in denen die Trainingspläne der Mitglieder in Hängemappen aufbewahrt wurden. Seine Mappe war im Fach mit dem Anfangsbuchstaben S weit nach hinten gerückt. Offenbar hatten andere häufiger trainiert und ihre Mappen vor seiner wieder einsortiert.

Er zog sie heraus, nahm sein Trainingsblatt und sah, dass bisher nur ein einziges Trainingsdatum vermerkt war: Der Tag, an dem ihm sein Personal Trainer das Fitnessprogramm zusammengestellt und erklärt hatte.

Aber heute würde es endlich wieder klappen. Er nahm sich einen Kuli aus dem kleinen Drahtbecher, der oben auf dem Stahlschrank stand, und malte lächelnd »6. März« ans obere Ende der zweiten Spalte.

Da rief es »Gisela!« aus seiner Trainingshose, und sein Lächeln erstarb. Der neben ihm stehende Mann, der offenbar darauf wartete, dass Schneider endlich den Weg zur Schublade freigab, sah ihn fragend an. Hastig zog Schneider das Telefon hervor, trat einen Schritt zur Seite und sah auf dem Display seine eigene Privatnummer.

»Ja?«, meldete er sich.

»Hier ist Sybille, deine Frau, falls du dich noch erinnerst!«

Das klang nicht gut.

»Und ich gebe dir den Rat, in ein paar Minuten auch hier zu sein.«

Damit war die Verbindung schon wieder unterbrochen. Er drückte die Rückruftaste, aber bei ihm zu Hause sprang nach viermal Klingeln der Anrufbeantworter an.

Was war das denn? Seine Frau hatte ihn doch gerade von zu Hause aus angerufen, und nun ging sie nicht ans Telefon? Sybille musste ziemlich sauer sein, und so hatte sie am Telefon auch geklungen.

In der Umkleide stopfte Schneider seine Kleider schnell in die Sporttasche, dann checkte er aus und eilte in Trainingsklamotten zu seinem Wagen, nur die Jacke hatte er übergestreift. Es war viel zu kalt für so leichte Kleidung, aber das konnte er jetzt auch nicht mehr ändern.

Als er daheim in die Garageneinfahrt einbog, sah er durch das Küchenfenster Sybille auf und ab gehen. Als er in der Jackentasche nach dem Schlüssel grub, hörte er auch schon das Summen des Türöffners. Er ging hinein und stand im Flur seiner vor Zorn bebenden Frau gegenüber.

»Weißt du«, brachte sie mühsam hervor, »wen ich gerade vorhin am Telefon hatte?«

»Äh … mich?«, sagte Schneider, lächelte ein wenig und bereute es sofort: Sybille lief knallrot an.

»Spar dir deine blöden Witze!«, herrschte sie ihn an. »Deine Geliebte war dran!«

Schneider sah sie mit offenem Mund an und ließ langsam die Sporttasche zu Boden gleiten.

»Meine – was?«

»Ja, du hast schon richtig gehört: deine Geliebte!«

»Aber, Sybille … ich …«

»Lass mich raten: Es ist nicht so, wie es aussieht – richtig?«

»Äh … ja, genau.«

»Und du kannst mir alles erklären, ja?«

»Nein, das nicht – ich weiß gar nicht, was hier eigentlich los ist. Vielleicht erklärst du mir erst einmal …«

»Ich dir? Mein Lieber, treibe es nicht auf die Spitze!«

»Also, hör mal: Ich weiß überhaupt nicht, wovon du hier redest. Ich habe keine Geliebte, und ich brauche auch keine. Und jetzt sagst du mir bitte endlich mal, was das hier alles soll.«

Sybille rang nach Luft.

»Meine Eltern haben mich immer vor dir gewarnt!«, zeterte sie schließlich. »Immer schon, und jetzt eben am Telefon auch wieder.«

»Ach, du hast schon mit deinen Eltern telefoniert? Vielleicht sollte ich sie ja auch anrufen – vielleicht erzählen die mir ja, was du mir vorwirfst. Ich verstehe jedenfalls bisher noch kein Wort.«

»Du ziehst aus!«, sagte Sybille nach einer kurzen Atempause. »Ich will dich nicht mehr sehen! Und fass mein Kind nicht mehr an!«

Schneider fühlte sich wie im falschen Film, aber ihm fiel nun auch keine Antwort mehr ein, also ließ er das restliche Donnerwetter einfach stumm über sich ergehen.

»Raus hier mit dir! Ich kümmere mich hier Tag und Nacht um Rainald, umsorge dich und koche und putze wie irre, damit es dir auch ja an nichts fehlt. Und der Herr legt sich eine junge Geliebte zu, die ihm wahrscheinlich zu Füßen liegt und ihn für den Größten hält. Dabei schnarchst du, und du trinkst zu viel, und du … und du kommst zu spät von der Arbeit heim. Obwohl – Arbeit? Ha!«

Damit drehte sie sich auf dem Absatz um, stürmte zu Rainalds Kinderzimmer und rief von der Tür her noch zu ihrem Mann hinüber: »Zieh doch zu deiner … zu deiner … zu deiner Gabi!«

Sie spuckte den Namen förmlich aus, und in Schneider keimte ein furchtbarer Verdacht.

Einige Minuten lang stand Schneider noch im Flur und hörte durch die geschlossene Tür des Kinderzimmers seine Frau schluchzen. Dann stieg Wut in ihm auf, und abrupt wandte er sich zur Tür und ging zu seinem Wagen.

Der Porsche röhrte auf, als er auf die Hauptstraße einbog, und gleich in den Haarnadelkurven nach dem Ortsausgang musste das Fahrwerk viel dafür tun, den Wagen auf der Fahrbahn zu halten.

Viel zu schnell schoss er ins Buchenbachtal hinunter, konnte in der unübersichtlichen Kurve kurz vor der Talsohle gerade noch einem Kleinlaster ausweichen, der ihm entgegenkam, und überholte bis Oppelsbohm noch zwei Autos, obwohl in einiger Entfernung ein Transporter auf der Gegenfahrbahn zu sehen war.

Schon kurz darauf rollte der Sportwagen in Rettersburg vor dem Haus von Gabi Hundt aus. In »Tante Elsas« Wohnung wackelte ein Vorhang.

Schneider stieg aus und klingelte Sturm bei Gabi Hundt. Er hatte die Faxen dicke, und er musste dieser Frau ein für alle Mal klarmachen, dass er kein wie auch immer gelagertes privates Interesse an ihr hatte. Und dass sie gefälligst aufhören sollte, sich in sein Leben zu drängen.

»Was sie Sybille am Telefon wohl gesagt hat?«, dachte Schneider.

Es hatte immerhin für die sehr hässliche Szene von vorhin gereicht. Er wollte gar nicht daran denken, dass er das mit Sybille womöglich nicht mehr einrenken konnte.

Er klingelte noch einmal, noch etwas länger, und noch immer war im Haus nichts zu hören außer dem sich wiederholenden Ton der Klingel.

Als er den Klingelknopf gerade wieder drücken wollte, vibrierte sein Handy, und er hörte den vertrauten »Gisela!«-Chor. Schneider zog das Telefon hervor und meldete sich.

»Herr Schneider?«

Die Frauenstimme kam nicht aus dem Handy. Verblüfft sah Schneider auf das Display, dann drehte er sich um: Vor ihm stand Gabi Hundt und hielt ihren kleinen Dackel an der Leine.

»Das ist ja schön, dass Sie mich besuchen, Herr Schneider«, sagte sie und strahlte.

»Hallo?«, war aus dem Handy eine gedämpfte Stimme zu hören. Schneider bat Frau Hundt mit einer knappen Geste, kurz zu warten, dann meldete er sich noch einmal am Telefon. Ernst war dran.

»Herr Schneider, Sie sollten schnell kommen. Hier in Backnang ist der Teufel los.«

»Jetzt sofort?«

»Ja, jetzt sofort.«

»Na gut, das passt zwar gerade überhaupt nicht, aber wenn es sein muss. Wo soll ich denn hinkommen?«

Ernst nannte ihm das Ziel. Schneider drückte das Gespräch weg, sprang in seinen Sportwagen und ließ Gabi Hundt ohne ein Wort stehen. Im Rückspiegel sah er noch, wie sich die Frau mit erhobener Hand vor einigen aufspritzenden Kieselsteinen schützte und ihm ratlos hinterhersah.

In Backnang kam er in Rekordzeit an. Noch bevor er vor dem Bahnhof in die Straße mit Horlachers Haus einbiegen konnte, sah er die Bescherung. Ein Kollege in Uniform winkte Schneider, dessen gelben Flitzer er vom Revierparkplatz her kannte, durch die Straßensperre und wies ihm den letzten freien Platz am Straßenrand zu.

Schneider stieg aus und sah auf dem gegenüberliegenden Gehweg wütende Männer in schwarzen oder zumindest dunklen Kleidern, die sich von Polizisten mehr oder weniger willig von Horlachers Haus wegführen ließen.

Ernst sah Schneider und kam ihm entgegen.

»Was ist denn hier los?«, fragte Schneider.

»Ich wollte es Ihnen noch am Telefon sagen, aber Sie hatten schon aufgelegt. Wo habe ich Sie denn erwischt?«

»Wieso ›erwischt‹?«

Schneider sah seinen Kollegen prüfend an, aber der hatte wohl ohne Hintergedanken gefragt.

»Na, wo waren Sie denn gerade, als ich Sie angerufen habe?«

»In Rettersburg, bei Frau Hundt. Ich wollte … ich wollte sie noch etwas fragen.«

Ernst runzelte die Stirn.

»Was ist also los hier?«, wechselte Schneider schnell wieder zum ursprünglichen Thema.

»Herr Heym ist heute beerdigt worden.«

»Erst heute? Ich dachte, der ist schon am vergangenen Samstag gestorben.«

»Ja, aber Heym hat wohl Verwandtschaft im Ausland. Und da er ohnehin eine Feuerbestattung verfügt hat, wurde die Trauerfeier eben auf heute gelegt.«

»Aha, und dann?«

»Die Feier war gut besucht. Neben den Freunden und Verwandten von Heym kam natürlich auch lokale Prominenz – der Mann war offenbar sehr populär in Backnang und Umgebung. Auch einige frühere Geschäftspartner, Kunden und so kamen – und Programmierer, die in seiner alten Firma gearbeitet hatten.«

»Auch die Rebellen?«

Schneider hatte Ernst von dem Aufstand der Programmierer gegen Horlacher erzählt.

»Ja, wohl schon. Und die sind danach alle hierhergekommen und haben randaliert.«

»War Ralph Waasmann auch dabei?«

»Er war sogar ganz vorne mit dabei. Waasmann scheint das Ganze hier angezettelt zu haben. Steht hinter dem Haus, Maigerle, Kerzlinger und Ebner sind bei ihm. Wir haben auch seinen Bruder angerufen – Sören Waasmann dürfte gleich da sein.«

»Dann wollen wir uns den Bruder des Kollegen mal ansehen«, sagte Schneider und ging auf das Haus zu.

»Er ist übrigens wieder sturzbetrunken.«

Das sah man Ralph Waasmann schon aus der Ferne an. Er stand zwischen den drei Beamten wie Schippe sieben. Die Augen waren blutunterlaufen, die Gesichtszüge hingen kraftlos wie die Schultern, und immer wieder wischte er sich mit dem Ärmel die Nase trocken.

»Was haben Sie denn jetzt wieder für einen Blödsinn angestellt, Herr Waasmann?«

Schneider war ehrlich sauer wegen dieses Mannes, der sich ständig aufführte wie ein Idiot. Der sich volllaufen ließ und danach alle möglichen Leute in Schwierigkeiten brachte, nicht zuletzt natürlich sich selbst.

Waasmann sah Schneider an, aber er hatte wohl schon zu viel intus, um das Gesicht des Kommissars noch vernünftig zuordnen zu können.

»La'mich ls!«

Waasmann versuchte sich von Ebner loszureißen, der seinen linken Arm hielt. Aber er war zu schwach, und Ebner drückte noch ein wenig mehr zu, bis der Betrunkene links ein wenig einknickte und das Gesicht schmerzerfüllt verzog.

»La'mich, du …«

»Beleidigen Sie mir nur den Kollegen nicht!«, herrschte ihn Schneider an. »Ihr Gelalle schützt Sie nicht vor einer saftigen Geldstrafe. Und Sie sollten endlich aufhören, Ihren Eltern und Ihrer Freundin das Leben schwer zu machen! Und uns auch!«

»Meine … F … Fr …«

Mit der rechten Hand versuchte Waasmann eine abfällige Handbewegung, aber das gelang ihm so wenig wie ein ganzer Satz.

»Mensch, jetzt reißen Sie sich mal zusammen!«

Waasmann kicherte leise und hob die Hand an die Stirn, als wolle er salutieren.

»Mir reicht's jetzt – bringt diesen Clown weg. Der soll in der Zelle seinen Rausch ausschlafen, und wenn er wieder halbwegs bei Sinnen ist, macht ihm bitte jemand klar, dass er eine Menge Ärger bekommt, wenn er nicht endlich aufhört, einen Blödsinn nach dem anderen anzustellen.«

Kaum machte Ebner den ersten Schritt, als sich Waasmann auch schon aufzubäumen versuchte. Er protestierte lallend, stemmte sich gegen den deutlich stärkeren Ebner, wurde aber von den drei Beamten ohne viel Federlesens zu einem Streifenwagen geschafft, der ihn direkt danach zum Revier brachte.

Erst jetzt kam Schneider dazu, sich in Horlachers Garten umzusehen. Überall lagen Steine herum, die vermutlich von einer Trockenbaumauer entlang der Terrasse stammten: Die Mauer wies inzwischen einige Lücken auf.

Auf der Wiese lagen auch weiße Gartenstühle verstreut. Am Haus lag eine eingerissene Plastikplane, unter der die Stühle wahrscheinlich während des Winters eingelagert waren. Irgendjemand hatte einen Ast von einem der Obstbäume im Garten abgerissen und durch ein Fenster in Horlachers Kellergeschoss geworfen. Auch die Scheibe an der Hintertür, die sich direkt neben dem Fenster befand, war eingeschlagen – wahrscheinlich hatten sich die Randalierer durch diese Tür Zugang zum Haus verschaffen wollen.

»Ist wohl keiner reingekommen«, sagte Ernst, der Schneiders Blick gefolgt war.

»Zum Glück, würde ich sagen – das wäre wohl sonst eine ziemlich große Sauerei geworden. Aber sicherheitshalber gehen wir nachher noch kurz rein, ja?«

Schneider sah am Haus empor. An einem Fensterbrett im ersten Stock war ein Seil befestigt, von dem ein weißer Stoff schlaff in den Garten herunterhing.

»Hier ist einer unserer Helden auf einer Leiter nach oben geklettert. Auf die Stoffbahn wurde mit roter Farbe ›Mörder‹ gemalt. Als der Typ gerade das eine Ende festgeknotet hatte, kam eine Streife vorbei und hat ihn und die anderen gestoppt.«

»Da wollen sie aus Wut Horlachers Schuld am Tod ihres alten Chefs anprangern, und dann hängen sie ihr Transparent *hinter* das Haus?« Schneider schüttelte den Kopf. »Da hat wohl nicht nur Waasmann einen über den Durst getrunken, was?«

»Das nennt man bei uns Leichenschmaus«, sagte Ernst und grinste.

»Da haben mir meine Nachbarn in Birkenweißbuch auch schon die tollsten Sachen erzählt. Erst schauen alle ganz traurig drein und unterhalten sich nur flüsternd und raunend. Und dann tauen sie bei Bratwurst und Kartoffelsalat, bei Bier und Wein langsam auf – bis am Ende die Hinterbliebenen des Toten das Weite suchen, weil die Stimmung eindeutig ins Krachlederne kippt.«

»Ja, das habe ich auch schon miterlebt. Ist ziemlich widerlich, wenn man selbst zu den Hinterbliebenen gehört. Die Verwandten von Heym fanden es wohl auch nicht so toll, dass sich dessen frühere Mitarbeiter ordentlich einen hinter die Binde gossen und dann prompt auch etwas lauter wurden. Die haben die schließlich rausgeschmissen. Einer hat wohl die Kollegen gerufen, weil er befürchtete, die Programmierer würden sich nicht so einfach von der Trauerfeier fernhalten lassen. Aber als die den Streifenwagen kommen sahen, haben sie sich getrollt. Ebner, der gerade am Schreibtisch saß, hat davon Wind bekommen und hat eine andere Streife losgeschickt, damit die immer wieder mal durch die Stadt fährt, nach den Programmierern Ausschau hält und vor allem ab und zu bei Horlachers Haus vorbeisieht. Da hatte er offenbar genau den richtigen Riecher – und deshalb konnten die Kollegen hier am Haus auch so schnell dazwischengehen.«

»Hut ab«, sagte Schneider. »Das hat er prima gemacht.«

»Wir haben eben ein gutes Team«, grinste Ernst.

»Ja, schon …«

Schneider wollte ihm nicht widersprechen, obwohl ihm ausgerechnet jetzt in den Sinn kam, dass vermutlich jemand aus der Soko seine private Telefonnummer an Gabi Hundt weitergegeben hatte – und das war definitiv nicht gut gewesen.

»Ist was, Herr Schneider?«

»Was?«

»Mit Ihnen ist doch was, das sehe ich Ihnen an.«

»Nein, ist alles okay.«

Ernst musterte den Kollegen, dann fiel ihm der seltsame Verlauf des Telefonats vorhin ein.

»Sie waren vorhin in Rettersburg? Bei Frau Hundt?«

»Was soll das denn jetzt?«

»Was wollten Sie denn noch von ihr?«

»Wird das ein Verhör? Ich hatte halt noch eine Frage an die Frau. Muss ich das genehmigen lassen? Immerhin bin ich der Leiter unserer Soko, ja? Da können Sie mich schon mal nach Gefühl arbeiten lassen.«

Schneider hatte »nach Gespür« sagen wollen, aber er traute sich nicht, seinen Versprecher zu korrigieren. Mit dieser ganzen unsäglichen Geschichte um Gabi Hundt und ihre Aufdringlichkeit konnte er kein bisschen umgehen – und er hatte auch keine Lust, mit jemandem darüber zu reden. Nicht einmal mit Rainer Ernst, zumindest nicht jetzt.

Kommissar Ernst wiederum war irritiert, weil ihn sein Kollege so deutlich abgebürstet hatte. Ganz offenbar hatte er einen wunden Punkt erwischt, denn bisher hatte er von Schneider nicht den Eindruck gehabt, als seien ihm Hierarchien und Posten so wahnsinnig wichtig. Wenn er also seine höhere Position so klar herausstellte, musste das einen anderen, tiefer gehenden Grund haben.

Ernst reagierte seit einiger Zeit auch manchmal so gereizt. Das hatte aber nur mit Sabine und Zora und damit zu tun, dass er nicht wusste, für wen und ob und wie er sich entscheiden solle.

Ernst sah Schneider noch einmal aufmerksam an: Der Kollege war tief in Gedanken versunken und wirkte auf Ernst irgendwie verstört.

»So fühle ich mich im Moment auch immer wieder«, dachte er. Aber dann verwarf er den Gedanken, der allmählich in ihm hochkroch, sofort wieder.

»Blödsinn!«, dachte er. »Schneider doch nicht!«

Aber hatte das Sabine nicht auch von ihm gedacht? Und Gabi Hundt war ja wirklich eine hübsche Frau.

Das Gespräch mit Dr. Thomann kam ihm wieder in den Sinn. Ob Zora wohl auch mit Schneider …? Immerhin hatte er davon erzählt, sie am vergangenen Samstag im Fitnessstudio getroffen zu haben. War das nicht ein bisschen viel Zufall? Er hatte Zora seit Monaten nicht mehr gesehen, auch nicht zufällig.

Und was war das vor kurzem für ein seltsamer Spruch von Schneider gewesen? Sie hatten sich über den Schlosser Stegschmied unterhalten, Ernst hatte keine Fluchtgefahr gesehen, weil Stegschmied doch verheiratet sei – und Schneider meinte, dass das die Fluchtgefahr doch eher erhöhen könnte.

War das wirklich nur ein Witz gewesen?

Ernsts Handy klingelte.

»Ja?«

Schneider war dran – Schneider, der gerade eben noch neben ihm hier hinter Horlachers Villa gestanden hatte.

»Sie sollten schnell kommen, Herr Ernst. Ich bin vorne in Horlachers Haus rein – die Tür war offen und das Siegel zerschnitten. Rufen Sie Rau an? Der sollte auch schnell mit ein paar Leuten vorbeikommen.«

Ernst gab Rau Bescheid, dann eilte er ums Haus herum, wo Schneider in der offenen Eingangstür stand.

»Sehen Sie?«, sagte Schneider und deutete auf einige Einbruchsspuren am Schloss der Tür. »Das war einfach zugezogen, und das Siegel war mit Klebeband wieder hingefummelt worden. Das ist mir erst aufgefallen, als ich direkt davor stand und genauer hingesehen habe.«

»Gehen wir rein?«

»Wir warten wohl lieber auf Rau.«

Bald darauf schwärmten dessen Kriminaltechniker wieder durchs Haus, fotografierten, nahmen Proben, sicherten Spuren – und gaben Zimmer um Zimmer für Schneider und Ernst frei.

»Wir haben keine weiteren Fingerabdrücke gefunden«, brachte Rau die beiden Kollegen nach einiger Zeit auf den aktuellen Zwischenstand. »Die müssen Handschuhe getragen haben, denn es wurde ordentlich rumgewühlt.«

»Die?«

»Ja, zwei Männer – wir haben unterschiedliche Schuhabdrücke gefunden. Nichts Spektakuläres und nichts, was die Suche groß eingrenzen würde. Die beiden kamen wohl von hinten den Garten hoch und sind dann ums Haus herum nach vorne gegangen.«

»Und warum sind sie nicht gleich hinten rein?«

»Keine Ahnung. Vielleicht hatten sie Bedenken, dass man die Hintertür vom Nachbarhaus besser einsehen kann – wer weiß?«

»Könnten sie gefunden haben, was sie suchten?«

»Nachdem wir drin waren? Also bitte …« Rau sah fast ein wenig gekränkt aus. »Wir haben sogar Horlachers Musik-CDs und seine Blu-ray-Sammlung durchgearbeitet, PC und Laptop haben wir mitgenommen – schließlich hatte er ja eine Internetfirma, da könnten irgendwo wichtige Daten versteckt sein. Es war aber nichts zu finden.«

»Was könnten die beiden Männer gesucht haben?«

Schneider hatte eher laut gedacht, als tatsächlich einen der Kollegen zu fragen. Ernst und Rau zuckten trotzdem mit den Schultern.

»Auf jeden Fall haben sie einige Versteckklassiker durchgearbeitet«, sagte Rau dann noch. »Die Spülkästen in den Klos, auch die Antennen- und Telefondosen haben sie abgeschraubt.«

»Klingt, als hätten sie nichts wahnsinnig Großes gesucht.«

»In die Spülkästen würden DVDs passen, auch Unterlagen aus Papier, wenn man sie gut verpackt. Hinter die Telefondosen passen eher Datensticks, wenn nicht extra ein größerer Hohlraum in die Wand eingearbeitet wurde. Und die Löcher hinter den Dosen waren ganz normal groß.«

»Gibt es hier im Haus eigentlich einen Safe?«

»Wir haben keinen gefunden. Ich habe mich zwar gewundert, weil ich Horlacher schon für einen typischen Safenutzer halten würde – aber es war im ganzen Haus kein Safe zu finden. Und auch unsere beiden heimlichen Besucher haben wohl nichts in der Richtung gefunden. Die haben sich nicht die Mühe gemacht, ihre Suche zu verschleiern und ihr Durcheinander wieder aufzuräumen.«

Nachdenklich ging Schneider hinaus und fuhr mit Ernst zurück ins Polizeirevier.

Auf der Rückfahrt von Backnang war er an diesem Abend ganz in Gedanken bei Hertmannsweiler abgebogen und über Stöckenhof und Öschelbronn nach Rettersburg hinuntergefahren. So richtig wurde es ihm erst bewusst, als er schon in den Hohlweg einfuhr, der den nördlichen Ortseingang markiert.

Einen Moment lang dachte er darüber nach, ob er jetzt noch das Gespräch mit Gabi Hundt führen sollte, zu dem er heute wegen Ernsts Anruf nicht gekommen war. Er sah auf die Uhr und verwarf den Gedanken sofort wieder. So spät am Abend war sicher nicht der richtige Zeitpunkt, um einer jungen, offenbar einsamen Frau klarzumachen, dass man nichts von ihr wollte.

Also fuhr Schneider einfach durch den Ort hindurch und bog keine zehn Minuten später auch schon in seine Garageneinfahrt ein. Das Haus lag dunkel in der Nacht, wie die anderen Häuser drum herum auch.

Leise drückte er die Fahrertür wieder zu. Er lauschte, aber von einem Auto abgesehen, das auf der Umgehungsstraße in Richtung Schorndorf an dem Dorf vorbeifuhr, war kein Laut zu hören.

Vorsichtig steckte er den Schlüssel ins Schloss an der Haustür, und fast schon hatte er befürchtet, der Schlüssel könnte nicht mehr passen. Natürlich passte er noch, so weit war Sybille also nicht gegangen.

»Vielleicht hat sie sich ja wieder beruhigt«, dachte Schneider, und sachte drückte er die Haustür auf, streifte seine Schuhe ab und stellte sie ordentlich auf das kleine Holzregal rechts an der Wand – was sonst eher nicht seine Art war.

Die Tür vom Windfang in den Flur war zu, und als er sie langsam öffnete, sah er dahinter das Wohnzimmer im Dunkeln liegen. Er linste zum Schlafzimmer hinüber, auch durch das Schlüsselloch der Schlafzimmertür war kein Licht zu sehen. Sybille schien schon zu schlafen.

Er schloss die Tür ganz leise hinter sich und tappte im Dunkeln in Richtung Wohnzimmer. Wenn er dort erst das Licht einschaltete, war das vom Schlafzimmer aus kaum zu sehen.

Gerade wollte er die Hand nach der Stelle ausstrecken, an der er den Lichtschalter vermutete, als er ins Stolpern kam.

Er war gegen irgendetwas Weiches getreten und fiel nun der Länge nach hin. Bei dem Versuch, sich noch irgendwo festzuhalten, bekam er das CD-Regal zu fassen, das wie ein kleines Türmchen aus schwarzem Metall neben der Vitrine stand. Mit einigem Getöse landete das Metallregal auf dem Boden und ergoss die darin gestapelten CD-Hüllen klappernd ins Zimmer.

Dadurch war Schneiders unterdrücktes Fluchen und das lautere »Aua!« nicht zu hören, mit dem er den Schmerz quittierte, den der Aufprall seines rechten Knies auf dem Fußboden auslöste. Er rollte sich ein wenig ab und stieß sich dadurch die Ecken einiger aufeinander liegender CD-Hüllen in die Hüfte. Das knirschende Geräusch, das die Hüllen dabei von sich gaben, versprach nichts Gutes.

Mühsam rappelte sich Schneider wieder auf, tastete sich zum Lichtschalter vor und knipste das Wohnzimmerlicht an. Dann horchte er: Sybille war nicht zu hören, obwohl ihr der Radau im Wohnzimmer kaum entgangen sein konnte.

»Wahrscheinlich ist sie noch sauer und will mich erst einmal nicht sehen«, dachte Schneider.

Dann besah er sich, was er angerichtet hatte: Zerbrochene und heile CD-Schachteln lagen überall auf dem Boden verstreut, daneben das umgekippte Regal – und gestolpert war er über sein Bettzeug: Decke, Kissen, Schlafanzug. Obenauf lag ein Krimi mit dem Titel »Endlich ist er tot«.

Nun war er also von Sybille ausquartiert worden. Immerhin »durfte« er noch im Wohnzimmer schlafen – heute Mittag hatte seine Frau noch so geklungen, als würde sie ihm den Koffer vor die Haustür stellen.

Schneider rieb sich das Knie, massierte sich die Nasenwurzeln und richtete sein Nachtlager auf dem Sofa. Lange wälzte er sich hin und her, dann endlich schlief er ein. In seinen Träumen machten ihm Zora Wilde, Gabi Hundt und Leonie Reusch die Hölle heiß, und seine Frau Sybille saß auf einem feurigen Ross und ermunterte die drei Frauen zu immer neuen Gemeinheiten.

In Ebni hatte sich Rainer Ernst nach Feierabend von seinen Eltern bekochen lassen. Seit der Trennung von Sabine hatte er nicht mehr richtig Lust, am Wochenende auszugehen. Unter der Woche verabredete er sich mal mit Kollegen auf ein Bier, einen Abend versuchte er für das Volleyballtraining freizuhalten, und auch danach gingen alle miteinander noch zum Griechen.

Aber am Wochenende waren die anderen mit ihren Familien zusammen oder mit ihrer Clique. Oder mit ihrer Freundin.

Ein paar Mal hatte er sich solchen Cliquen angeschlossen. Mit Jutta Kerzlinger und ihren Freundinnen hatte er sich mal eine Nacht in Schorndorf um die Ohren geschlagen. Und mit Alexander Maigerle und den Musikern von dessen Band war er mal an den Bodensee gefahren, wo die Midnight Men in Konstanz beim Seefest auftraten. Er hatte Roadie gespielt und noch kurz vor fünf am nächsten Morgen geholfen, die Verstärker in den Proberaum zurückzuschleppen.

Aber letztlich kam er sich dann doch vor wie das fünfte Rad am Wagen – kein schönes Gefühl. Und deshalb blieb er nun an den Wochenenden lieber daheim.

Es fühlte sich zwar seltsam an, um sechs mit den Eltern zu essen wie früher und danach auf der Couch irgendwann zwischen »Wetten, dass …?« und dem »Aktuellen Sportstudio« einzuschlafen. Aber er hatte sich inzwischen schon fast wieder daran gewöhnt.

Nur danach, wenn er satt und manchmal auch ein wenig angeschickert nach oben in seine Wohnung ging, wenn er hinter sich hörte, wie sich die Eltern fürs Zubettgehen richteten … dann begann der schwerere Teil dieser Abende.

Inzwischen hatte er sich die Schaufensterfigur wieder aus dem Revier zurückgeholt, die er während der Ermittlungen zum Mord an dem Aushubunternehmer im Fundus des Kaufhauses Bleule in Tamm gekauft hatte – und die Platz hatte machen müssen für den Papp-Humphrey von »Casablanca«-Fan Sabine. Humphrey war ja nun nicht mehr da, und Sabine auch nicht mehr.

Ernst prostete der Kunststofffigur zu, und die sah ihn unergründlich mit ihren schimmernden Plastikaugen an. Oder waren sie aus Glas? Schwerfällig stand Ernst auf und musterte die Augen der Figur, aber er konnte das Material, aus dem sie gemacht waren, nicht eindeutig erkennen.

Er näherte sich dem Gesicht der Figur und musterte die Lichtreflexe, die sich auf den beiden künstlichen Augen bildeten. Die Wimpern waren tiefschwarz getuscht, das ebenfalls schwarze Haar fiel in unordentlichen Locken ins Gesicht.

Als er plötzlich die kalten Kunststofflippen der Schaufensterfigur auf seinen spürte, schreckte er zurück. Hatte er gerade tatsächlich diese Figur geküsst? Fassungslos ging er rückwärts durch das Zimmer, den Blick immer fest auf die Schaufensterpuppe geheftet, und ließ sich, als er an den Waden den weichen Widerstand fühlte, langsam auf das Sofapolster sinken.

Er trank sein Glas aus, schenkte nach, nahm noch einen Schluck.

»Ich muss was unternehmen«, ging es Ernst durch den Kopf. »So kann das nicht weitergehen. So nicht.«

Er schloss die Augen.

»Aber wie sonst?«

Sonntag, 7. März

Als Leonie Reusch am Abend nach Krimi und Diskussionsrunde das Fernsehen ausschaltete, hörte sie ein kratzendes Geräusch, das von ihrer Wohnungstür her kam. Leise schlich sie sich zur Tür hin und spähte durch den Spion nach draußen. Ein Mann machte sich am Schloss zu schaffen, erkennen konnte sie ihn aus dieser Perspektive nicht. Aber er schien nicht recht voranzukommen, denn er machte eine kleine Pause und verschnaufte. Als dabei sein Blick nach oben ging, zuckte Leonie Reusch schnell vom Türspion zurück.

Dann hörte sie Schritte, der Mann schien die Treppe hinunterzugehen. Doch als sie schon aufatmen wollte, kehrten die Schritte wieder zurück, hinauf zu ihrer Etage. Es klang, als habe der Mann nun etwas vor ihrer Tür abgestellt. Sie linste noch einmal zum Spion hinaus: Neben dem nach vorne gebeugten Mann stand nun ein Werkzeugkoffer auf dem Boden.

Leise und schnell huschte sie zurück ins Wohnzimmer, wo sie in einem kleinen Zettelstapel neben der Ladestation ihres Telefons fieberhaft nach der Visitenkarte von Kommissar Schneider suchte. Als sie das Kärtchen gefunden hatte, ging sie damit und mit dem Telefon ins Bad, schloss sich ein und wählte mit zitternden Fingern Schneiders Privatnummer.

Als sie dem Kommissar ihre Situation geschildert hatte, hörte sie, wie draußen etwas zersplitterte. Totenbleich legte sie auf. Offenbar war der Mann nun in der Wohnung.

Es hatte einen Moment gedauert, bis sich Schneider im dunklen Wohnzimmer wieder zurechtgefunden hatte. Er wischte seine Nachtlektüre und den kleinen Digitalwecker vom Beistelltisch, bevor er das Handy zu fassen bekam.

»Ja?«, brummte er und hustete seine Stimme ein wenig frei. »Schneider hier.«

»Schnell, kommen Sie«, flüsterte auf der anderen Seite eine Frauenstimme, die er nicht gleich zuordnen konnte.

»Wer ist denn da?«

»Leonie Reusch. Ich habe mich im Bad eingeschlossen, draußen versucht gerade jemand meine Wohnungstür aufzubrechen.«

Der drängende Tonfall der jungen Frau und die Szenerie, die sie beschrieb, verschafften sofort seinen in vielen Berufsjahren antrainierten Reflexen die Oberhand – na ja, so einigermaßen, denn aus dem weichen Sofapolster schnellte Schneider doch nicht mehr so flink hervor wie früher.

»Bleiben Sie im Bad, wir kommen«, sagte er.

Dann fügte er noch hinzu: »Und legen Sie das Handy nicht auf, damit wir in Verbindung bleiben können!«

Doch es war schon zu spät: Die Verbindung war unterbrochen worden. Das letzte Geräusch, das Schneider im Hintergrund hören konnte, war ein hässliches Zerbersten gewesen – die Wohnungstür vermutlich.

Im Hinausgehen begann er die Kollegen zu alarmieren, und nachdem er in die Schuhe geschlüpft und sich die Jacke übergestreift hatte, wussten Ernst, Schimmelpfeng und die Beamten im Backnanger Revier Bescheid – sie würden nun die anderen alarmieren und selbst so schnell zu Leonie Reuschs Wohnung kommen, wie sie konnten.

Sybille Schneider hatte den plötzlichen Lärm natürlich auch mitbekommen und lugte vorsichtig durch die einen Spaltbreit geöffnete Schlafzimmertür. Hätte sich Klaus Schneider noch zu ihr umgedreht, hätte er bemerkt, dass ihr Blick nichts Wütendes, nichts Abweisendes mehr hatte. Sybille Schneider machte sich einfach nur Sorgen.

Schneider fuhr so schnell er konnte. Er kam gut voran und profitierte dabei vom starken Motor seines Sportwagens und davon, dass um diese Zeit nicht mehr viel Verkehr herrschte. Trotzdem war die Strecke von Birkenweißbuch nach Backnang einfach zu lang, als dass er wirklich hoffen konnte, als Erster bei Leonie Reusch einzutreffen.

Als er schließlich mit hoher Drehzahl die leicht kurvige Plattenwaldallee hinaufraste, dann heftig abbremste und in den Elly-Heuss-Knapp-Weg einbog, war auf den Häuserwänden ringsum schon der Widerschein von zahlreichen Blaulichtern zu sehen.

Ebner und Schimmelpfeng kamen auf ihn zu, als er gerade aus dem Wagen stieg und brachten ihn kurz aufs Laufende, was den bisherigen Einsatz anging. Es war noch nichts Entscheidendes passiert. Die alarmierten Beamten hatten rund um das Haus Posten bezogen, ein weiterer Polizist hatte inzwischen die Haustür geknackt und wartete unten vor dem Haus auf weitere Anweisungen.

»SEK?«, fragte Schneider knapp.

»Schon unterwegs«, sagte Ebner. »Wir müssen ja mit Geiselnahme rechnen.«

Ebner hatte außerdem zwei Beamte in Wohnungen geschickt, von denen aus man durch Leonie Reuschs Fenster einen Teil ihrer Wohnung einsehen konnte. Der eine war schon von den aufgeschreckten Bewohnern eingelassen worden und berichtete nun über sein Funkgerät, was er sah: nichts Auffälliges.

Schneider wählte auf seinem Handy die Nummer von Leonie Reusch aus der Anrufliste und wartete. Es klingelte durch, bis der Anrufbeantworter ansprang, die Frau meldete sich nicht.

Hinter Schneider stieg gerade Rainer Ernst aus seinem Wagen.

»Feulner weiß Bescheid, Binnig auch. Beide wollen kommen, es kann aber ein bisschen dauern.«

»Na, fürs Erste werden wir sie hier nicht brauchen.«

»Und Herrmann kommt auch, müsste in ein paar Minuten hier sein.«

»Wozu brauchen wir hier die Pressestelle?«

»Deshalb«, sagte Ernst und deutete über Schneiders Schulter zur Plattenwaldallee hin. Ein alter Kleinwagen bog gerade in den Elly-Heuss-Knapp-Weg ein. Der Fahrer würgte den Motor ab, legte ein weißes Schild mit der Aufschrift »Presse« hinter seine Windschutzscheibe und kletterte aus dem Wagen. Er schlug die Tür zu und hatte schon einen Fotoapparat im Anschlag.

»Ach, Hasselmann ist wieder auf der Pirsch«, stöhnte Schneider und beorderte zwei Beamten mit knappen Gesten in die Richtung des Journalisten. »Herrmann ist schon unterwegs«, rief er ihnen zu, »braucht noch ein paar Minuten.«

Die Uniformierten verstanden auf Anhieb. Sie hielten Hasselmann auf, kontrollierten umständlich seine Personalien und verwickelten ihn in ein Gespräch, um Zeit zu gewinnen, bis der Pressechef der Polizeidirektion eingetroffen sein würde.

»Wussten Sie, dass Hasselmann kommen würde?«

»Ebner hat mir am Telefon Bescheid gesagt. Ich hatte ihn übers Handy informiert, er saß noch in seiner Stammkneipe, nicht weit von hier. Ihm war aufgefallen, dass sich ein Journalist in der Kneipe nach Horlacher erkundigte, der dort auch ein- und ausgegangen war. Gerade hatte er sich an Ebner rangemacht und wurde sofort hellhörig, als ich Alarm gab.«

»Und warum war dann Ebner vorhin schon hier, und Hasselmann kam jetzt erst?«

»Ach, da muss wohl ein Kumpel von Ebner plötzlich ganz ungeschickt umgeparkt haben …«

Ernst grinste.

»Das ist natürlich Pech für Hasselmann«, pflichtete ihm Schneider bei. »So, und was machen wir jetzt?«

Leonie Reusch saß zitternd auf dem Rand ihrer Badewanne und sah mit panischem Blick zur Tür hin. Von draußen her hörte sie, wie der Unbekannte Schubladen aufriss und in der Wohnung umherging. Er schien etwas zu suchen, und er schien daran mehr interessiert zu sein als an ihrer Person.

Immer wieder fiel polternd ein Blumenstock um und ein Stuhl wurde heftig zur Seite geschoben. Dann hörte sie vor dem Haus Autos heranfahren, und durch ihr Fenster sah sie die hektischen Reflexe von Blaulicht.

In der Wohnung wurde es nun still. Der Unbekannte hatte die Streifenwagen offenbar auch bemerkt und unterbrach seine Suche. Langsam kamen Schritte auf die Badezimmertür zu, der Unbekannte drückte die Klinke und rüttelte ein wenig an der Tür, als er bemerkte, dass sie abgeschlossen war.

Ein lautes Rasseln ließ Schneider nach oben blicken. An Leonie Reuschs Wohnung wurden nun die Rollläden heruntergelassen. Nur kleine Schlitze blieben zu sehen, durch die der Eindringling von innen die Lage überblicken konnte, ohne selbst gesehen zu werden. Die Lichter in der Wohnung wurden nach und nach ausgeschaltet.

Neben Schneiders Porsche hielt ein Krankenwagen, zwei Sanitäter und ein Notarzt stiegen aus. Inzwischen war auch Pressechef Herrmann eingetroffen, der Ferry Hasselmann zur Seite nahm und auf ihn einredete.

Schneiders Handy klingelte. Ernst musste grinsen, als er den »Gisela«-Chor aus Maigerles Schwabenblues erkannte. Schneider machte eine entschuldigende Geste.

»Ja? Schneider hier.«

Auf der anderen Seite war leises Wimmern zu hören, dann eine männliche Stimme, heiser und flüsternd.

»Jetzt hören Sie mal genau zu!«

Schneider kam die Stimme bekannt vor, obwohl sie durch das Flüstern natürlich verfremdet war.

»Ich habe Leonie Reusch in meiner Gewalt, und wenn Sie Ihre Clowns da unten nicht sofort abziehen, gibt es ein Unglück!«

»Mit wem spreche ich denn?«

»Das müssen Sie nicht wissen.«

Das sah Schneider anders, aber zunächst ging es darum, Zeit zu gewinnen und den Unbekannten ein wenig zu beruhigen.

»Ich muss allerdings wissen, wie es Frau Reusch geht.«

»Gut genug.«

»Ich möchte mit ihr sprechen.«

»Nein, das will ich nicht.«

»Tut mir leid, aber ich muss wissen, wie es Frau Reusch geht. Das ist die Grundlage von allem. Vorher kann ich hier gar nichts unternehmen.«

»Ich sage Ihnen doch: Es geht ihr gut.«

»Das reicht mir nicht.«

Stille am anderen Ende. Schneider fürchtete schon, er könnte überreizt haben und der Unbekannte würde auflegen. Dann hörte er die Männerstimme wieder, diesmal gedämpft, als halte der Mann die Hand über das Handymikrofon und rede mit jemand anderem im Zimmer.

Dann veränderte sich das Geräusch im Handy – offenbar hatte der Unbekannte auf Freisprechen umgeschaltet. Schließlich war Leonie Reuschs Stimme zu hören.

»Hallo? Herr Schneider, sind Sie das?«

»Ja, ich bin's. Ich stehe unten vor Ihrem Haus. Geht es Ihnen gut?«

»Ich bin so weit okay.«

»Dann machen Sie bitte, was der Mann Ihnen sagt und provozieren Sie ihn nicht, ja? Wir kriegen Sie da schon wieder raus. Machen Sie sich keine Sorgen.«

»Das reicht!«, fuhr der Mann dazwischen und nahm Leonie Reusch das Handy wieder weg. »Sie ziehen jetzt Ihre Leute ab, sonst passiert was!«

»Gut, ich rede mit dem Einsatzleiter«, log Schneider.

»Sind Sie nicht der Chef? Dann geben Sie mir den Mann, der bei Ihnen da unten das Sagen hat.«

»Doch, doch, ich bin der Chef. Der Einsatzleiter ist mir unterstellt und koordiniert die Beamten für mich.«

Schneider faselte einfach mal drauflos und hoffte, dass ihm der Mann alles abkaufte. Er wollte Zeit gewinnen, und er wollte dem Unbekannten vorspielen, er müsse seine Entscheidungen mit Kollegen absprechen – was jedes Mal einen kleinen Zeitgewinn bedeuten konnte.

»Es ist Zwerenz!«, rief Leonie Reusch aus dem Hintergrund. »Der Chefprogrammierer von Horlachers –«

Ihr Rufen wurde von einem lauten Klatschen unterbrochen. Danach klang es, als sei in der Wohnung jemand über einen Stuhl gestolpert oder habe im Hinfallen etwas Hartes mit zu Boden gerissen.

»Frau Reusch?«

»Blöde Tussi!«, hörte Schneider den Unbekannten rufen. Er war wütend, und nachdem er enttarnt worden war, hatte er auch keinen Grund mehr, weiterhin zu flüstern.

Leonie Reusch war nicht zu hören. Anders als vorhin fehlte das leise Wimmern im Hintergrund. War ihr etwas Schlimmeres zugestoßen?

»Haben Sie gerade Frau Reusch geschlagen?«

»Natürlich. Und ich werde noch ganz andere Dinge mit ihr machen, wenn Sie jetzt Ihre Leute nicht da unten abziehen. Ich will in fünf Minuten niemanden mehr vor dem Haus sehen.«

»Das ist zu knapp, das schaffen wir nicht.«

»Pech für Frau Reusch«, schnappte Zwerenz, dann lachte er anzüglich: »Ist übrigens eine ganz Süße, die kleine Leonie …«

Schneider lief es kalt den Rücken hinunter.

Die Streifenwagen schalteten ihre Blaulichter aus, die Beamten stiegen ein und fuhren hinaus auf die Plattenwaldallee, wo sie sich nach links und rechts verteilten und nahe der Einmündung des Elly-Heuss-Knapp-Weges so stehen blieben, dass sie von Leonie Reuschs Wohnung aus nicht mehr zu entdecken waren.

Der Krankenwagen fuhr ebenfalls weg, und Herrmann wies auch den Reporter an, seinen Wagen ein Stück weit die Plattenwaldallee hinunter zu parken.

Schneider fummelte an den Einstellungen seines Handys herum und stellte den Klingelton auf einen normalen Rufton um.

Ihm war aufgefallen, dass Zwerenz nur von Polizisten »da unten« gesprochen hatte, also ließ er die beiden Beamten in den gegenüberliegenden Wohnungen auf ihren Posten, auch wenn sie im Moment durch die heruntergelassenen Rollläden nicht viel erkennen konnten.

Ebner, Ernst und Schimmelpfeng waren mit ihren Autos auf der Stettiner Straße um die Siedlung herumgefahren und standen nun auf der anderen Seite des Hauses, ohne von dort gesehen werden zu können.

Schneider sah auf seine Uhr: Die fünf Minuten waren längst abgelaufen, nach weiteren zwei Minuten wählte er die Nummer von Leonie Reusch. Zwerenz hob sofort ab.

»Die Beamten sind abgezogen, Herr Zwerenz«, sagte Schneider.

»Gut. Dann hauen Sie jetzt auch noch ab. Ich sehe Sie genau, wie Sie da unten vor dem Haus stehen. Weg da!«

»Herr Zwerenz ...«

»Halten Sie die Klappe und lassen Sie meinen Namen weg!«

»Aber Sie sind doch Herr Zwerenz.«

»Ja, und die Tatsache, dass Sie das inzwischen wissen, erinnert mich daran, wer es Ihnen verraten hat. Vielleicht sollten Sie mich nicht noch wütender auf die junge Dame hier machen!«

»Gut, Herr ... Gut.«

»Also machen Sie sich endlich vom Acker. Ach, und lassen Sie mir einen Streifenwagen vor die Tür stellen, mit dem ich wegfahren kann. Schlüssel steckt, Tank ist voll, keine Wanzen oder Peilsender – sonst ist Frau Reusch fällig!«

»Ist gut, wird sofort gemacht. Dauert nur ein paar Minuten. Ich geh dann jetzt, ja?«

»Ja, los.«

Schneider bog um die Ecke und gab den dort wartenden Beamten einige Anweisungen. Er hatte einen Plan, aber der musste auf Anhieb klappen.

Ganz offensichtlich war Zwerenz mit der Situation überfordert. Er taugte nicht zum Geiselnehmer, und was er gerade gefordert hatte, zeigte allenfalls, dass er gerne Krimis im Fernsehen sah. Peilsender, Wanze – wie wollte er denn feststellen, dass beides nicht im Streifenwagen angebracht war?

Aber auch wenn Zwerenz als Geiselnehmer eine Fehlbesetzung war, machte das die Situation für Leonie Reusch nicht weniger gefährlich, das wusste Schneider. Immerhin hatte Zwerenz die Frau schon einmal geschlagen – und vermutlich ziemlich heftig.

Leonie Reusch rappelte sich mühsam vom Boden auf. Der kräftige Schlag mit der flachen Hand, mit dem Zwerenz sie dafür bestraft hatte, dass sie der Polizei seinen Namen verraten hatte, hatte sie nach hinten geschleudert und sie schließlich über einen Stuhl stolpern und dann zu Boden fallen lassen.

Der Rücken tat ihr weh, auch der linke Arm, mit dem sie ihren Sturz hatte auffangen wollen. Und ihr Gesicht brannte wie Feuer. Zum einen von Zwerenz' Hand, zum anderen vor Scham und Wut – sie war noch nie geschlagen worden, und jetzt wusste sie, was ihr bisher erspart geblieben war.

Zwerenz sprach gerade in ihr Mobiltelefon, stand am Wohnzimmerfenster und hatte ihr den Rücken zugedreht. Langsam griff sie ins Bücherregal neben sich und zog ein Buch heraus, dass ihr dick und hart genug vorkam, um als Waffe zu dienen. Sie wog das Buch in der rechten Hand und packte den Buchrücken fester, dann schlich sie langsam ein, zwei Schritte auf Zwerenz zu.

Der drückte das Gespräch in diesem Moment weg und drehte sich um, damit er durch eines der anderen Fenster nach draußen sehen konnte. Als er Leonie Reusch so unerwartet nahe vor sich stehen sah, erschrak er kurz. Dann fiel sein Blick auf das Buch und auf die Finger der Frau, die so fest zudrückten, dass die Knöchel ganz weiß aussahen. Ein überlegenes Grinsen machte sich auf seinem Gesicht breit. Er legte das Telefon auf den Couchtisch und behielt Leonie die ganze Zeit über grinsend im Blick. Dann ging er rückwärts in Richtung Flur, wo er den Werkzeugkoffer abgestellt hatte, und nahm sich einen schweren Fäustel heraus.

Er wog den kurzstieligen Hammer prüfend in der rechten Hand, grinste die Frau noch ein wenig unverschämter an und kam ihr Schritt für Schritt näher, während er den Hammer langsam immer wieder in die offene linke Handfläche klatschen ließ.

Leonie Reusch brach der Schweiß aus allen Poren, und ihre Beine drohten nachzugeben.

Schneider trat wieder vor das Haus und sah sich kurz um. Es war alles vorbereitet. Der Streifenwagen stand mit rotierendem Blaulicht vor der Haustür, beide Vordertüren standen offen, der Motor lief.

»Wenn Zwerenz schon auf Krimis steht, dann lassen wir mal lieber kein Klischee aus«, dachte Schneider.

Nichts passierte. Schneider wartete, endlich klingelte sein Handy.

»Ja? Herr Zwerenz?«

»Nein, nicht Zwerenz: Roeder hier!«

Die schneidende Stimme, die ihn im Kommandoton aus dem Handy anblaffte, konnte Schneider nicht zuordnen.

»Welcher Roeder?«

»SEK!«

»Scheiße!«, dachte Schneider. »Ausgerechnet jetzt …«

»Sind Sie noch da?«, fragte Roeder. Schneider hatte höchstens zwei Sekunden nachgedacht – dieser Roeder schien im wahrsten Sinn des Wortes von der schnellen Truppe zu sein.

»Natürlich bin ich noch da.«

»Gut. Ich übernehme, Ihnen vielen Dank bis hierher.«

»Sie übernehmen?«, fragte Schneider nach, und Wut stieg in ihm auf. »Auf keinen Fall übernehmen Sie!«

Jetzt hatten sie Zwerenz endlich so weit, dass er ihnen gleich in die vorbereitete Falle gehen würde, da wollte ihm dieser Haudrauf dazwischenpfuschen!

»Weisung von oben«, sagte Roeder knapp. »Sie haben Ihre Männer ja ohnehin schon zurückgezogen.«

»Wir haben auch Frauen mit dabei, *Herr* Roeder!« Schneider ging der Ton dieses Typen mächtig gegen den Strich. »Und Sie machen erst einmal gar nichts und halten sich für alle Fälle zur Verfügung.«

»Das haben Sie nicht zu –«

»Verstanden, Roeder?«

Langsam kam Schneider in Fahrt. Er musste fast ein wenig grinsen, als er sich das Gesicht Roeders vorstellte: asketisch wahrscheinlich, kantige Formen unter kurz rasiertem Haar – und nun würde sich allmählich eine zunehmende rote Färbung in den Teint mischen.

»Sind Sie noch da, Roeder?«

»Darauf können Sie wetten, Mann!«

»Jetzt kommen Sie mal runter, anstatt hier den Rambo zu spielen. Wir haben alles vorbereitet, um gleich selbst einen Zugriff zu unternehmen. Warten Sie einfach kurz ab, und wenn wir die Sache in den Sand setzen, können Sie uns zeigen, wie das die großen Jungs machen. Okay?«

»Sie? Einen *Zugriff*? Gut. Dann lassen wir Sie halt noch kurz Mist bauen, dann übernehmen die Profis. Ach, und noch was, Herr …«

»Schneider.«

»… genau: Diese Nummer wird Ihnen noch leidtun. Das melde ich nach oben. Nach ganz oben, darauf können Sie einen lassen.«

»Ach, Sie kennen den Ministerpräsidenten? Oder wollen Sie beten?«

Damit unterbrach Schneider die Verbindung. Kurz fühlte er sich noch euphorisch, diesen Aufschneider so heftig abgebürstet zu haben – dann schlich sich das ungute Gefühl in die Euphorie, dass er wohl doch zu dick aufgetragen hatte.

»Na ja, schon passiert«, dachte Schneider und sah hinauf zu Leonie Reuschs Wohnung. Dann wählte er die Nummer der Frau. Niemand ging hin, und schließlich sprang der Anrufbeantworter an.

Irgendetwas stimmte da nicht.

Vor dem Haus stand der Streifenwagen mit laufendem Motor, sonst war nichts zu hören.

Schneider rief Ernst an, und kurz darauf näherten sich Polizisten in Uniform und in Zivil von allen Seiten dem Haus, in dem sich Leonie Reusch und Zwerenz aufhielten. Schneider und die anderen schalteten ihre Handys aus, um auf ihrem Weg nach oben nicht im falschen Moment durch ein Klingeln verraten zu werden.

Die Haustür war kein Hindernis: Der Beamte, der vorhin die Haustür öffnen sollte, hatte noch die kleine Metallklappe im Schloss umgelegt, bevor er abgezogen war – nun war die Tür nicht mehr verriegelt.

Leise schlichen sich die Beamten nach oben, doch es blieb still. Vor der Tür angekommen, gaben sich Schneider, Ernst und Ebner Zeichen, wer zuerst reingehen und wer den anderen Deckung geben sollte. Die Waffen hielten sie schon in der Hand, dann atmete Schneider noch einmal tief durch und nickte.

Ernst trat die angelehnte Wohnungstür auf, sprang in den Flur und ging mit schussbereiter Pistole in die Hocke. Ebner blieb sichernd stehen, und Schneider huschte zur gegenüberliegenden Wand des Flurs.

Dort blieben sie schwer atmend stehen und sahen ungläubig auf die Szene, die sich ihnen bot.

Staatsanwalt Feulner schnaubte vor Wut.

Er hatte unterwegs per Handy erfahren, dass schon ein erster Reporter vor Ort war. Dann hatte ihn Binnig informiert, dass das SEK vor Leonie Reuschs Haus eingetroffen sei, aber noch nicht übernommen hätte.

Nun fuhr er die weit geschwungene Kurve um Feuerwehr und Hallenbahn herum und bog auf dem Kreisverkehr nach rechts in Richtung Plattenwaldsiedlung ab. Schneiders Handy war die ganze Zeit über besetzt gewesen, aber Ebner konnte er erreichen. Von ihm hörte er, dass irgendetwas nicht wie erwartet ablief – natürlich drückte Ebner das anders und positiver aus, aber Feulner war ja nicht von gestern.

»Außerdem«, sagte Ebner noch, »können Sie Schneider, Ernst und die anderen jetzt gleich nicht mehr erreichen. Wir gehen ins Haus und schalten die Handys ab.«

Damit legte Ebner auch schon auf. Kurz danach klingelte es wieder.

»Ebner? Was ist da los?«

»Ich bin nicht Ebner, und auch nicht Zwerenz – mein Name ist Roeder und ich bin vom SEK.«

»Wieso Zwerenz?«

»Egal, hören Sie: Vor Ort ist da ein Beamter eingesetzt, dem offenbar ein wenig der Sinn für Hierarchien abhanden gekommen ist. Ein gewisser Schneider.«

Feulner stöhnte.

»Der hat versucht, mir Befehle zu erteilen«, meckerte Roeder weiter. »Und er hat mich daran gehindert, meine Arbeit zu tun. Wenn der jetzt etwas verbockt, halte ich nicht den Kopf dafür hin – das will ich hier mal fürs Protokoll feststellen. Wir vom SEK lassen diesen Schneider noch kurz gewähren, dann greifen wir ein. Und wenn das hier alles vorüber ist, werden Köpfe rollen. Wenn Sie das bitte diesem Herrn Schneider ausrichten würden. Danke.«

»Sind Sie noch ganz dicht?« Feulner platzte schier angesichts dieser Dreistigkeit. »Bin ich Ihr Laufbursche oder was? Sie wollen mir etwas über Hierarchien erzählen? Einen Kommisskopf wie Sie falte ich zum Frühstück! Ich als Staatsanwalt bin Herr dieses Verfahrens, und wenn ich Ihnen sage, dass Sie noch nicht eingreifen, dann haben Sie das zu respektieren!«

Er hatte zwar keine Ahnung, wer das SEK letztendlich gestoppt hatte, aber hier ging es um seine Autorität. Und da konnte Feulner empfindlich sein.

»Haben Sie mich verstanden, Roeder?«

Stille am anderen Ende.

»Ich will von Ihnen hören, dass Sie mich verstanden haben!«

»Hab ich.«

»Wie heißt das?«

»Ja, ich habe Sie verstanden, Herr Staatsanwalt.«

»Gut, bleiben Sie in Bereitschaft. Wir geben Ihnen Bescheid.«

Damit unterbrach Feulner die Verbindung und stellte seinen Wagen kurz vor der Einmündung des Elly-Heuss-Knapp-Wegs ab.

»Mensch, Schneider«, dachte er noch und stieg aus, »was haben Sie jetzt bloß wieder angerichtet?«

Schneider ließ seine Waffe sinken und steckte sie zurück in sein Holster. Auch Ebner und Ernst entspannten sich und steckten die Waffen weg.

Vor ihnen lag Zwerenz auf dem Boden, er war offensichtlich bewusstlos. Über ihm stand Leonie Reusch, in der Hand ein dickes Buch, und weinte.

Schneider ging zu ihr hin und nahm ihr das Buch aus der Hand. Er besah sich den Einband: ein nicht mehr ganz aktuelles, aber dickes Lexikon.

»Wissen ist Macht«, raunte ihm Ernst zu und grinste.

Ebner ging zu Leonie Reusch hinüber, schob sie leicht in Richtung Sofa und ließ sie sich setzen.

Alle waren erleichtert, dass sie hier keinen zu jeder Gewalt bereiten Geiselnehmer überwältigen mussten.

Schneider schaltete sein Handy ein und gab für die Kollegen unten Entwarnung. Kurz darauf standen drei Männer in der Tür: Der Sanitäter und der Notarzt untersuchten Zwerenz und sprachen kurz mit Frau Reusch, Staatsanwalt Feulner sah sich kurz um und ging dann missmutig auf Schneider zu.

»Wir müssen reden, Herr Schneider.«

Das, fand Schneider, klang nicht gut.

Auf dem Weg hinunter auf die Straße ließ sich Feulner kurz die Szene zwischen Schneider und Roeder schildern. Der Staatsanwalt hörte ruhig zu, gegen Ende grinste er sogar ein wenig, was Schneider sehr irritierte. Dann wurde Feulner wieder ernst.

»Damit Sie mich nicht falsch verstehen: Das wird Ihnen noch einen ordentlichen Rüffel einbringen – so spricht man nicht mit einem Kollegen vom SEK.« Dann grinste er wieder. »Allerdings hat mich dieser Dschungelkämpfer genauso genervt, und ich habe ihn auch abgebürstet. Sie sehen also, Herr Schneider: Wir werden gemeinsam ein Problem bekommen.«

»Das ist doch mal was Neues, nicht?«

Die beiden Männer traten hinaus auf den Elly-Heuss-Knapp-Weg. Vor ihnen standen zwei große, breitschultrige SEK-Beamte in martialischer Ausrüstung und ein etwas kleinerer, molliger Dritter.

»Herr Roeder?«, wandte sich Feulner instinktiv an den Muskelprotz in der Mitte, der aber nur den Kopf schüttelte und mit seiner Waffe auf den Kleinen zeigte.

»Ich bin Roeder. Und Sie sind …?«

»Staatsanwalt Feulner, und das hier ist Kriminalhauptkommissar Schneider. Wir drei hatten ja schon miteinander das Vergnügen.«

»Wir müssen wohl nicht mehr rein, was?«

»Nein, der Einsatz ist beendet«, sagte Feulner und blickte auf Roeder hinunter. »Erfolgreich beendet, übrigens.«

Dass Schneider und seine Kollegen in der Wohnung niemanden mehr hatten überwältigen müssen, ließ Feulner einfach mal weg.

»Glück gehabt«, brummte Roeder und fixierte Schneider mit funkelndem Blick. »Aber Sie hören noch von mir!«

Damit machte er auf dem Absatz kehrt und stapfte davon, dicht gefolgt von seinen beiden größeren Kollegen.

Schneider feixte.

»Freuen Sie sich mal nicht zu früh«, warnte ihn Feulner. »Da kommt noch was nach, darauf können Sie sich verlassen.«

Auf der Plattenwaldallee rollte ein schwarzer Geländewagen langsam wieder stadteinwärts. Raubvogel und Stiernacken hatten den ganzen Sonntag über nach Zwerenz gesucht. Seine Privatadresse kannten sie nicht, und in der Firma war er nicht gewesen. Auch nicht in dieser seltsamen Kneipe, in der sie Horlacher immer so gerne getroffen hatte.

Doch während sie dort ihr Bier tranken, rasten draußen Streifenwagen mit Blaulicht und Martinshorn vorüber. Einem Gefühl folgend, eilten die beiden hinaus und sahen draußen einen Mann stehen, der wohl ebenfalls wegfahren wollte, aber heillos eingeparkt war.

Raubvogel und Stiernacken hatten gegenüber geparkt und fuhren nun in dieselbe Richtung wie die Streifenwagen. Erst mussten sie an einer Einmündung vorbeifahren, hinter der Streifenwagen standen sowie Männer und Frauen in Uniform und Zivil. Danach kehrten sie zurück und postierten sich so, dass sie zwar das Haus, um das es ging, einigermaßen einsehen konnten, selbst aber der Polizei nicht im Weg standen.

Nach einer Weile kam auch der Mann, der vor der Kneipe eingeparkt gewesen war, und fotografierte sofort drauflos. Ein anderer Mann kam auf ihn zu, verwickelte ihn in ein Gespräch und drängte ihn dabei ein wenig ab.

Richtig interessant wurde es für die beiden Männer im Geländewagen aber erst später: Da sahen sie, wie Zwerenz aus dem Haus geführt wurde. Er rieb sich den Kopf und war offensichtlich noch etwas benommen.

Vorsichtig folgten Raubvogel und Stiernacken dem Notarztwagen mit Zwerenz an Bord bis vor das Krankenhaus. Irgendwann in der Nacht schlich sich Stiernacken hinein, musste aber unverrichteter Dinge zu seinem Kompagnon zurückkehren: Vor einem der Krankenzimmer war ein Polizist postiert, vermutlich lag Zwerenz darin – leider zu gut bewacht, um ihn sich hier vorknöpfen zu können.

Montag, 8. März

Die Nacht nach seinem Einbruch in Leonie Reuschs Wohnung verbrachte Zwerenz im Backnanger Krankenhaus. Vor der Zimmertür war ein Polizist postiert, der zwischendurch immer wieder die Kollegen im Revier per Handy auf dem Laufenden darüber hielt, wie es gerade um den »Patienten« stand.

Nach dem Frühstück wurde Zwerenz ins Revier gebracht, wo ihn Ernst und Ebner schon erwarteten. Schneider kam ein paar Minuten später: Er hatte noch mit Direktor Binnig telefoniert. Der SEK-Chef hatte sich wie erwartet bitter über den Umgang mit seinen Leuten beschwert, erst beim Oberstaatsanwalt über Feulner, dann bei Binnig über Schneider. Binnig hatte sich die Klage über Schneider ruhig angehört und gerade zu einer Entschuldigung im Namen des Kollegen ansetzen wollen, als der SEK-Chef die Drohung durchklingen ließ, sich wegen des Zwischenfalls noch an höhere Stellen zu wenden.

Binnig hatte dem SEK-Chef daraufhin in knappen Worten erklärt, dass er eigentlich mehr von Kollegen halte, die genug Mumm in den Knochen hatten, Themen im direkten Gespräch zu klären und nicht hintenrum über eingespielte Seilschaften zu taktieren. Dann hatte Binnig aufgelegt, ohne die Erwiderung abzuwarten.

Schneider war ihm dankbar für den Beistand, und das sagte er ihm auch. Aber nun musste er sich auf das Gespräch mit Zwerenz konzentrieren, und die vier Männer gingen zusammen ins Verhörzimmer.

»Müssen wir noch auf Ihren Anwalt warten?«, fragte Schneider.

»Nein. Dass ich in Frau Reuschs Wohnung eingebrochen bin, kann ich wohl kaum leugnen. Und sonst können Sie mir nichts vorwerfen.«

»Na ja, Geiselnahme, Körperverletzung – ich glaube, wir bekommen da schon eine ganz ansehnliche Latte zusammen.«

Zwerenz zuckte mit den Schultern und lehnte sich entspannt auf seinem Stuhl zurück.

»Was haben Sie denn in Frau Reuschs Wohnung gesucht?«

»Daten aus der Firma.«

»Aber Frau Reusch hat doch gar nicht mehr für Horlacher & Heym gearbeitet.«

»Eben.«

»Hatten Sie den Verdacht, Frau Reusch habe nach ihrer Entlassung Daten geklaut und sie bei sich versteckt?«

»Na, immerhin hat sie schon einmal gegen die Firma gearbeitet. Deswegen wurde sie ja gefeuert, wie Sie sicher noch wissen.«

»Und warum haben Sie sie dann nicht angezeigt?«

»Pah …!«

»Aha, Sie sind also der Meinung, dass Sie so etwas besser selbst in die Hand nehmen. Na, das ist ja gründlich schiefgegangen.«

Zwerenz blickte finster vor sich auf die Tischplatte.

»Haben Sie denn etwas gefunden?«

Zwerenz schüttelte den Kopf.

»Hat sich Ihr Verdacht damit erledigt?«

»Nein.«

»Um welche Art von Daten handelt es sich denn Ihrer Meinung nach?«

»Vertrauliche Firmendaten.«

»Das ist ja nun ein weites Feld. Geht es etwas genauer?«

Zwerenz schwieg.

»So kommen wir nicht weiter, Herr Zwerenz.«

»Dann lassen Sie mich halt wieder gehen.«

»Das kann noch ein wenig dauern, wenn Sie uns weiterhin so wenig weiterhelfen.«

Zwerenz sah zu dem Spiegel hinüber.

»Stehen dahinter Ihre Kollegen?«, fragte Zwerenz.

»Vielleicht, vielleicht auch nicht. Sie sehen sich gerne Krimis im Fernsehen an, oder?«

»Ist das verboten?«

»Nein«, versetzte Schneider. »Verboten ist nur, wenn man das nachspielen möchte, was man abends in der Glotze gesehen hat.«

Zwerenz seufzte theatralisch und sah zur Tür.

»Wenn Sie da bald wieder rauswollen«, sagte Schneider, der seinem Blick gefolgt war, »dann sollten Sie mir etwas mehr erzählen.«

Zwerenz schwieg.

»Dann müssen wir also annehmen, dass Sie nicht wegen irgendwelcher Daten in diese Wohnung eingebrochen sind, sondern weil sie es auf Leonie Reusch abgesehen hatten.«

Zwerenz sah ihn fragend an.

»Entweder wollten Sie ihr an die Wäsche, oder Sie wollten sie töten. Ich will es mal so sagen, Herr Zwerenz: Das sieht nicht gut aus für Sie.«

Damit stand er auf und wandte sich zur Tür. Ernst, der dem Verhör bisher nur zugehört hatte, blieb ruhig in seiner Ecke stehen und sah Zwerenz weiter an.

»Was ist denn jetzt los?«, fragte ihn Zwerenz.

Ernst zuckte nur mit den Schultern.

»Wo gehen Sie denn hin?«, rief Zwerenz Schneider hinterher.

»Ich hole mir einen Kaffee. Wollen Sie auch einen, Herr Ernst?«

Ernst nickte.

»Bekomme ich auch einen?«, fragte Zwerenz.

»Tut mir leid, mehr als zwei Tassen kann ich nicht tragen.«

Kurz darauf kam Schneider wieder zurück, reichte Ernst eine Tasse Kaffee und stellte die andere vor sich auf den Tisch. Er musterte Zwerenz kurz.

»Mögen Sie Milch und Zucker?«

Zwerenz nickte. Schneider schob ihm die Tasse hin.

»Dann können Sie meinen haben. Ist schon umgerührt.«

Zwerenz trank einen kleinen Schluck.

»Im Grunde genommen ist es ganz einfach, Herr Zwerenz. Wenn Sie nicht wollen, dass wir gegen Sie wegen versuchten Totschlags oder wegen versuchter Vergewaltigung ermitteln, müssen Sie uns die Alternative glaubhaft machen.«

»Na, Totschlag ist ja wohl der Witz! Schließlich habe ich einen Brummschädel und nicht Frau Reusch. Und wieso Vergewaltigung?«

»Na, haben Sie nicht am Telefon, als Sie noch oben in der Wohnung waren, zu mir gesagt, dass Leonie Reusch eine ganz süße Kleine sei? Was Sie damit androhen wollten, scheint mir klar zu sein.«

Zwerenz dachte nach.

»Und dann finden wir Sie auf dem Boden liegend, und direkt neben Ihnen liegt ein Hammer auf dem Boden, auf dem wir vermutlich Ihre Spuren finden werden. Das Szenario ist eigentlich glasklar: Sie wollen Frau Reusch mit dem Hammer angreifen, vielleicht mit der Absicht, sie zu töten und als Zeugin wofür auch immer aus dem Weg zu schaffen, und sie wehrt sich mit einem Buch.«

Zwerenz kratzte sich an der Nase.

»Also, Herr Zwerenz, weswegen soll die Staatsanwaltschaft Sie anklagen: wegen versuchten Mordes, versuchter Vergewaltigung – oder versuchten Diebstahls?«

Zwerenz begann sich zu winden.

»Ich bin nur in diese Wohnung rein, weil ich diese Daten gesucht habe.«

»Welche Daten?«

»Vertrauliche Firmendaten.«

Schneider sah ihn kopfschüttelnd an.

»Wir drehen uns im Kreis, Herr Zwerenz.«

Zwerenz schien mit sich zu kämpfen, Schneider wartete ruhig ab.

»Warum haben Sie diese Daten denn erst jetzt gesucht?«, warf Ernst schließlich ein. »Frau Reusch arbeitete ja schon seit Ende November, Anfang Dezember nicht mehr für Horlacher & Heym.«

»Mir war bis vor kurzem nicht klar, dass Frau Reusch die Daten hatte.«

Er hatte »Frau Reusch« betont.

»Das klingt, als hätten Sie die Daten vorher bei jemand anderem vermutet.«

Zwerenz sagte nichts, aber sein Blick sprach Bände. Schneider lag wohl richtig.

»Und überhaupt: Warum wollten Sie die Daten überhaupt haben? Von Firmendaten hatte Herr Horlacher sicher so viele Kopien, wie er nur brauchte. Und wenn Sie die Daten auf CD oder DVD gefunden hätten – wer sagt Ihnen denn, dass es davon inzwischen nicht noch weitere Kopien gibt?«

»Diese Daten sind einmalig, die haben wir in der Firma nicht noch einmal.«

»Ich bin ja nun kein Computercrack, aber das halte ich nun wirklich für ein selten plumpes Ammenmärchen.«

Zwerenz sah Schneider an, dann lächelte er überlegen.

»Stimmt«, nickte er, »Sie scheinen wirklich nicht viel Ahnung von Computern zu haben – oder in diesem Fall eher vom Internet.«

»Dann erklären Sie es mir doch, Sie Genie.«

Vielleicht, dachte Schneider, konnte er ihn ja an seiner Berufsehre packen. Dafür würde er sich gerne auch noch ein bisschen als Dummkopf behandeln lassen.

»Wir haben für … für einen Kunden eine Internetseite aufgebaut, mit der Kundendaten eingesammelt werden.«

»Wie, ›eingesammelt‹?«

Zwerenz rollte genervt mit den Augen.

»Da können Sie sich mit Ihren Daten anmelden, und diese Daten werden gespeichert, also eingesammelt.«

»Okay, und warum soll es die nur einmal geben?«

»Unser Kunde hat darauf bestanden, dass von diesen Daten keine Kopien gemacht werden konnten und dass nur er darauf Zugriff haben sollte.«

»Dann müsste Frau Reusch die Daten ja bei Ihrem Kunden gestohlen haben. Hatte sie denn dort auf die Daten Zugriff?«

»Nein, äh …«

Schneider grinste.

»Sie haben sich in die Programmierung für Ihren Kunden ein kleines Schlupfloch eingebaut, um doch eine Kopie ziehen zu können.«

Zwerenz sah Schneider an, dann nickte er mit betretener Miene.

»Ist Ihnen der Kunde schon auf die Schliche gekommen?«

»Ja.«

»Hat Sie das den Großauftrag gekostet, der Ende November von Horlacher & Heym an die Konkurrenz in Wiesbaden ging?«

Zwerenz sah Schneider überrascht an, dann verstand er erst.

»Nein, mit diesem Auftrag hatten die Daten nichts zu tun.«

»Warum mussten Sie die Daten dann unbedingt wiederfinden?«

»Horlacher hatte die Daten dem Kunden versprochen, aber er kam nicht mehr dazu, sie zu übergeben.«

»Könnten die Daten ein Grund dafür sein, dass Herr Horlacher jetzt tot ist?«

Zwerenz runzelte die Stirn, zuckte mit den Schultern.

»Im Prinzip schon, aber ich habe nach Horlachers Tod noch mit dem Kunden telefoniert. Horlacher ist nicht zu einem vereinbarten Treffen erschienen, eine Übergabe der Daten hat nicht stattgefunden.«

»Geben Sie mir bitte den Namen des Kunden und seine Telefonnummer.«

»Das kann ich nicht.«

»Hören Sie mal, das ist hier kein Kindergeburtstag! Wir ermitteln in einem Mordfall! Und Sie geben uns diese Adresse und diesen Namen auf jeden Fall!«

»Nein, Sie haben mich falsch verstanden: Ich kann es nicht, weil ich den Namen des Kunden nicht kenne. Und ich habe auch seine Adresse nicht.«

Schneider sah Zwerenz verblüfft an.

»Sie machen Witze, oder?«

Zwerenz schüttelte nur stumm den Kopf.

»Ja, gut«, sagte Schneider dann, »dann schauen Sie eben in Ihrer Firmendatenbank nach und geben uns den Namen dann.«

»Da steht das nicht drin.«

Schneider starrte ihn ungläubig an.

»Sie wollen mir doch jetzt nicht sagen, dass uns nur Herr Horlacher den Namen und die Adresse des Kunden hätte nennen können?«

»Auch Horlacher kannte den Namen nicht. Der hatte nur eine Handynummer und traf sich nach Verabredung mit dem Kunden, meistens hier in Backnang in einer Kneipe.«

»Aber es muss doch Mails und Anschreiben gegeben haben, Briefings, Sitzungsprotokolle, Stundenzettel – was weiß ich, was in Ihrer Branche da so alles üblich ist.«

Zwerenz schüttelte wieder nur den Kopf.

»Nicht einmal Rechnungen? Wie wurde das denn dann verbucht?«

Zwerenz sah entschuldigend zu Schneider auf.

»Aha, das wurde alles schwarz gemacht.«

Zwerenz sagte nichts.

»Aber trotzdem: warum diese Geheimniskrämerei? Selbst wenn die Firma das unter der Hand gemacht hat, muss man doch interne Notizen machen.«

»Nein, keine Notizen.«

»Und der Server, auf dem diese Internetseiten liefen?«

»Das war einer unserer Server.«

»Und der Server oder die Mailadresse oder was weiß ich, wohin die Daten transferiert wurden?«

»Das lief über Server überall auf der Welt. Ich habe nur so aus Interesse mal versucht, ein oder zwei dieser Server jemandem zuzuordnen – keine Chance.«

»Das klingt alles nicht sehr legal, finde ich.«

Zwerenz zuckte mit den Schultern.

»Und Sie haben die Programmierarbeiten geleitet?«

»Und größtenteils auch selbst ausgeführt. Es sollten in der Firma ja so wenig Leute wie möglich davon wissen.«

»Gut, dass Sie das zugeben. Damit kommt ja gleich noch dazu, dass Sie an Steuerhinterziehung in vermutlich recht großem Umfang beteiligt waren.«

»Ich habe das nur für die Firma getan. Ich selbst hatte davon keinen finanziellen Vorteil – außer natürlich den, dass ich meinen Job sichere, wenn ich durch diese ... Geschäfte den Fortbestand der Firma gewährleiste.«

»Wie selbstlos. Aber dafür werden Sie vermutlich von keinem Richter der Welt Beifall bekommen.«

In Zwerenz arbeitete es gewaltig. Und dann fasste er einen Entschluss.

»Wenn ich Ihnen jetzt alles sage, wenn ich Ihnen die ganze Geschichte erzähle – bekomme ich dann mildernde Umstände oder wie das heißt?«

»Mildernde Umstände? Wofür denn?«

»Na, für meinen Einbruch bei Frau Reusch.«

»Kann sein. Lassen Sie erst einmal hören.«

Zwerenz streckte die rechte Hand und ermunterte Schneider, einzuschlagen.

»Deal?«, sagte er noch.

»Also jetzt lassen Sie endlich mal dieses affige Kinogehabe sein, das geht mir auf die Nerven. Ich höre mir gerne alles an, was Sie zu sagen haben. Kollege Ernst und ich geben dann auch gerne weiter, dass Sie kooperiert haben. Ein Protokoll, das Sie unterschreiben, gibt es zum Schluss auch noch. Wenn Sie uns also helfen, nehme ich schon an, dass das nicht zu Ihrem Schaden sein wird.«

Zwerenz musterte Schneider noch einmal, dann lehnte er sich zurück und erzählte die ganze Geschichte.

Habicht und Stiernacken saßen in ihrem Geländewagen, den sie ein Stück entfernt vom Polizeirevier entfernt auf dem Gehweg abgestellt hatten. Vom Krankenhaus waren sie Zwerenz hierher gefolgt, nun grübelten die beiden, was am besten zu tun sei. Würde Zwerenz alles verraten? Würde er für heute noch dicht halten, weil er ja noch sein Geld für die Daten kassieren wollte?

Raubvogel tippte auf Letzteres. Stiernacken, der auf dem Beifahrersitz die ganze Nacht kaum ein Auge zugemacht hatte, war viel zu müde zum Tippen.

Nach und nach hatte Zwerenz den beiden Kommissaren die Entwicklung dieses seltsamen Auftrags geschildert. Er hatte die beiden Männer beschrieben, die er selbst nur ein einziges Mal getroffen hatte: den Habicht und seinen Kumpel.

»Das ging lange ganz gut, und alle hatten etwas davon. Dieser Habicht bekam seine Daten, mit denen er vermutlich einen guten Schnitt machte. Und Horlacher wurde gut bezahlt und hatte so mehr finanziellen Spielraum auch für seine Firma. Dann verloren wir den Großauftrag, und Horlacher überlegte hin und her, auf welche Weise wir das Loch stopfen könnten, das von Januar an in unserer Bilanz klaffen würde.«

»Und da fielen ihm die Daten ein, die er heimlich kopiert hatte.«

»Ja, ausgerechnet. Horlacher hatte irgendwann im Dezember die vermeintlich glorreiche Idee, aus den Daten, von denen er eigentlich die Finger lassen sollte, nun doch selbst Geld zu machen. Damit er seinen beiden Auftraggebern nicht allzu offensichtlich ins Gehege kam, dachte er sich folgenden Umweg aus: Wir filterten mit einem kleinen Programm Namen aus Wirtschafts- und Prominews heraus, die dort oft vorkamen – also vermutlich recht prominent oder mächtig oder beides waren. Dann ließen wir diese Namensliste von einem weiteren Programm mit den über die Pornoseite gesammelten Daten abgleichen.«

Schneider war deutlich anzusehen, dass er aus dem Staunen über die technischen Möglichkeiten kaum mehr herauskam.

»Ich war selbst überrascht, wie viele Treffer wir landeten. Und dann machte sich Horlacher auch gleich daran, die Liste ›abzuarbeiten‹.«

»Und das bedeutete …?«

»Na ja, auf diesen Schmuddelseiten waren zwar keine Kinderpornos oder sonst etwas Illegales zu sehen, aber den meisten Nutzern dürften ihre Besuche dort trotzdem peinlich genug sein, dass sie ein bisschen Diskretion durchaus auch honorieren würden.«

»Erpressung also.«

Zwerenz zuckte mit den Schultern.

»Damit habe ich aber nichts zu tun. Die Daten hatte nur Horlacher.«

»Und woher wussten Sie dann, wie viele Treffer Sie erzielt hatten, wie Sie es gerade nannten?«

Zwerenz schluckte, dann gab er zu: »Okay, ich hatte die Daten vor mir. Aber ich wollte damit nichts zu tun haben. Unter der Hand Pornoseiten bauen ist das eine, aber Leute wegen ihrer Vorlieben zu erpressen – da wollte ich auf keinen Fall mitmachen.«

Schneider sah ihn forschend an.

»Außerdem war es Horlacher ganz recht«, fuhr Zwerenz fort. »Der wollte das allein durchziehen, und er wollte auch das Geld für sich allein haben.«

»Was hatten Sie dann davon?«

»Na, Horlacher lebte gern auf großem Fuß. Führte seine Mädels gerne groß aus oder schenkte ihnen mal was, und in Fellbach hatte er extra eine Wohnung, wo er sich mit seinen Freundinnen traf.«

Schneider nickte.

»Das wissen Sie also schon. Auf jeden Fall hätte Horlacher wohl zuerst die Firma dicht gemacht oder durch einen Verkauf noch möglichst viel Geld herausgeschlagen, bevor er sich privat eingeschränkt hätte. Solange es Horlacher gut geht, habe ich meinen Job sicher – das waren meine Gedanken.«

»Und was wird nun aus Ihnen, nach Horlachers Tod?«

Zwerenz zuckte mit den Schultern.

»Vielleicht kann ich die Firma übernehmen und mit ein paar ausgesuchten Mitarbeitern weiterführen. Wir haben ja noch Aufträge, es reicht nur nicht für den ganzen Laden.«

»Haben Sie genug Geld? Ach so, ja: Sie haben ja einen Teil des Schwarzgelds abgezweigt.«

»Wollen Sie mich reinlegen?«, brauste Zwerenz auf. »Ich habe nichts abgezweigt, das habe ich schon gesagt. Ich habe aber nicht schlecht verdient als Chefprogrammierer, und ich lebe deutlich sparsamer als Horlacher – da kommt dann mit der Zeit schon ein schönes Sümmchen zusammen.«

»Und nun hatte Horlacher also diese Daten, und er wollte einige Leute erpressen, die durch einen kleinen Pornoskandal genug zu verlieren hatten, dass sie zahlten. Hat das geklappt?«

»Soweit ich weiß, schon, aber nicht lange.«

»Was ist passiert?«

»Wir haben nicht bedacht, dass auch Leute auf diese Schmuddelseiten gingen, die mit unserem Kunden persönlich bekannt waren. Einer von denen hat einen Namen, der mit A beginnt – den hatte Horlacher also recht früh angemailt. Tja, und der Typ hat das seinem Bekannten gesteckt, dem Habicht, und so kamen die Horlacher auf die Schliche.«

»Und sie waren mächtig sauer, nehme ich an.«

»Und wie! Das Telefonat selbst habe ich nicht mitbekommen, aber eines Nachmittags kam Horlacher mit einem Kaffee zu mir an den Schreibtisch. Er war weiß wie die Wand und erzählte mir, dass der Habicht ihn gerade angerufen habe und dass er alles über die Erpressung und die Daten wisse.«

»Und?«

»Horlacher war ziemlich besorgt, eigentlich fast schon panisch. Und weil er noch immer dringend Geld brauchte, kam er auf die nächste Idee: Er wollte die Daten zwar dem Habicht aushändigen – aber er wollte sie ihm verkaufen.«

»Wollte sich der Kunde darauf überhaupt einlassen?«

»Horlacher war überzeugt davon.«

»Sah er das nicht etwas naiv?«

»Nein, unser Kunde ist selbst unter Druck. Dem sitzen die Käufer der Daten im Genick, die natürlich nicht wollen, dass sie für persönliche Daten bezahlen – und jemand anders noch kräftig mitverdient und die Leute durch seine Erpressungsversuche aufschreckt. Die Geschäfte mit geklauten Daten laufen immer so lange prima, bis die Betroffenen Wind davon bekommen.«

»Und das hat Ihnen alles Horlacher erzählt?«

»Nein, ich … mich …«

Zwerenz biss sich auf die Unterlippe und verstummte.

»Jetzt haben Sie sich schon verplappert, nun können Sie uns den Rest auch noch erzählen.«

»Der Habicht hat mich angerufen«, begann er schließlich stockend. »Am vergangenen Sonntag, kurz nachdem Sie im Büro mit mir gesprochen hatten.«

»Warum Sie?«

»Er hatte erfahren, dass Horlacher tot war. Und außer mit ihm hatten sie nur mit mir Kontakt.«

»Und sie wollten die Daten?«

»Ja. Selbst hatten sie sie wohl auch schon gesucht, aber nicht gefunden.«

»Gesucht? Wo denn?«

»Die waren in Horlachers Haus. Ich habe noch gefragt, ob das nicht von der Polizei versiegelt gewesen sei – da hat der Habicht nur höhnisch gelacht.«

»Aha, *die* waren also drin.«

»Ja, aber die Daten haben sie, wie gesagt, nicht gefunden.«

»Und Sie wissen, wo die Daten sind?«

»Nein«, sagte Zwerenz, »ich habe keine Ahnung. Aber ich habe dem Habicht angeboten, danach zu suchen, das war ihm wohl ganz recht. Und ich habe durchblicken lassen, dass ich mich dafür auch gerne belohnen lasse. Sie wissen schon …«

»Ja, ja, schon klar. Das Geld, das irgendjemand mit den Daten machen möchte, zieht sich ja wie ein roter Faden durch diese ganze Geschichte. Und wo haben Sie die Daten zunächst gesucht? Im Haus nicht mehr, da hatten ja die beiden schon gesucht – und wir von der Polizei vorher auch schon.«

»Die Daten waren auch nicht im Haus, sind sie wahrscheinlich nie gewesen.«

Schneider musterte Zwerenz. Der hatte sich offenbar schon wieder verplappert und bemerkte es nun allmählich.

»Sie waren nicht erst nach Horlachers Tod im Haus, oder?«

Zwerenz schwieg.

»Geht jetzt diese Schweigenummer wieder los? Mensch, Herr Zwerenz, das hatten wir doch alles schon. Und inzwischen haben Sie ohnehin schon so viel erzählt, da kommt es auf ein paar Details mehr oder weniger doch wirklich nicht mehr an, oder?«

Zwerenz blieb stumm.

»Herr Ernst«, wandte sich Schneider an den Kollegen, »gehen Sie doch mal zu den Soko-Kollegen rüber. Die sollen mal versuchen, diesen Habicht zu finden. Wir wissen: Er hat ein paar Nachtclubs in Süddeutschland, wir haben eine grobe Beschreibung, und vielleicht können unsere Internetspezialisten doch noch ein paar Hinweise darüber finden, wer diese Schmuddelfilmchen produziert hat.«

Ernst ging hinaus, Schneider drehte sich wieder zu Zwerenz hin.

»In zwei, drei Tagen könnten wir diesen Habicht schon hier sitzen haben. Wenn wir ihm dann einfach mal erzählen, was Sie uns hier so alles gesteckt haben, könnte das spannend werden für Sie.«

Zwerenz trat etwas Schweiß auf die Stirn. Mit Genugtuung stellte Schneider fest, dass der Programmierer große Angst vor diesen beiden Nachtclub-Gestalten hatte.

»Oder Sie erzählen uns jetzt auch noch den kleinen Rest und wir hängen unser heutiges Gespräch nicht an die große Glocke.«

Zwerenz dachte nach, seine Kiefer mahlten und er knetete seine Finger. In Gedanken zählte Schneider von zwanzig an langsam abwärts. Bei sieben gab Zwerenz auf.

»Ja, ich war schon vor Horlachers Tod in seinem Haus.«

»Wann?«

»Ich habe ihn immer wieder mal besucht, wir hatten ja auch wegen dieser Pornoseiten immer wieder etwas zu bereden, das haben wir dann auch ab und zu bei ihm daheim besprochen.«

»Ich meine eher: Wann waren Sie ohne Horlachers Wissen in seinem Haus?«

»Zweimal. Erst am Mittwoch, dann noch einmal am Donnerstag.«

Schneider musste sich zwingen, nicht erleichtert in Richtung des Spiegels zu sehen. Dahinter saßen Staatsanwalt Feulner und Ebner.

»Haben wir nun endlich unseren Mörder gefunden?«, ging es Schneider durch den Kopf.

»Ich hatte nie so ganz daran geglaubt, dass Horlacher sich und auch die Firma allein mit seinen Erpressungsversuchen über Wasser halten könnte. Also habe ich mir natürlich Sorgen um meinen Job gemacht. Außerdem wurde Horlacher in letzter Zeit mir gegenüber ein bisschen reservierter. Ob ihm einfach nur die angespannten Finanzen zu schaffen machten oder ob er ein Problem damit hatte, dass ich ihn immer wieder mal spüren ließ, was ich von seinen Frauengeschichten hielt – auf jeden Fall ist unser ... na ja: berufliches Verhältnis zuletzt doch etwas abgekühlt. Also bin ich am Mittwoch ins Haus. Ich wusste, dass dieser Schlosser gerade an einem neuen und natürlich sauteuren Balkongeländer arbeitete. Dem ließ Horlacher gerne die Hintertür offen, weil er den Hausschlüssel nicht aus der Hand geben wollte. Also bin ich hinten rein, habe darauf geachtet, dass mich der Schlosser nicht sieht und habe ein wenig nach den Daten gesucht.«

»Und warum gerade am Mittwoch?«

»Wir hatten uns an diesem Tag gestritten. Er hatte einen Anruf bekommen von einer Frau, die ich noch nicht kannte. Die wiederum hat sich bei ihm beschwert, weil gerade jemand in der Fellbacher Wohnung angerufen hatte, und die Neue vermutete eine andere Frau dahinter. Na ja, das war ein ziemliches Durcheinander, wie bei Horlacher üblich.«

Die Tür ging auf, Ernst kam herein und stellte sich wortlos an seinen alten Platz, um Zwerenz nicht zu unterbrechen. Offenbar war die Suche nach den beiden Pornofritzen im Gange.

»Horlacher hat seine neue Freundin so gemein beschrieben, wie er das immer tat. Die Neue hatte wohl eine ziemlich große Nase, sah sonst aber klasse aus. Dann schwärmte er wieder davon, wie viel Mühe sich die Mädels im Bett geben würden, wenn sie einen kleinen Minderwertigkeitskomplex hätten. Notfalls, lachte er, müsse er für den Komplex auch noch ein bisschen nachhelfen. Es lohne sich ja, grinste er noch – Horlacher war echt ein Schwein! Und dann faselte er wieder von der ›blöden Fitnessmaus‹, wie er sie nannte. Namen fielen da praktisch nie, das war echt der Hammer. Immer nur ›die Nase‹, ›der Arsch‹ oder ›die Narbe‹. Na ja, mit der Fitnessfrau hatte er um Weihnachten herum Schluss gemacht, aber die ließ wohl nicht locker. Deshalb vermutete er auch, dass die hinter dem Anruf in der Fellbacher Wohnung steckte.«

Zwerenz atmete tief durch.

»Dann ist mir der Hut hoch. Ich habe ihm vorgeworfen, dass er Frauen wie Dreck behandle, und habe ihm auch gesagt, dass ich vor allem die Sache mit Leonie Reusch übel fand: eine Frau rumzukriegen, nur um ihren Freund zu demütigen – das ist unterste Schublade, ehrlich. Zumal er sich ja auch uns im ›Morgenkabinett‹ gegenüber damit gebrüstet hatte, das habe ich Ihnen, glaube ich, schon erzählt.«

Schneider nickte.

»Das ging dann ziemlich laut hin und her. Ich warf ihm vor, dass er nach seinen Affären von den Frauen nichts mehr wissen wolle und sie nur ausnutze. Und er meinte: ›Was regen Sie sich überhaupt auf? Wer weiß, wie lange Sie das noch betrifft.‹ Für mich klang das, als sei meine Entlassung schon beschlossene Sache. Und dann höhnte er noch: ›Und gerade von der kleinen Leonie will ich unbedingt noch was. Die hat mehr zu bieten, als Sie sich vorstellen können! Die weiß gar nicht, wie wichtig sie mir ist.‹ Dann ging er lachend hinaus, und ich kochte vor Wut.«

»Und Sie glauben, damit hat Horlacher nicht unbedingt Sex gemeint?«

»Nein, heute bin ich mir sicher, dass er die Daten meinte, aber das habe ich nicht gleich verstanden.«

»Deshalb sind Sie also in Frau Reuschs Wohnung eingebrochen. Aber gefunden haben Sie die Daten nicht. Vielleicht hat Horlacher doch nicht die Daten gemeint?«

»Doch, hat er auf jeden Fall. Außerdem konnte ich nicht die ganze Wohnung durchsuchen. Ich war gerade erst mittendrin, da sah ich die Blaulichter vor dem Haus.«

»Und warum sind Sie sich so sicher, dass Horlacher die Daten ausgerechnet bei Frau Reusch deponiert haben soll?«

»In der Schublade mit dem Geld lagen auch ein paar Notizen. Handschriftliche Skizzen für Briefe, mit Füller geschrieben, und auf einem Zettel war ein Rotweinfleck. Ich nehme an, das hat Horlacher abends zu einem Gläschen aufgeschrieben. Die habe ich auch mitgenommen, liegen in meiner Wohnung. Und auf einem Zettel stand der Entwurf für einen Brief an die Polizei.«

Schneider sah Zwerenz erstaunt an.

»Darin beschuldigte er Leonie Reusch und Ralph Waasmann, die Kundendaten für sich abgezweigt zu haben, und er benannte die Wohnung von Frau Reusch als Versteck.«

Jetzt verstand Schneider gar nichts mehr, und Zwerenz erklärte ihm, was Horlacher seiner Meinung nach damit vorgehabt hatte.

»Na, schauen Sie: Horlacher hat also diese Daten, und er hat Angst vor Habicht und seinem Kumpel. Also muss er doch befürchten, dass die ihm kein Geld für die Daten geben, sondern sie sich einfach eines Nachts bei ihm holen. Wundert mich eh, dass die das nicht gemacht haben.«

»Gut. Das würde erklären, warum Horlacher die Daten irgendwo anders versteckt hat.«

»Genau. Aber er hatte mit keiner seiner Freundinnen längere Pläne, also fielen deren Wohnungen schon mal weg. Warum er die Wohnung in Fellbach nicht genommen hat, weiß ich nicht – vielleicht wusste Habicht ja von der Wohnung. Und Leonie Reusch traf er bei ihr zu Hause, zumindest hat er dort mit ihr geschlafen. Dass bei ihr niemand nach den Daten suchen würde, scheint mir einleuchtend. Und ich vermute, zu dem Treffen mit Habicht hätte er die Daten nicht mitgebracht, sondern er hätte den beiden Männern die

Adresse von Frau Reusch gegeben, damit die dort einbrechen und sich die Daten selbst holen.«

»Und warum dann die Anzeige?«

»Vielleicht war er sich nicht sicher, ob der Deal mit Habicht klappen würde – keine Ahnung. Dieser Brief dürfte sein Plan B gewesen sein: Er hetzt die Polizei auf Reusch und Waasmann, die stehen unter Verdacht und haben Horlacher ja auch schon mal betrogen, so hätte er seinem alten Klassenkameraden noch eine mitgeben können.«

»Aber die Wahrheit wäre doch irgendwann rausgekommen. Und dann wäre auch nachgeforscht worden, woher die Daten stammen – und am Ende wären wir ihm auch wegen des Schwarzgelds auf die Schliche gekommen.«

»Mag sein. Aber vielleicht hatte Horlacher keine hohe Meinung von der Polizei, oder er hat sich zwar für mächtig schlau gehalten, hatte aber doch nicht alles bedacht.«

»Ich schicke jetzt auf jeden Fall mal ein paar Kollegen los, die sich die Wohnung von Frau Reusch genauer ansehen sollen«, sagte Ernst und ging wieder hinaus.

»Gut. Und wir beide, Herr Zwerenz, gehen noch einmal zurück zum Mittwoch, dem Tag vor Horlachers Tod. Da waren Sie heimlich in seinem Haus.«

»Ja, ich habe am Mittwoch in Horlachers Haus vergeblich nach den Daten gesucht. In der Nacht ist mir dann eingefallen, dass ich das Zimmer neben dem Fitnessraum noch nicht durchsucht hatte – das muss ich vergessen haben. Also bin ich am Donnerstag noch einmal hin. Der Schlosser war nicht da, also musste ich auch nicht befürchten, dass er mich vom Balkon aus entdeckt, wenn ich durch den Fitnessraum gehe. Ich habe dann einige Schubladen durchgesehen, aber die Daten waren nicht da.«

»Dann sind Sie also wieder mit leeren Händen raus?«

»Na ja ...« Zwerenz zögerte. »Nicht ganz. In einer der Schubladen lag ein Geldbündel. Die Banderole saß schon etwas locker, es fehlten wohl einige Scheine. Ich nehme an, dass das für Horlacher so eine Art Privatkasse war, aus der er sich immer mal wieder ein paar Scheine einsteckte, für unterwegs oder für seine Mädels, was weiß ich. Da ist mir das Gespräch vom Vortag wieder eingefallen – da habe ich das Geld halt eingesteckt. Ich meine, wenn der eh vorhatte, mich rauszuschmeißen …?«

»Sie erwarten jetzt nicht von mir, dass ich Sie dafür auch noch lobe, oder?«

»Nein.«

»Sie haben also nach den Daten gesucht und haben Sie nicht gefunden?«

Zwerenz nickte.

»Dann haben Sie das Geldbündel eingesteckt.«

Zwerenz nickte erneut.

»Haben Sie sich auch an der Halterung des Rennrads zu schaffen gemacht?«

Zwerenz sah lange zu Boden, dann hob er den Blick wieder zu Schneider und sagte: »Ich glaube, jetzt möchte ich doch meinen Anwalt sprechen.«

Schneider und Ernst begleiteten Zwerenz nach draußen. Der Anwalt würde noch eine Stunde brauchen, Feulner hatte den Haftbefehl bereits unterzeichnet, und nun wollten Schneider und Ernst mit Zwerenz in dessen Wohnung, um etwas Waschzeug und Unterwäsche zu holen. Rau und sein Team waren ebenfalls schon unterwegs: eine Gruppe würde die Wohnung von Frau Reusch untersuchen, die andere die von Zwerenz.

Ernst holte seinen Dienstwagen, das Tor vor dem Innenhof glitt langsam auf und Schneider ging mit Zwerenz, der eine Zigarette rauchen wollte, ein Stück in Richtung Gehsteig. Auf der Aspacher Straße war recht viel Verkehr, vor allem Transporter und Kleinbusse waren unterwegs, dazwischen auch einige Vans, wie Sybille einen für ihre Familie im Sinn hatte.

Schneider sah am Steuer der Vans ausschließlich Frauen sitzen, und keine der Fahrerinnen sah wirklich glücklich aus, wenn sie mit ihrem chromblitzenden Schiff an ihm vorbeiglitt. Er musste unbedingt noch einmal mit seiner Frau reden. Wie konnte man ein Auto wie seinen Sportwagen eintauschen gegen ein so sperriges Ungetüm? Wie konnte man nur daran denken?

Schneider sah wieder nach rechts, wo Zwerenz stand und an seiner Zigarette zog. Der Mann sah nicht so aus, als wolle er fliehen, trotzdem musste Schneider ihn natürlich im Auge behalten.

Ein Stück die Straße hinunter fuhr noch so ein Van heran, rumpelte über den Bürgersteig und blieb quer auf dem Gehweg stehen. Eine gestresst aussehende Frau kletterte aus dem Wagen, ging an die hintere Tür und ließ einen kleinen Jungen heraus, der gerade so laufen konnte. Dann verschwanden die beiden aus Schneiders Blickfeld, und der Wagen blieb als Hindernis für Fußgänger einfach stehen. Schneider schüttelte den Kopf: Wenn dieselbe Frau nun mit ihrem Kinderwagen des Weges kommen und dieser Van einer anderen Mutter gehören würde, wäre wahrscheinlich der Teufel los.

Aber die anderen Autofahrer gaben ihr auch kein gutes Beispiel. Auf beiden Seiten der Straße waren Pkw und Kleinlaster auf ähnliche Weise geparkt, weil ihre Besitzer zu faul waren, auch nur zehn Meter zu viel zu Fuß zu gehen.

Immerhin ein Wagen machte den Gehweg wieder frei: Etwa hundert Meter von Schneider entfernt wurde ein dunkler Geländewagen mit getönten Scheiben gestartet. Das bullige Gefährt rollte langsam an, dann gab der Fahrer kräftig Gas und der Motor zeigte, was er konnte.

Schneider war kein Fan von solchen Fahrzeugen, aber einen starken Motor respektierte er in jeder Karosserie.

Der Geländewagen wurde immer schneller und steuerte in Höhe des zum Polizeirevier gehörenden Besucherparkplatzes wieder auf den Gehweg zu. Schneider begriff erst einen Moment später, dass er und Zwerenz in Gefahr waren. Er schnappte Zwerenz am Ärmel und machte einen Satz zurück in Richtung Innenhof. Zwerenz, der gerade mit geschlossenen Augen inhalierte, sprang nicht mit, sondern kam durch Schneiders Ziehen nur aus dem Gleichgewicht. Kurz ruderte er noch mit den Armen und sah verblüfft auf den nun kreischend lauten Motor des unverändert auf ihn zurasenden Geländewagens, dann erfasste ihn auch schon das verchromte Schutzgitter vor dem Kühler.

Zwerenz wurde in Höhe der Hüfte schnell und brutal zusammengeklappt. Seine Beine gerieten unter den Geländewagen, der Oberkörper und der Kopf schlugen hart auf die Motorhaube. Dann verfing sich ein Fuß von Zwerenz unter dem linken Vorderrad, und der leblose Körper des Mannes wurde unter den Fahrzeugboden gezogen. Einmal noch schlug der Kopf auf, diesmal auf dem Bordstein, dann rumpelte der Geländewagen über Zwerenz hinweg und schoss die Aspacher Straße stadtauswärts davon.

Fast im selben Moment rollte Ernsts Dienstwagen an Schneiders Seite.

»Steigen Sie schnell ein, die schnappen wir uns!«, rief Ernst, aber Schneider winkte ab und zeigte nur stumm auf seinen Porsche, der ebenfalls im Hof geparkt war.

Während Ernst schleudernd auf die Straße hinaus und dem Geländewagen hinterherraste, rannte Schneider zu seinem Auto. Einer der Revierpolizisten rannte aus dem Gebäude heraus.

»Schnell, Verfolgung, schwarzer Geländewagen, Richtung Autobahnzubringer, nehme ich an!«

Der Polizist drehte um, rief seinen ebenfalls schon herausstürmenden Kollegen einige knappe Kommandos zu und rannte dann zu dem blutend halb auf der Fahrbahn, halb auf dem Gehweg liegenden Zwerenz hin.

Schneider parkte mit quietschenden Reifen aus, fuhr hart an den Straßenrand und drückte, als er die erste kleine Lücke im Verkehr entdeckte, das Gaspedal durch, dass sein Sportwagen einen gewaltigen Satz machte. Ein Transporter, der von der Stadt heraufgefahren kam, hupte zwar, aber Schneiders Wagen nahm so schnell Fahrt auf, dass der andere nicht einmal bremsen musste.

Als er gleich darauf an der Tankstelle zwei langsam fahrende Vans überholte, drückte er das Gaspedal extra tief durch und genoss das Gefühl, noch einmal zwei dieser Familienkutschen hinter sich gelassen zu haben. Im Rückspiegel sah er, wie die Fahrerin des vorderen Vans lautstark schimpfte und ihm mit einem Wischer vor dem Kopf deutlich machte, was sie von seinem Fahrstil hielt. Hinter den Vans rauschten schon die ersten Streifenwagen heran, die mit Blaulicht und Martinshorn den Verkehr vor sich teilten.

Als er kurz vor der Unterfahrung der B14 war, konnte er ganz hinten sehen, wie Ernst waghalsig einen Transporter überholte und weiter in Richtung Autobahnzufahrt Mundelsheim raste. Er hatte also mit seiner Vermutung richtig gelegen.

Derart bestärkt, fuhr er noch ein wenig schneller. Auf die Idee, sein mobiles Blaulicht hervorzuholen und es aufs Dach zu stellen, kam er gar nicht – ohnehin war er besser beraten, wenn er jetzt beide Hände am Steuer und den Blick konzentriert auf die Straße und die Autos vor ihm gerichtet ließ.

Immer wieder fuhr er mit hohem Tempo an die vor ihm fahrenden Wagen heran und scherte zum Überholen aus, sobald es eine kleine Lücke im Gegenverkehr gab. Ein Hupkonzert quittierte jedes seiner Überholmanöver – verständlich, denn wie sollten die anderen Fahrer abschätzen können, ob er rechtzeitig vor dem nächsten entgegenkommenden Auto wieder in die Schlange einfädeln konnte?

Nach und nach arbeitete er sich näher an Ernst heran, und kurz vor der letzten Abfahrt nach Großaspach sah er weiter vorn den schwarzen Geländewagen. Der dunkle Wagen scherte in Höhe des Karlshofs zum Überholen aus, und auch Schneider wechselte auf die Gegenfahrbahn. Als er drei Autos überholt hatte, erreichte er Ernst, der ebenfalls gerade überholte.

Geistesgegenwärtig rückte der Kollege während des Überholens ein wenig nach rechts und machte hier, wo eine schraffierte Fläche das Ende der Abfahrt markierte, eine Lücke für

Schneiders gelben Flitzer frei. Schneider trat noch etwas mehr aufs Gaspedal und schoss an Ernsts Wagen vorbei.

Vorne überholte der Geländewagen Auto um Auto und fädelte zwischendurch immer wieder mit abrupten Manövern zurück in die Schlange. Schneider gab Vollgas und blieb konstant auf der Gegenfahrbahn. Zwei entgegenkommenden Kleinwagen wich er dadurch aus, dass er etwas nach rechts steuerte und den Mittelstreifen in die Mitte nahm. Im Rückspiegel sah er einzelne Autos langsam an den Straßenrand rollen und dort stehenbleiben.

»Die haben heute wenigstens was zu erzählen«, grinste Schneider, der es genoss, endlich einmal einen Vorteil von seinem ungewöhnlichen »Dienstwagen« zu haben.

Die wilde Jagd ging weiter, und auf den geraden Strecken durch den Wald kamen beide Fahrzeuge schnell voran. An der Ampel bremste der Geländewagen wegen des Rotlichts kurz ein wenig ab, raste dann aber doch über die Kreuzung und weiter in Richtung Autobahn.

Schneider hatte Glück: Die Ampel sprang gerade auf Gelb, die Spur war frei und er konnte ungebremst durchfahren. In der folgenden Talsenke fuhren zwei Sattelschlepper hintereinander. Der Geländewagen kam ohne Gegenverkehr gut an den beiden Lastern vorbei, Schneider hatte es wegen eines Paketdienstwagens auf der Gegenfahrbahn etwas enger, aber es reichte gerade so.

Die letzte Kuppe nahmen beide Autos nur Sekunden nacheinander, dann öffnete sich vor Schneider das Bottwartal. Plötzlich tuckerte aus einem Feldweg ein alter Traktor heran und bog in ihrer Fahrtrichtung samt Hänger auf die Straße, ohne sich groß um den übrigen Verkehr zu kümmern.

Der Geländewagen sah den Traktor im letzten Moment und versuchte auszuweichen. Dabei kam das Gefährt ins Schlingern, geriet von der Fahrbahn und holperte schließlich quer über einige Wiesen, bis er schließlich in einem Entwässerungsgraben landete und mit dem Kühler nach vorn gekippt liegen blieb.

Auch Schneider musste sich schwer ins Zeug legen, um den Traktor nicht zu rammen, aber das sportliche Fahrwerk tat gute Dienste, und so konnte er den Porsche mit etwas Mühe auf der Fahrbahn halten. Als er den Wagen endlich zum Stehen gebracht hatte, schaltete er die Warnblinkanlage an, sprang schnell über die Straße und rannte mit gezogener Waffe auf den Geländewagen zu.

Eine Dampfwolke drang unter der Motorhaube hervor, der Kühler hatte wohl einen Riss abbekommen. Im Heranrennen erkannte Schneider, dass der Beifahrer mindestens bewusstlos war, also umrundete er den Wagen und riss die Fahrertür auf. Sie klemmte, und als er sie endlich aufbekommen hatte, sah er dahinter den Fahrer sitzen, der sich den blutenden Ellbogen rieb und etwas verwirrt auf Schneiders Pistole schaute.

»Raus da!«, kommandierte Schneider.

Der Fahrer kletterte umständlich auf die Wiese und stand schließlich mit hängenden Schultern vor Schneider. Er wirkte trotzdem groß, auch hager, und mit seiner Hakennase hatte er etwas von einem Raubvogel.

»Umdrehen und Hände aufs Dach!«

Der Raubvogel gehorchte. Schneider klopfte mit dem rechten Schuh so lange gegen die Schienbeine des Mannes, bis er seine Beine so weit nach hinten streckte, dass er die Hände auf dem Dach brauchte, um sich ausreichend abzustützen.

Nun griff Schneider ihm in die Taschen seiner Jacke und holte einen protzigen Revolver, ein Geldbündel und ein Klappmesser hervor. Er warf das Geld auf den Fahrersitz und steckte Messer und Revolver in seine Jackentasche.

Der Beifahrer begann sich zu regen, und Schneider dachte fieberhaft darüber nach, wie er den einen Mann in Schach halten und trotzdem den anderen unter Kontrolle bekommen konnte.

Er sah die Straße hinauf, die er gerade heruntergerast war, aber außer dem Traktor war niemand zu sehen. Die beiden Autos, die der spektakulären Aktion und dem Unfall des Geländewagens am nächsten gewesen waren, hatten angehalten und versperrten nun beide Fahrtrichtungen. Die Warnblinkanlagen beider Autos warnten die Nachkommenden, und die Fahrer sahen durch die Scheiben interessiert zu Schneider hin, machten aber keine Anstalten, ihre Fahrzeuge zu verlassen.

Inzwischen war der Traktor bis auf ein paar Meter an Schneiders Porsche herangetuckert. Der Bauer sah lächelnd auf den Sportwagen hinunter. Dann kletterte er von seinem Gefährt herunter, nahm eine Mistgabel vom Hänger und kam ohne allzu große Eile auf Schneider zu.

»Na, Meischter?«, sagte er schließlich und nickte zu dem Raubvogel hin, der unverändert unbequem an seinem Geländewagen stand. »Brauchad Se Hilfe?«

»Ja«, gab Schneider zu. »Der Mann auf dem Beifahrersitz kommt, glaube ich, gleich zu sich. Ich bin übrigens von der Kripo Waiblingen, und die beiden hier haben gerade in Backnang einen Mann überfahren.«

»Sauberle«, sagte der Bauer und wiegte den Kopf. Dann kam er um den Geländewagen herum, richtete die Zinken seiner Gabel auf den Raubvogel und nickte zu dem Beifahrer hin. »Jetzt kennat Se sich um dr andere kümmra.«

Schneider ging zur Beifahrertür. Als Schneider seine Waffe nicht mehr auf ihn richtete, machte der Raubvogel Anstalten, die Füße etwas näher an den Wagen zu rücken. Der Bauer stach ihm ohne zu zögern leicht in die Wade, und der Fuß des Fahrers war wieder am alten Platz.

»Spinnst du, Alter?«, schimpfte der Raubvogel.

»Lass deine Haxa, wo se sen, Buale, no blutet au nix.«

Damit schienen die Fronten klar, und Schneider sah zu, dass er die Beifahrertür aufzog, bevor der zweite Mann vollends zu sich kam.

Als er dessen Taschen durchwühlte und eine kleine Pistole, ein Smartphone, ein Springmesser und Pfefferminzbonbons zu Tage förderte, glotzte ihn der Mann verständnislos an – offenbar hatte er noch einige Mühe, zu begreifen, wo er sich gerade befand und was zuletzt passiert war.

Dann packte Schneider die Hände des Beifahrers, presste sie flach ganz nach vorne auf das Armaturenbrett und machte dem nun vorgebeugt sitzenden Mann mit einigen Gesten klar, dass er genau so sitzen bleiben solle, wenn er nicht Probleme bekommen wollte.

In seinem Rücken hörte Schneider Streifenwagen näher kommen, und kurz darauf stand Ernst neben ihm.

»Na, haben wir einen neuen Kollegen?«

Ernst nickte zu dem Bauer hinüber. Zwei uniformierte Beamte übernahmen die Bewachung des Raubvogels, und der Bauer schulterte seine Mistgabel und trat einen Schritt zurück.

»Vielen Dank auch, Herr …«

»Awa, hot Schpaß gmacht«, winkte der Bauer nur ab. »Wenn Se mol wieder zwoi so Galgavegel henderherjagat, saget Se mir Bescheid – älleweil gern wieder!«

Dann ging er ein paar Schritte auf seinen Traktor zu und wandte sich wieder um: »Mir Porschefahrer müssat schließlich zsammahalta, oder?«

Damit kehrte zu seinem Traktor zurück. Schneider kniff die Augen zusammen: Tatsächlich – auf der knallrot lackierten Motorhaube des Traktors stand »Porsche Diesel« und in der Zeile darunter »Super«.

Ernst war seinem Blick gefolgt und lachte schallend, als er die Aufschrift entdeckte.

»He«, rief der Raubvogel, und seine Stimme klang angespannt wegen der Anstrengung durch die unbequeme Haltung, »habt ihr jetzt bald fertig gelacht? Könnte sich vielleicht mal jemand um mich und meinen Partner kümmern?«

Die beiden Insassen des schwarzen Geländewagens bekamen nun endlich auch richtige Namen. Stiernacken entpuppte sich als Thorben Schmitt, ein gelernter Feinmechaniker aus Rüsselsheim, den es nach einigen Jahren nach

Baden-Baden verschlagen hatte, wo er älteren männlichen Kurgästen den Kontakt zu freundlichen jungen Damen vermittelte. Dadurch lernte er Habicht kennen, der in Wirklichkeit Hans-Dieter Vogler hieß und damals in der Nähe von Baden-Baden eine schmuddelige Kneipe betrieb, in deren Fremdenzimmern Gäste auch mal nur für ein, zwei Stunden eincheckten.

Thorben und Hans-Dieter arbeiteten sich in der Szene hoch, und heute gehörte ihnen eine GmbH, die über Süddeutschland verteilt eine ganze Reihe von Diskotheken und Nachtclubs betrieb und sich außerdem noch in einige andere Firmen in der Gastronomie- und Delikatessenbranche eingekauft hatte.

Zumindest Hans-Dieter würde sich für längere Zeit aus dem Tagesgeschäft zurückziehen müssen: Er hatte den Geländewagen gesteuert, mit dem die beiden den Mitwisser Zwerenz über den Haufen gefahren hatten. Auch für Thorben sah es nicht gut aus, selbst wenn er sich als Beifahrer irgendwie aus dem Angriff auf Zwerenz herauswinden könnte.

Schneider hasste es, wenn ein Fall direkt in einen nächsten mündete. Immerhin: eine Sonderkommission würde diesmal nicht nötig werden.

Die beiden waren nicht halb so hart, wie sie sich gaben – und Ernst und Schneider, die Schmitt und Vogler getrennt voneinander vernahmen, brauchten keine Stunde, bis sich die beiden so heillos in Widersprüche verstrickt hatten, dass sie schließlich alles gestanden: die schwarz bezahlten Programmierungen für die Pornoseiten, die Deals mit den Kundendaten, den versuchten Rückkauf der unerlaubten Kopie erst von Horlacher, dann von Zwerenz.

Den Mord an Zwerenz mussten sie ja erst gar nicht gestehen – der war ja vor den Augen der Polizisten verübt worden. Und zwischendurch kamen noch ein paar Details um die Hauptdarstellerinnen der Pornovideos zur Sprache, die wohl auch noch in ein Verfahren gegen die beiden münden würden.

Als die beiden endlich von Streifenbeamten abgeführt wurden, sank Schneider völlig ausgelaugt in seinen Sessel. Ernst sah mitleidig auf ihn herab. Vor seinem geistigen Bild sah er Schneiders Eheleben in Trümmern liegen und Schneider selbst sich auf dem unbequemen Wohnzimmersofa hin und her wälzen – ohne zu ahnen, wie nahe er damit der Wirklichkeit kam.

»Wissen Sie was?«, sagte er schließlich, »Gehen Sie jetzt mal nach Hause, wir anderen kümmern uns mal um die Protokolle und den ganzen Kleinkram. Der Fall scheint ja geklärt, und was dann noch ansteht, hat sicher auch bis morgen Zeit.«

Schneider sah Ernst dankbar an, dann schlüpfte er in seine Jacke und war aus dem Raum verschwunden.

Draußen vor dem Revier stand Franz Stegschmied, Horlachers Schlosser, und trat von einem Bein aufs andere. Schneider entdeckte ihn und ging zu ihm.

»Geht es Ihrer Frau wieder besser?«, fragte Schneider.

»Ja, danke, sie ist inzwischen wieder daheim. Sie hat mich auch gebeten … Sie hat mich geschickt … Ich meine …«

»Haben Sie noch was auf dem Herzen, Herr Stegschmied?«

»Ich habe Ihnen doch erzählt, dass ich am Mittwoch und Donnerstag im Haus von Herrn Horlacher war.«

»Ja, Sie haben an diesem Balkongeländer gearbeitet.«

»Ja, das auch.«

Schneider merkte auf.

»Ich … Ich habe auch in einige Schubladen gesehen.«

Schneider fiel ein, dass Fingerabdrücke des Schlossers an einigen Schubladen gefunden worden waren.

»Herr Horlacher schuldete mir noch Geld, und ich … Da war so ein Geldbündel, aber ich habe nur …«

Stegschmied sah aus, als würde er am liebsten vor Scham im Boden versinken. Schneider ließ ihn noch kurz leiden, dann sagte er: »Haben Sie so viel Geld genommen, wie er Ihnen schuldete?«

»Am Mittwoch, ja, aber am Donnerstag …«

Schneider legte ihm eine Hand auf den Arm.

»Jetzt haben Sie es mir ja erzählt, das sagen Sie Ihrer Frau. Ich vermute, dann wird es ihr gleich noch ein wenig besser gehen.«

»Aber … müssen Sie mich jetzt nicht dabehalten? Ich habe immerhin Geld gestohlen?«

»Wir haben schon einen Mann, der gestanden hat, das ganze Geldbündel gestohlen zu haben. Wissen Sie: Ich glaube Ihnen Ihr Geständnis jetzt einfach mal nicht, okay?«

Stegschmied sah ihn ratlos an.

»Mensch, jetzt gehen Sie schon«, forderte Schneider ihn auf. »Und zu keinem mehr ein Wort davon, ja?«

Er hatte nach all dem, was er zuletzt erlebt und erfahren hatte, nun wirklich keine Lust, einen Handwerker zu bestrafen, der sich Geld, um das ihn Horlacher vermutlich prellen wollte, einfach selbst genommen hatte.

Stegschmied sah noch kurz unentschlossen drein, dann trollte er sich.

Der Tag war anstrengend gewesen, aufregend ohnehin. Und doch fuhr Schneider an diesem Abend erstaunlich beschwingt nach Hause. Er fuhr gemütlich – gerast war er heute schon genug. Nur zwischendurch, als er allein an einer roten Ampel stand, ließ er kurz den Motor seines Sportwagens im Leerlauf aufheulen. Das Geräusch jagte ihm einen kalten Schauer über den Rücken und ließ ihn zugleich wehmütig an seine Frau denken.

Wie lange würden die Spannungen in ihrer Ehe noch andauern? Sollte er auf dem Heimweg noch versuchen, Gabi Hundt endlich von ihren Nachstellungen abzubringen?

»Besser nicht«, dachte Schneider. »Womöglich versteht sie den Besuch wieder falsch, und dann wird alles nur noch schlimmer.«

Und Schneider musste nicht nur sein Eheleben wieder in Ordnung bringen: Er musste Sybille auch die Idee vom Familienvan ausreden, der seinen geliebten Porsche ersetzen sollte. Der 911er der Baureihe 964, Baujahr 1989, war sehr gepflegt, er war vor ein paar Jahren neu lackiert worden, in Speedgelb, wie der Farbton offiziell hieß – und er war, wie sich heute wieder gezeigt hatte, auch technisch noch sehr gut in Schuss.

Schneider ließ den Motor noch kurz laufen, als er in der Garageneinfahrt angekommen war, dann drehte er den Zündschlüssel.

Langsam ging er auf die Haustür zu und wappnete sich für einen schwierigen Abend mit einer eifersüchtigen Frau – oder ohne sie, denn so genau wusste er seit dem Streit nicht, ob er Sybille zu Gesicht bekam oder nicht. Vielleicht war sie ja auch mit Rainald zu ihren Eltern gefahren.

Gerade als er den Schlüssel ins Schloss stecken wollte, schwang die Haustür nach innen auf und Sybille stand vor ihm. Mit verweinten Augen zwar, aber unter den Tränen auch lächelnd.

Im nächsten Moment flog sie geradezu in seine Arme und drückte ihn wieder und wieder. Schneider war völlig verblüfft, umarmte sie aber nur zu gerne ebenfalls. Eng umschlungen stolperten sie zusammen ins Wohnzimmer, wo Sybille ihn endlich losließ, einen Schritt zurücktrat und ihren Mann von oben bis unten musterte.

»Bist du in Ordnung?«

»Ja, natürlich, warum fragst du?«

»Ich habe heute in Backnang im Revier angerufen und dabei von deiner Verfolgungsjagd erfahren. Da habe ich mir natürlich Sorgen gemacht.«

»Ist alles gut gegangen, und ich muss sagen: Es war auch spannend, hat mal wieder richtig Spaß gemacht, ordentlich auf die Tube zu drücken.«

»Bist du ihnen mit deinem Flitzer hinterher?«

»Ja, zum Glück. Die anderen wurden abgehängt, und am Ende landeten die beiden Männer, die ich verfolgte, mit ihrem Geländewagen nach einem Beinaheunfall im Graben.

Und ich hatte ebenfalls beide Hände voll damit zu tun, nicht von der Straße abzukommen. Das Sportfahrwerk hat mich gerettet – da ist mein Porsche halt doch etwas anderes als ein Geländewagen. Oder als ein Familienvan.«

Schneider beobachtete, ob seine Frau auf die Anspielung reagierte – aber zumindest nahm sie es ihm nicht übel, dass er eine Lanze für seinen Porsche gebrochen hatte.

»Da müssen wir deinem Flitzer ja richtig dankbar sein, was?«

Schneider nickte. Vielleicht sollte er die Gelegenheit nutzen, das Missverständnis mit Gabi Hundt aufzuklären ...

»Du, Sybille, wir sollten dringend reden – wegen dieser Frau, die dich angerufen hat.«

Sybille versteifte sich ein wenig, aber dann fragte sie Schneider, ob er einen Rotwein mittrinke und holte, als er ein »Ja, gerne« murmelte, eine Flasche und zwei Gläser.

Sie prosteten sich zu, tranken aber nur einen kleinen Schluck, und dann erzählte Schneider seiner Frau von Gabi Hundt und ihrer Narbe, von Henning Horlacher und wie er mit Gabi Hundt Schluss gemacht hatte, von seinem Versuch, die junge Frau zu trösten und von den Folgen, die das nach sich zog – bis hin zum Anruf in Schneiders Haus.

Sybille hörte sich alles ruhig an, entspannte sich mit der Zeit ein wenig, und sie musste grinsen, als ihr Mann die neugierige »Tante Elsa« erwähnte. Am Ende war sie davon überzeugt, dass es um den toten Horlacher nicht schade war, dass Gabi Hundt ein armer Tropf war – und ihr Ehemann der treueste von allen.

Klaus Schneider hatte sehr wohl bemerkt, wie sich die Stimmung seiner Frau besserte. Dann schlug er vor, jetzt sofort Gabi Hundt anzurufen und ihr im Beisein von Sybille klar und deutlich zu sagen, dass er nichts mit ihr im Sinne hatte, habe oder haben werde.

»Gut, Klaus, mach das – aber sei nicht zu brutal, bitte, ja? Ich glaube, diese Gabi hat es nicht leicht mit euch Männern.«

Das Telefonat lief überraschend gut, und Klaus Schneider glaubte im Hintergrund das Klappern von Gläsern zu hören. Vielleicht hatte Gabi Hundt ja Besuch, und vielleicht war es ein Mann, der es besser mit der jungen Frau meinte als Henning Horlacher.

Danach redete er lange mit Sybille, sie schwatzten, lachten und tauschten sich über Themen aus, die lange nicht zur Sprache gekommen waren. Dann löschten sie das Licht im Wohnzimmer und gingen ins Bett. Dort war an Schlaf lange nicht zu denken, und schließlich grinste ihn Sybille spöttisch an.

»Was ist denn jetzt los?«, fragte Schneider und wischte sich Schweiß von der Stirn.

»Na, du bist ja richtig außer Rand und Band. Und wenn ich diese Nacht deinem rasanten Porsche-Ausflug verdanke und dem Adrenalin, das er freigesetzt hat, dann sollten wir das Auto vielleicht doch behalten.«

»Meine Rede«, lachte Schneider und nahm seine Frau wieder in den Arm.

»Wir können ja mal einen Ausflug machen«, schlug Sybille vor. »Wir lassen Rainald für ein, zwei Tage bei meinen Eltern und machen uns eine schöne Zeit. Wie wäre das denn?«

»Das wäre prima. Wir könnten zum Beispiel nach Schwäbisch Hall fahren. Ich kenne dort einen Kollegen, den ich schon länger mal wieder sehen wollte. Und du könntest deine Sonja besuchen.«

Sybille kuschelte sich noch etwas näher an ihren Mann, Sekunden später war sie eingeschlafen. Klaus Schneider lag noch eine Zeitlang wach und sah selig lächelnd in die Dunkelheit hinaus.

Dienstag, 9. März

Am nächsten Morgen kam Klaus Schneider auffällig aufgeräumt ins Büro. Die Kollegen bemerkten es alle, aber nur Ernst traute sich, ihn direkt nach dem Grund zu fragen.

Schneider ging mit Ernst in den Flur hinaus und erzählte ihm von Gabi Hundts Anruf am vergangenen Samstag bei ihm zuhause. Er schilderte, wie Sybille darauf reagiert hatte, dass sie ihm eine Affäre mit Gabi Hundt unterstellte – und er erzählte Ernst, wie es zu dem Verdacht gekommen und dass alles nur ein Missverständnis war.

Am Ende hatte er Ernst so restlos überzeugt wie am Abend zuvor seine Frau. Ernst war froh, dass er und Thomann und Schneiders Frau falsch gelegen hatten.

»Sybille und ich haben uns gestern ausgesprochen, ich habe Frau Hundt angerufen und noch einmal beteuert, dass sie da wohl manches falsch verstanden hatte. Und ich sage Ihnen eins, Herr Ernst: Mir geht's dadurch jetzt richtig prima. Das nimmt einem eine Riesenlast von der Brust, ehrlich.«

»Das glaube ich Ihnen gerne«, sagte Ernst.

Schneider musterte den Kollegen, dann fasste er sich ein Herz: »Sollten Sie auch versuchen, Herr Ernst.«

»Tja ...«

Ernst wandte sich ab und wollte schon zu seinem Bürostuhl zurückgehen, da hielt ihn Schneider am Ärmel fest. Ernst sah verblüfft auf Schneiders Hand.

»Herr Ernst, wir kennen uns doch jetzt auch schon eine ganze Weile. Und ich glaube, dass wir inzwischen mindestens gute Kollegen geworden sind. Vielleicht sogar schon ein wenig Freunde.«

Ernst widersprach nicht, sondern hörte einfach nur zu.

»Nehmen Sie mir bitte nicht übel, wenn ich jetzt ein wenig persönlicher werde.« Schneider legte eine kleine Pause ein. »Rufen Sie Sabine an.«

Ernst riss sich los, blieb dann aber doch wieder stehen und sah Schneider an. Dann setzte er sich auf die Kante von Schneiders Schreibtisch.

»Tut mir leid, das Thema treibt mich eben nach wie vor um«, sagte er mit leicht abgesenkter Stimme, damit ihn Schneider gut und die anderen im Raum nicht verstehen konnten.

»Ja, ich weiß«, pflichtete ihm Schneider bei und wurde dabei ebenfalls etwas leiser. »Und natürlich wissen nur Sie, was das Richtige ist.«

»Nein, genau da habe ich meine Zweifel. Ich habe keine Ahnung, was ich machen soll.«

»Gar keine?«

Ernst sinnierte.

»Ich hatte immer den Eindruck, dass Sie sich mit Sabine wohl gefühlt haben.«

Ernst nickte.

»Und?«, versuchte Schneider das Gespräch wieder in Gang zu bringen.

»Mit Zora habe ich mich auch wohl gefühlt.«

Schneider fiel ein, was die attraktive Pathologin ihm im Fitnessstudio von Horlachers Annäherungsversuch erzählt hatte. Und er war nicht daran gescheitert, dass sie ihn zurückgewiesen hätte.

»Ich kenne Frau Dr. Wilde ja nicht wirklich, aber auf mich macht sie eher nicht den Eindruck, dass sie in erster Linie auf eine lange Beziehung aus ist.«

Ernst kaute auf seiner Unterlippe herum. Einige Minuten lang sagte keiner der beiden etwas, dann sah Ernst wieder auf: »Sie meinen also, ich solle Sabine einfach mal anrufen? Nach der langen Zeit? Die wird gerade auf mich warten.«

»Vielleicht, ja. Und wenn nicht, dann haben Sie wenigstens die Gewissheit.«

Ernst nickte nachdenklich und ging zu seinem Platz zurück.

Schneider wühlte sich durch einen Stapel Unterlagen und fragte sich, ob es sich beweisen ließe, dass Zwerenz den Bolzen an Horlachers Radhalterung entfernt hatte. Und was das dann überhaupt noch wert war.

In der Wohnung von Zwerenz waren die erwähnten Notizen von Horlacher gefunden worden, und in Leonie Reuschs Badezimmer hatten Raus Leute unter der Abdeckung des Spülkastens eine DVD gefunden – die Daten waren gesichert, aber Nerdhaas hatte den Schlüssel bald geknackt. Nun hatte Schneider die Liste vor sich – und schon beim kurzen Überfliegen entdeckte er einige bekannte Namen.

»Kein Wunder, dass Horlacher das für eine Goldgrube hielt«, dachte er.

Als er nach einer Weile wieder aufblickte, sah er Ernst tief in Gedanken versunken auf das Telefon starren. Reglos saß der Kollege da, mit hängenden Schultern und vermutlich voller schwerer Gedanken.

Dann, plötzlich, straffte er sich, nahm den Hörer und wählte eine Nummer, die er offenbar auswendig kannte. Von dem folgenden Telefonat bekam Schneider nicht viel mit. Ernst wirkte, als falle ihm der Einstieg schwer, als müsse er Hindernisse des Gesprächspartners überwinden – aber dann begann er zu lächeln, verabschiedete sich fröhlich und legte auf.

Dann lehnte er sich in seinem Bürostuhl zurück, drehte sich darin langsam in Schneiders Richtung und streckte einen Daumen nach oben. »Morgen Abend«, rief er zu Schneider herüber, und dann, nach einer kleinen Pause: »Danke.«

Schneider nickte ihm lächelnd zu und blätterte weiter in den Unterlagen.

»Herr Schneider?«

Ebner sah zur Tür herein.

»Gerade kam vom Krankenhaus der Anruf: Zwerenz hat es leider nicht geschafft.«

»Mist!«, entfuhr es Schneider. »Zwerenz hatte Gründe genug, seinen Chef Horlacher umzubringen. Aber das werden wir nun wohl nie erfahren.«

»Abwarten«, sagte Ebner. »Am Telefon hieß es auch, dass der Pfarrer mit uns sprechen will, der bis zu seinem Tod bei Zwerenz am Bett saß.«

»Na ja, der Pfarrer ... Sobald es für uns interessant wird, schiebt da doch eh das Beichtgeheimnis einen Riegel vor.«

Ebner blieb stehen, wo er war.

»Ist noch was? Ach, natürlich: Wollen Sie dabei sein, wenn der Pfarrer da ist?«

Ebner nickte.

»Ich geh mal drei Cappuccino holen«, sagte Ebner noch, dann war er auch schon verschwunden. Fünf Minuten später kam Ebner mit drei Tassen wieder, auf den Milchschaum hatte er ein wenig Kakaopulver gestreut.

»Der könnte wohl kalt werden, bis unser Pfarrer kommt«, sagte Schneider.

»Das glaube ich eher nicht. Die Mitarbeiterin im Krankenhaus hat von Pfarrer Möhrle gesprochen, als Priester sozusagen das schwarze Schaf einer Stuttgarter Familie, die mit einer chemischen Reinigung ganz gut Geld verdient. Der ist immer mit dem Fahrrad unterwegs, und vom Krankenhaus zu uns herüber geht es ja vorwiegend bergab.«

»Das mit dem schwarzen Schaf nehmen Sie aber sofort zurück«, sagte eine angenehme Stimme in gutmütigem Ton von der Tür her.

»Ah, Pfarrer Möhrle!«, sagte Ebner und reichte dem milde lächelnden Geistlichen die Hand. »Cappuccino, vier Stück Zucker und etwas Kakao auf dem Milchschaum – richtig?«

»Richtig, richtig, Herr Ebner, dass Sie sich das gemerkt haben?«

»Pfarrer Möhrle ist recht aktiv in der Backnanger Kirchengemeinde, und mein bester Freund war früher mal Ministrant. Und für die Ministranten organisiert Herr Möhrle seit vielen Jahren legendäre Partys.«

»Ach, erzählen Sie das mal lieber nicht so laut herum«, lachte der Geistliche, »sonst können wir uns vor Möchtegern-Ministranten gar nicht retten!«

Schneider und Möhrle gaben sich auch die Hand, dann rührten alle ein wenig in ihrem Kaffee.

»Herr Schneider«, begann Pfarrer Möhrle schließlich, »ich habe Herrn Zwerenz begleitet, bis er es überstanden hatte. Er hatte wohl fürchterliche Schmerzen bis zum Schluss. Da nicht auch körperlich helfen zu können, ist immer wieder eine unangenehme Erfahrung.«

Der Pfarrer senkte den Blick, nahm den Löffel aus dem Cappuccino und trank vorsichtig einen kleinen Schluck. Auf der Oberlippe blieb ein Rest Milchschaum mit Kakaopulver hängen.

»Herr Zwerenz hat sich mir schließlich noch anvertraut, und ich glaube, dass es Ihnen weiterhelfen würde, davon zu erfahren.«

»Natürlich wollen wir das wissen, aber dürfen Sie uns das denn erzählen? Ich dachte immer, das Beichtgeheimnis ist eine heilige Pflicht, gewissermaßen.«

»Das stimmt allerdings. Vor siebzig oder achtzig Jahren hat ein Mörder im Wieslauftal einem Kollegen von mir seine Tat gebeichtet, und der Kollege musste das furchtbare Geheimnis mit ins Grab nehmen. Wenn ich mir überlege, wie schwer mir das Schweigen schon in weniger tragischen Zusammenhängen fällt, kann ich nur hoffen, dass mir eine solche Prüfung erspart bleibt.«

Pfarrer Möhrle nahm noch einen Schluck Cappuccino, dann wischte er den größer gewordenen Milchschaumrest mit dem Ärmel ab.

»Aber diesmal ist es anders, zum Glück für Sie und, ehrlich gesagt, auch zum Glück für mich. Er hat sich mir anvertraut, auch wenn es ihm wegen der Schmerzen schon sehr schwerfiel. Und am Ende hat er mich nicht nur ausdrücklich vom Beichtgeheimnis befreit, er hat mich sogar gebeten, Ihnen alles zu erzählen. Ich war einverstanden, und ich hatte den Eindruck, dass ihm das eine große Last genommen hat.«

Möhrle lächelte Schneider etwas wehmütig an, dann fuhr er fort.

»Herr Zwerenz hat mir erzählt, dass er im Haus eines gewissen Horlacher war. Ich nehme an, das ist dieser Computerunternehmer, der tot in seinem Garten gefunden wurde.«

Schneider nickte.

»Ich habe es mir extra aufgeschrieben, damit ich die Tage nicht durcheinanderbringe.« Möhrle zog einen Zettel hervor und entfaltete ihn sorgfältig. »Also ... Herr Zwerenz war am Mittwoch, den 24. Februar, im Haus dieses Herrn Horlacher.« Möhrle sah auf: »Ich kann Ihnen aber nicht sagen, ob er eingebrochen ist, ob er einen Schlüssel für das Haus hatte oder ob die Haustür offen stand.«

»Das wissen wir schon«, sagte Schneider.

»Gut. Er war also an diesem Mittwoch in Horlachers Haus und hat an der Halterung eines Rennrads herumgeschraubt – ergibt das für Sie einen Sinn?«

»Ja.«

»Er sprach von einem Bolzen, den er ausgebaut oder herausgezogen hat – ich werde auch daraus nicht richtig schlau, aber ich hoffe, Sie können etwas damit anfangen.«

Schneider nickte.

»Jedenfalls war es ihm sehr wichtig, dass er das eigentlich nur als Streich gedacht hatte. Er wollte Horlacher einfach eins auswischen, ihn genau mit seiner Heimturnerei lächerlich machen. Dann sagte er noch etwas von einem Balkongeländer und von einer Balkontür und dass er niemals gedacht hätte, dass Horlacher so viel Schwung mit seinem Rad bekommen würde. Das habe ich, ehrlich gesagt, dann gar nicht mehr verstanden.«

»Aber wir verstehen das«, sagte Schneider. »Da haben Herr Zwerenz und Herr Horlacher sozusagen einfach Pech gehabt. Oder das Schicksal hatte seine Finger im Spiel.«

Möhrle lächelte schmerzlich und fuhr fort: »Er hat dann noch CDs oder DVDs gesucht, hat mir aber nicht gesagt, was darauf gespeichert war. Ich hatte den Eindruck, es war ihm mir gegenüber peinlich.«

Ja, das konnte sich Schneider gut vorstellen.

»Gefunden hat er nichts, also ist er irgendwann wieder gegangen, um nicht im Haus erwischt zu werden. Am nächsten Tag, am Donnerstag, den 25. Februar, ist er noch einmal in Horlachers Haus, weil ihm wohl noch ein paar mögliche Verstecke für diese DVDs eingefallen sind.«

Pfarrer Möhrle unterbrach sich.

»Sie notieren sich das ja gar nicht. Ist das nicht so wichtig?«

»Doch, schon, aber das hat uns Herr Zwerenz schon erzählt.«

»Aha. Na ja, ich glaube nicht, dass er noch sicher wusste, was er Ihnen schon erzählt hat und was nicht. Es ging ihm da schon richtig schlecht, wissen Sie?«

Schneider nickte.

»Gut, also … Am Donnerstag hat er wieder keine DVDs gefunden, aber dafür einige Notizzettel und ein Geldbündel. Das hat er alles eingesteckt und mitgenommen und ist wieder verschwunden. Am Freitag und Samstag hat er sich dann gewundert, wo Horlacher steckte. Und am Sonntag früh hat er die Meldung über Horlachers Tod in der Sonntagszeitung gelesen.«

Schneider machte sich Notizen, dann sah er Pfarrer Möhrle dankbar an.

»Herr Pfarrer, Sie haben uns sehr geholfen, vielen Dank.«

»Löst das Ihren Fall?«

»Ja, aber die Justiz wird den Schuldigen diesmal wohl nicht wirklich zu fassen kriegen.«

Möhrle lächelte.

»Ach, überlassen Sie das einfach mal ihm«, der Pfarrer deutete nach oben. »Er kriegt das hin, glauben Sie mir.«

»Wenn Sie das sagen …«

Mittwoch, 10. März

Um vierzehn Uhr versammelte sich die Soko Fahrrad ein letztes Mal im großen Besprechungsraum des Backnanger Polizeigebäudes. Rolf Binnig, der Chef der Polizeidirektion

Waiblingen, leitete die Sitzung. Bis auf den Soko-Leiter Klaus Schneider waren alle anwesend.

»Herr Schneider kommt ein wenig später«, sagte Binnig. »Ihm ist … äh … etwas dazwischengekommen. Aber das werden Sie nachher selbst noch sehen – er wird demnächst hier sein.«

Einige sahen sich fragend an. Binnig bedankte sich reihum, Feulner schloss sich ihm an, und als Ebner die letzten Aufgaben für die Aufbereitung des Falls verteilte, öffnete sich die Tür und Schneider kam in den Raum: mit Krücken und einem Gips am rechten Bein.

»Was ist Ihnen denn passiert?«, fragte Ernst.

»Wie Sie wissen, kam ich ja während unseres letzten Falls nie so richtig dazu, mein Fitnessprogramm durchzuziehen.« Er humpelte zu seinem Platz neben Binnig, setzte sich umständlich und lehnte die Krücken neben sich an den Tisch. »Ständig hat mich irgendjemand angerufen, noch bevor ich richtig lostrainieren konnte.«

»Stimmt. Und heute?«

»Tja, heute hat leider niemand angerufen.«

Ernst sah ihn fragend an.

»Heute konnte ich mein Programm komplett absolvieren. Oder genauer: fast komplett. Gegen Ende der letzten Übung spürte ich einen stechenden Schmerz rechts im Knöchel – und fiel einfach vom Gerät. Zlatko, der Studiobesitzer, kam gleich angerannt und hat sich wirklich rührend um mich gekümmert. Sie wissen ja, Herr Ernst, wie besorgt er um den Ruf seines Studios ist.«

Ernst nickte und grinste breit.

»Zlatko hat mich dann gleich ins Krankenhaus gefahren. Der Arzt dort meinte, dass er eine solche Verletzung aus einem so nichtigen Anlass noch nicht erlebt habe. Ich habe ihm dann auch gleich noch gesagt, dass ich sicher irgendeine falsche Bewegung gemacht habe – sozusagen als Geschenk für Zlatko, der mich bis ins Behandlungszimmer begleitet hatte.«

Alle lachten, und Maigerle rief Schneider zu: »Ich mache diesem Zlatko dann auch noch ein Geschenk. Mir gehen gerade die ersten Zeilen für einen neuen Song durch den Kopf, ›Fitness-Blues‹ könnte ich ihn nennen. Auch mit schwäbischem Text, so wie ›Gisela‹. Hören Sie mal: ›Schwitza isch a Sauerei, renna isch en Käs.‹ Das könnte funktionieren, was meinen Sie?«

»Soweit ich es verstanden habe: auf jeden Fall. Und ich unterschreibe diese erste Zeile voll und ganz. Nur werden Sie Zlatko mit dem Song keine Freude machen: Der mag keinen Blues, der hört Volksmusik.«

»Um Himmels willen!«, entfuhr es Maigerle.

Staatsanwalt Feulner hatte im Hinausgehen noch mit Schneider gesprochen. Es ging wohl darum, dass Feulners Neffe mal in Waiblingen in Schneiders Büro vorbeischauen wollte – Schneider war einverstanden und schlug sogar noch vor, auch Frieder Rau mit einzubeziehen, weil der doch von allen die spannendsten Geschichten über die Details ihrer Arbeit erzählen konnte.

Feulner wirkte nach dem Gespräch sehr erleichtert und klopfte im Vorübergehen noch dem völlig verdutzten Binnig auf die Schulter, der gerade mit Pressechef Herrmann redete.

Schneider saß in seinem Sportwagen auf dem Beifahrersitz und versuchte trotz der Krücken in den Händen eine bequeme Sitzposition zu finden. Seine Frau fuhr den Porsche. Langsam glitt sie zunächst an den Kollegen vorbei und ließ dann auf der Aspacher Straße kurz den Motor aufheulen, bevor sie zügig in Richtung Bundesstraße davonfuhr.

Rainer Ernst blieb noch kurz im Dienstwagen sitzen. Er war nervös. Für heute Abend hatte er sich mit Sabine verabredet. Er würde sie zum ersten Mal seit damals wiedersehen, sie hatten sich darauf verständigt, dass sie beide bei seinen Eltern zu Abend essen und vielleicht danach noch gemeinsam in irgendeinem Lokal ein Glas Wein trinken würden.

Von diesem Abend hing viel ab. Sie wollten sich aussprechen und dann mal sehen, ob sie es noch einmal miteinander versuchen würden. Ernst hatte sich das Treffen die ganze vergangene Nacht hindurch ausgemalt, und am Morgen war er mit einer Gewissheit ins Büro gegangen, die ihn selbst überraschte: Ja, er wollte unbedingt wieder mit Sabine zusammen sein.

Zora hatte ihm den Atem geraubt, und es tat fast weh, wenn er sich ihr Bild in Gedanken vor Augen rief. Sie sah klasse aus, war voller Energie, und natürlich war er auch geschmeichelt, dass eine solche Frau an ihm Interesse hatte.

Aber Schneider hatte vermutlich recht: Zora Wilde, die er als wilde Zora kennengelernt hatte, war wohl nicht unbedingt der Typ für eine lange Beziehung.

Schließlich fuhr Ernst los und rollte mit dem Dienstwagen eher gemächlich durch den Schwäbischen Wald bis zum Haus seiner Eltern in Ebni. Er ging noch hinauf in seine Wohnung, duschte, zog sich um und wartete dann unten mit seinen Eltern auf seinen Besuch.

Er hörte ein Auto heranfahren, aber das Motorengeräusch verebbte wieder. Es war wohl nicht Sabine gewesen. Zehn Minuten später kam noch ein Wagen und bog in die Einfahrt ein.

Rainer Ernst ging hinaus, um Sabine zu empfangen. Sie stieg aus, ging zögernd auf ihn zu. Er kam ihr entgegen, reichte ihr die Hand. Sabine überlegte kurz, dann nahm sie ihn an den Schultern und drückte ihm einen sanften Kuss auf die Wange. Ein, zwei Minuten lang standen die beiden einfach da. Dann rief von der Haustür her Ernsts Mutter, und die beiden gingen hinein.

Kurz noch leuchtete das Außenlicht im Eingangsbereich, dann wurde es dunkel vor dem Haus der Familie Ernst. Nur durch die Glaselemente in der Haustür schimmerte noch gemütlich gelbes Licht nach draußen.

Schräg gegenüber saß eine junge Frau mit gelockten roten Haaren in ihrem Kleinwagen. Sie hatte im Revier in Backnang erfahren, dass der Fall der Soko Fahrrad gelöst war und Rainer Ernst nun wieder etwas mehr Freizeit haben würde. Sie hatte eine Nacht lang mit sich gerungen und dann entschieden, dass sie heute Abend mit ihm reden wollte.

Sie wollte ihm sagen, dass sie sich erstmals eine längere Beziehung vorstellen könnte. Dass sie eigentlich selbst nicht so genau wüsste warum, aber dass sie mit Ernst zusammen eine Familie gründen und ein ganz neues Leben beginnen wollte.

Dann war sie hierhergefahren, hatte noch zehn Minuten gezögert – und dann gesehen, wie Sabine vorfuhr. Ob sie je eine echte Chance gehabt hatte, wusste sie nicht. Aber falls doch, hatte sie sie soeben ungenutzt verstreichen lassen.

Zora Wilde wischte sich die Tränen weg, startete den Motor und fuhr langsam in die dunkle Nacht davon.

ENDE